Erin McCarthy

En 2003, elle publie son premier roman. Aujourd'hui, elle compte une trentaine de livres à son actif. Auteur prolifique, elle s'adonne à l'écriture de plusieurs genres de romances tels que l'érotique et le paranormal, ainsi qu'à la littérature pour jeunes adultes. Des dialogues percutants, des personnages pleins de vie et des émotions extrêmes sont l'apanage de ses romances érotiques. Sa toute dernière série est consacrée aux pilotes automobiles.

W0377731

Bouche à bouche

Du même auteur
aux Éditions J'ai lu

Séduction en ligne
N° 7657

Dans la chaleur des tropiques
N° 8202

Romance sur ordonnance
N° 8895

Carrément sexy
N° 9900

Carrément hot
N° 10061

Carrément dingue de toi
N° 10319

Carrément in love
N° 10614

Carrément renversant
N° 10647

Erin
McCARTHY

Bouche à bouche

Traduit de l'anglais (États-Unis)
par Sophie Pertus

J'ai lu

POUR elle

Si vous souhaitez être informée en avant-première de nos parutions et tout savoir sur vos auteures préférées, retrouvez-nous ici :

www.jailupourelle.com

Abonnez-vous à notre newsletter et rejoignez-nous sur Facebook !

Titre original
MOUTH TO MOUTH

Éditeur original
Brava Books are published by Kesington Publishing Corp., New York

© Erin McCarthy, 2005

Pour la traduction française
© Éditions J'ai lu, 2006

1

— Il ne viendra pas.

Russ Evans ne se tourna même pas vers son coéquipier, l'inspecteur Jerry Anders. Il gardait les yeux rivés sur le café et sur la jeune femme assise à l'intérieur.

— Encore dix minutes, décida-t-il.

Jerry ne protesta pas. Néanmoins, Russ le sentit s'agiter. Ses semelles faisaient crisser la neige tassée sous leurs pieds. Il savait que Jerry avait froid – lui aussi, d'ailleurs. Froid, tu parles. Ils étaient complètement frigorifiés, oui. Le vent glacial de janvier s'insinuait sous son blouson de nylon. Ses doigts gourds se crispaient sur les jumelles dont il se servait pour surveiller le café.

Bah, l'inconfort faisait pour ainsi dire partie du métier de policier, relativisa-t-il. Et pour sa part, il n'était pas près de raccrocher. Son métier d'inspecteur aux Opération spéciales le passionnait. Il adorait ces longues planques, autant que le travail de réflexion et de déduction, car au bout du compte il n'y avait rien de tel que de passer les menottes à une ordure.

— Il va lui poser un lapin, paria Jerry.

Pensif, Russ balaya du regard le parking quasi désert. Rien. Leur cible, Trevor Dean, arnaqueur à la petite semaine et fumier de première classe, restait introuvable. Ce qui n'était pas logique. Il n'y avait aucune raison de penser que Dean ait su que la police l'attendait.

Et laisser passer une chance de rencontrer une femme ne lui ressemblait pas.

Car les femmes étaient sa source de revenus, et il aimait vivre bien au-dessus de ses moyens.

— Pas son genre habituel, pas vrai ?

Russ braqua ses jumelles sur la jeune femme menue assise à l'intérieur, une tasse de café entre les mains, une grosse écharpe rose nouée autour du cou. La vitre, la fumée du café et ses épais cheveux blonds qui retombaient sur sa joue ne lui permettaient pas de bien distinguer son visage. Toutefois, il en voyait assez pour sentir des picotements le long de la colonne vertébrale. Quelque chose clochait.

— Tu veux dire que ce n'est pas un thon ? demanda Jerry en soufflant dans ses mains.

— Non, répondit Russ en riant. Regarde par toi-même.

Il lui passa les jumelles avant de corriger :

— Et je te rappelle que les femmes de Dean ne sont pas des thons. Elles sont… disons… ordinaires.

— Des thons ordinaires, peut-être, concéda Jerry en étudiant la blonde. Mais je dois dire que celle-là n'est pas mal. Pas mal du tout. Jolis cheveux, pull moulant : ça me plaît bien. Eh ! Elle vient de se lécher les lèvres. Un petit coup de langue nerveux. Refais-moi ça, ma belle…

— Ravi que ça te plaise, lança Russ en faisant quelques pas pour activer la circulation dans ses pieds.

— Ça me réchauffe, en tout cas.

— Mais tu ne trouves pas cela bizarre que cette femme soit si différente des autres ? Quand un escroc change de stratégie sans raison, cela ne me plaît pas. Il s'en est toujours pris à des femmes ordinaires en gagnant leur confiance. En leur faisant croire qu'il était amoureux d'elles, puis en leur volant tout ce qu'elles possèdent – et cela marchait. Pour autant que nous le sachions, il a déjà ramassé dans les cent mille dollars.

Sans doute plus. Alors pourquoi changer de façon de faire ?

Les jumelles toujours vissées aux yeux, Jerry murmura :

— Celle-ci, c'est peut-être seulement pour le plaisir... pas pour le travail.

Russ descendit du muret de brique devant la librairie de l'autre côté de la rue et jeta sa cigarette dans une congère où elle s'éteignit en grésillant. Il l'avait allumée pour avoir l'air moins suspect s'ils se faisaient repérer. Il aurait l'air d'être sorti de la boutique pour fumer. Il prit une pastille à la cannelle de sa poche et la fourra dans sa bouche.

— Tu veux dire une petite amie ? demanda-t-il en croquant son bonbon. Une vraie ?

Il se baissa pour ramasser le mégot éteint, qu'il mit dans la poche de son blouson.

— C'est peut-être une idée, Anders, ajouta-t-il.

— Qu'est-ce que tu veux ? Y en a, là-dedans.

— N'importe quoi. Bon, allez, grommela Russ en lui reprenant les jumelles, rentre la langue avant qu'elle gèle.

— Si Dean a une petite amie, pourquoi lui pose-t-il un lapin ?

— Parce que, à sa vraie petite amie, on peut poser un lapin. « Désolée, ma chérie, j'ai été retenu », ce genre de salades. Mais on ne peut pas faire ce coup à une fille qu'on cherche à arnaquer. Ne mords pas la main qui te nourrit.

— Pff... Toi, tu peux peut-être poser un lapin à ta copine impunément, mais je peux te dire que moi, Pam m'arracherait les yeux si je lui faisais le coup. Mais j'oubliais, tu n'as pas de petite amie. Normal. Il n'y aurait pas une fille pour supporter ta sale gueule, le taquina-t-il.

— Je n'ai pas de petite amie parce que je n'en veux pas. Je m'en tiens aux rencontres d'un soir. Et je te laisse volontiers toutes les galères qui vont avec une relation suivie.

Russ n'avait pas de temps à perdre avec cela. Entre son travail et l'éducation de son petit frère Sean, il ne savait déjà plus où donner de la tête. Et il n'avait jamais rencontré une femme qui ne lui complique pas la vie.

— Tu es un type froid, Evans. Mais un jour, une belle te fera perdre la tête. Et je peux te dire que je serai là pour immortaliser ce moment.

Russ n'écoutait Jerry le mettre en boîte que d'une oreille distraite. Il se creusait la tête au sujet de la blonde qui attendait Dean. Si c'était sa petite amie, était-elle de mèche avec lui dans ses escroqueries ? Que savait-elle ? Surtout, pourrait-il la faire parler ?

Il fourra les jumelles dans sa poche avec le mégot de cigarette et traversa la rue.

— Où vas-tu ? s'enquit son coéquipier.

— Reste là une minute, Anders. Je vais voir cette fille de plus près. J'ai le sentiment que…

— Ouais, tu m'étonnes que tu as un sentiment… Très bien. Laisse-moi me cailler ici pendant que tu vas reluquer la blonde. J'attends dans la voiture.

Russ lui lança un sourire par-dessus son épaule.

— Arrête de pleurnicher. Si tu es sage, je te rapporterai peut-être un café.

— Bonne idée. Comme ça, je pourrai te le renverser dessus.

L'air chaud du café assaillit Russ quand il ouvrit la porte. Instantanément, il se retrouva enveloppé par une odeur de grains de café et de chocolat. Une cloche tinta pour annoncer son entrée, et le garçon aux cheveux hérissés qui se tenait derrière le comptoir lui fit un signe de tête.

— Bonjour, dit-il.

— Bonjour, répondit Russ.

Il attendit que la blonde lève les yeux, mais elle ne le fit pas. Elle était absorbée dans la lecture d'un magazine, une mèche de cheveux enroulée autour du doigt et tendue en travers des lèvres.

À la voir ainsi, elle ne semblait pas capable du pire. Elle avait l'air gentille, innocente. Mais Russ avait trop souvent vu des âmes noires se cacher derrière des visages d'anges. Il n'allait pas se laisser duper par son apparente douceur, ni son écharpe de laine polaire sagement nouée autour du cou.

Comme il avait encore les doigts gelés, il décida de commander un café. Ensuite, il irait tâter le terrain auprès de la blonde pour tenter de découvrir son rôle dans cette histoire. Avec un peu de chance, elle lui donnerait des informations qui lui permettraient de localiser Dean.

L'ardoise qui tenait lieu de carte était couverte de mille variétés de cafés, de mokas, d'arabicas, de *latte*. Il se lassa vite de tous ces noms exotiques qui ne lui disaient rien.

— Donnez-moi simplement une tasse de café, demanda-t-il au garçon. Noir.

Ce dernier s'essuya les mains sur son tablier vert.

— Quel genre ? Vous pouvez choisir entre ceux-ci, précisa-t-il en désignant un coffret de présentation qui contenait au moins dix-sept sortes de parfums de café différents.

— Oh, bon sang…

Il jeta un rapide coup d'œil au présentoir. Vanille, caramel, noisette…

— Donnez-moi quelque chose qui ne soit pas aromatisé. Quelque chose qui ait seulement le goût de café.

— Vous savez qu'il y a un café ordinaire, au bout de la rue ? repartit le serveur avec un sourire narquois. Il propose du café ordinaire à volonté.

Petit malin. Russ se demandait s'il n'allait pas sortir sa plaque pour impressionner le jeune punk, quand il entendit une voix féminine l'appeler.

— Russ !

Surpris, il se retourna et vit la blonde se lever de sa table, un sourire chaleureux aux lèvres.

— Que je suis contente de te voir, Russ ! J'avais vraiment hâte de te rencontrer.

Qu'est-ce que... Ça alors, elle le connaissait !

Elle lui prit les deux mains et les serra dans les siennes. Elle connaissait son nom. Elle avait l'air heureuse de le voir. Il tenait la petite amie de Dean par la main et il ne comprenait absolument rien à ce qui se passait.

— Bonjour, dit-il.

Oh, quelle présence d'esprit, se félicita-t-il ironiquement.

— Elle peut peut-être vous choisir une variété, suggéra le garçon.

Russ lui jeta un regard noir qui ne sembla pas vraiment l'émouvoir.

— Oh, vas-y, commande ton café, Russ, dit la jeune femme. Quand tu auras fini, je suis juste là.

Elle lui montra sa table et sourit de nouveau, avant de lui lâcher les mains et de retourner s'asseoir.

Comment diable connaissait-elle son nom ? se demanda-t-il en la regardant marcher. Et comment avait-elle fait pour se couler dans ce pantalon noir incroyablement moulant ? Ça, elle avait un bien joli petit derrière. Si cela se trouvait, sa mission était justement de servir de leurre, de le distraire en le séduisant.

Eh bien, cela ne marcherait pas. Enfin pas complètement. Il n'était qu'un tout petit peu distrait.

— Bon, donnez-moi ce que vous voulez comme café : je m'en fiche.

Si la jeune femme était la petite amie de Dean et savait que Russ était policier, pourquoi était-elle venue le trouver ? Pourquoi l'avait-elle appelé par son nom ? Pour le déstabiliser ?

Le garçon lui tendit une tasse et tapa sur sa caisse enregistreuse.

— Ça fait trois vingt-six, annonça-t-il.

— Pour une tasse de café ? Mais c'est du vol !

— Il fallait aller dans un café ordinaire. Je vous ai prévenu.

Russ paya à contrecœur, non sans compter mentalement que cela faisait près de vingt-cinq cents la gorgée. Pas question qu'il rapporte un café à trois dollars vingt-six à Anders.

La blonde refermait son magazine, qu'elle rangea dans son sac. Pour gagner du temps car il ne savait trop que lui dire, Russ s'approcha lentement puis posa sa tasse de café sur la table. La jeune femme glissa ses cheveux derrière ses oreilles.

— Je me suis trompée d'heure ? demanda-t-elle. J'ai l'impression que j'oublie tout en ce moment, mais il me semble que nous avions dit dix-neuf heures.

Alors c'était bien Laura. Ils ne savaient rien de cette femme, si ce n'est que la dernière victime de Dean avait trouvé un bout de papier dans le bric-à-brac qu'il avait abandonné chez elle avant de filer à l'anglaise avec dix mille dollars qui ne lui appartenaient pas. Le service qui suivait l'affaire avait eu de la chance que la victime vienne porter plainte. Dans la plupart des cas, elles étaient trop gênées pour le faire, mais celle-ci s'était montrée disposée à leur faire part de tout ce qu'elle savait, et à leur donner le mot écrit par Dean sur ce fameux bout de papier :

Laura. Mercredi 19 heures, chez Starbucks, 117e.

Ils avaient suivi ces indications pour organiser leur planque, dans l'espoir que Dean se montrerait et qu'ils puissent l'emmener au poste pour lui poser quelques questions. Et le coller en cellule.

Sauf que Dean ne s'était pas montré.

Et qui était cette femme ?

Russ décida de faire l'innocent, pour voir ce qu'il pourrait lui soutirer comme informations. Il ne voulait surtout pas lui donner le dessus si jamais c'était la partenaire de Dean – même si son instinct lui soufflait déjà que ce n'était pas possible. Décidément, quelque chose clochait dans cette histoire. Restait à trouver quoi.

Il se frotta la joue en contemplant la reproduction d'un tableau cubiste à base de rouge et de violet, accrochée à gauche de la tête de la jeune femme. Il fallait qu'il y aille doucement.

— Tu as raison, confirma-t-il en adoptant comme elle le tutoiement. C'était bien sept heures. Je suis désolé d'être en retard.

Elle toucha la main de Russ posée sur la table.

— Tu veux bien me regarder, quand tu parles ? le pria-t-elle. Tu te souviens que je suis sourde ?

Sourde ? Non, il ne se souvenait pas de cela. Tout simplement parce qu'il ne l'avait jamais su... Bon sang ! Un instant, il se demanda si elle mentait. Mais très vite, il se rendit compte qu'elle avait la voix un peu nasillarde et monocorde qui caractérise les sourds.

Elle se passa la main devant son visage en faisant un signe qu'il ne comprit pas.

— Je ne peux pas lire sur tes lèvres quand tu te détournes, expliqua-t-elle.

Sa vivacité d'esprit et ses bons réflexes, nécessaires dans son métier, lui permirent de vite masquer sa surprise. Sans trop savoir sur quel pied danser, il se força à sourire.

— Désolé, dit-il, je ne sais pas où j'avais la tête. Et désolé d'être en retard.

Il laissa échapper un petit rire qui, à ses oreilles, sonna faux. Il faisait de son mieux, mais il se sentait quelque peu terrassé par cette révélation.

— Ce n'est pas terrible comme première impression, n'est-ce pas, Laura ?

Il avança son prénom pour confirmer ce dont il avait déjà la certitude : c'était bien Laura. Comme il s'y attendait, elle ne réagit pas particulièrement. Assis en face d'elle, il voyait également qu'elle n'était pas ordinaire comme les autres victimes de Dean, loin de là. Pour autant qu'il le sût, aucune d'elles n'était sourde non plus. Il ne savait pas encore si cela avait une quelconque importance, mais il comptait bien le découvrir.

Enfin, si Laura faisait partie des victimes, bien sûr.

— Tu es plus grand que je ne l'imaginais, dit-elle en faisant des signes avec ses mains tandis qu'elle parlait. Et plus mignon.

Curieusement, il n'avait pas l'impression qu'elle lui faisait un compliment. Pourtant, elle lui souriait et le regardait avec une fausse timidité de sous ses longs cils. Il y avait quelque chose chez elle… une innocence, une sorte de naïveté qui le mettaient mal à l'aise. Ce qui était ridicule. Si cela se trouvait, il avait affaire à une arnaqueuse du même tonneau que Dean. Il était facile de feindre l'innocence.

Il allait vite savoir à quoi s'en tenir. Il releva la visière de sa casquette de base-ball avant de la rajuster.

— Merci, dit-il. Et toi, tu es beaucoup plus séduisante que je ne m'y attendais.

C'était vrai, même s'il avait déclaré cela avant tout pour jauger sa réaction.

Elle ne rougit pas, ni ne se mit à bredouiller. Elle ne lui sourit pas non plus en flirtant. Elle eut simplement l'air contente de ce compliment. Voilà. Maintenant, il était sûr à quatre-vingt-dix-neuf pour cent que cette jeune femme ne pouvait être que le rêve, le fantasme d'un escroc. Pas sa petite amie.

En attendant, la situation était pire que tout ce que Russ avait pu imaginer. Laura n'avait vraiment rien d'un thon. Elle était canon – ce qui l'ennuyait au plus haut point. Il s'efforçait de réfléchir, de se concentrer pour comprendre ce fait nouveau, et il ne parvenait qu'à se laisser distraire par les frôlements réguliers de la jambe de la jeune femme contre la sienne. Il y avait les jolies femmes tape-à-l'œil, il y avait les femmes belles comme des mannequins, et puis il y avait les femmes comme Laura. Les femmes douces, tendres, sexy, naturelles qui rayonnaient d'une innocente sensualité. Dieu, qu'elle était belle…

Elle avait les cheveux blond doré, mêlés de mèches plus sombres et plus claires qui les rendaient lumineux et captivants. Ses yeux bleus avaient la couleur des eaux calmes d'un lac et ses lèvres cerise s'avançaient en une moue permanente. Ce pull blanc cassé qu'elle portait moulait de très jolis seins. Et malgré l'odeur de café qui emplissait l'air, il aurait juré qu'il sentait son parfum. Un parfum doux et sucré comme un bonbon.

À la place d'un salaud de l'espèce de Dean, Russ ferait marcher cette jeune femme pendant très, très longtemps et lui prendrait tout ce qu'elle avait – émotionnellement, physiquement et financièrement – en en profitant à fond. Alors où donc était ce fumier ?

— Eh bien, fit-elle, je voulais t'envoyer une photo de moi par mail mais je me suis dégonflée. Ce qui n'est pas très juste, je le reconnais, puisque moi je savais quelle tête tu avais. Je t'ai cherché dans l'annuaire de ton lycée.

Russ haussa un sourcil surpris. Cela devenait de plus en plus bizarre.

— Comment as-tu fait pour te procurer l'annuaire de mon lycée ?

Aïe, aïe, aïe. Quelle tête avait-il à l'époque ? Cheveux gras et acné, sans doute. Et de longs bras maigres comme ceux de Sean, son frère de treize ans.

— C'est Michelle Ganosky qui me l'a passé. Tu te souviens d'elle ? C'est elle qui a vu ton nom sur le forum des anciens et qui m'a conseillé de me présenter à toi.

— Michelle ?

Russ avait du mal à se souvenir des femmes avec lesquelles il était sorti il y a trois semaines. Alors une fille qui était dans sa classe au lycée... À moins, peut-être, qu'il ait couché avec elle. Mais il ne se voyait pas vraiment poser cette question à Laura.

C'est alors que la mémoire lui revint.

— Ah, oui. Michelle Ganosky. Ce n'était pas elle qui... ?

Il laissa sa phrase en suspens en se rendant compte qu'il était sur le point de dire « qui était sourde ». Il se racla la gorge et ouvrit la fermeture Éclair de son blouson. Ce n'était pas possible d'être aussi maladroit.

— Qui était sourde ? compléta Laura. Oui, Michelle est sourde. C'est comme cela que je la connais. Nous avons passé un an ensemble à l'université avant que je doive rentrer à la maison. Mais je ne voulais pas te dire que je connaissais Michelle, parce que je ne voulais pas que tu saches que j'ai commencé à te parler intentionnellement. Bon, on dirait que je te l'ai dit, maintenant...

Elle se mit à rire en rejetant ses cheveux en arrière.

Russ commençait à mieux comprendre ce qui se tramait. Laura avait rencontré quelqu'un sur un forum des anciens de son lycée. Trevor Dean. Mais un Trevor Dean qui se cachait sous son nom à lui, Russ Evans. Le salaud, le fumier, le...

— Tu sais que je suis flic, Laura ?

Elle cligna des yeux.

— Flic ? C'est bien ce que tu as dit ?

— Oui. Tu sais que je suis flic ?

Tendu, il attendit sa réponse. Jusqu'à maintenant, rien ne leur avait laissé penser que Dean savait qu'ils enquêtaient sur lui.

— Oui. Tu me l'as dit.

Sa réponse confirmait l'hypothèse de Russ. Il sentit la colère monter en lui. Dean jouait avec la police, et en particulier avec lui. Il se moquait de lui. Et de cette jeune femme avec.

— Tu m'as dit beaucoup de choses, Russ, précisa-t-elle avec un sourire flirteur.

Il s'en doutait. Furieux, il changea de position sur sa chaise et heurta de nouveau la jambe de Laura. Il s'écarta vivement – non sans remarquer qu'elle prenait une brusque inspiration.

— Laura, je ne suis pas l'homme avec lequel vous avez bavardé en ligne, annonça-t-il en passant au vouvoiement puisqu'il reprenait son rôle de policier. Je n'ai même pas d'ordinateur.

S'il en avait eu un, il l'aurait sûrement jeté par la fenêtre. Il avait le plus grand mal à rester assis et n'avait aucune patience pour les technologies modernes.

Laura le regardait en fronçant les sourcils, sans rien dire.

— Vous connaissez un certain Trevor Dean ? l'interrogea-t-il.

— Qui ?

Elle jouait avec son écharpe, les doigts toujours en mouvement même lorsqu'elle ne s'exprimait pas en langage des signes.

Il avait envie de prendre ses doigts dans sa bouche pour les sucer un à un.

Russ se frotta les yeux. C'était tentant… mais parfaitement déplacé. Seigneur !

— Je ne connais personne qui s'appelle Dean. Et je ne comprends pas du tout ce qui se passe ici.

Russ, lui, ne comprenait que trop bien. Laura n'était pas la petite amie sophistiquée d'un escroc. Elle était soit sa petite distraction, la fille avec qui il flirtait en ligne pour le plaisir, soit sa prochaine cible.

Et Russ était bien décidé à ce que cela n'arrive pas. Pas alors qu'il avait la charge de cette affaire. Pas à elle.

Et peut-être Laura pourrait-elle l'aider à attraper cette ordure.

2

Laura Wilkins buvait son café à petites gorgées en essayant de trouver un sens à ce dont Russ lui parlait. Comme elle n'y arrivait pas, elle se contenta de le contempler en attendant qu'il s'explique.

Et comme il était très beau, elle avait de quoi contempler. Mmm... oui, il était vraiment craquant avec ses traits virils, une casquette de base-ball enfoncée sur ses cheveux châtain clair, ses yeux couleur de chocolat noir. Son gros blouson bleu marine laissait deviner de larges épaules et, sous son tee-shirt de jersey gris, on devinait des muscles bien ciselés. Quand il était venu à sa table, elle avait remarqué son jean serré sur un renflement quelque peu imposant. Enfin, il avait de grandes mains qui auraient eu besoin d'une bonne lotion hydratante, et un air sérieux qu'elle trouvait incroyablement sexy.

Laura sentit tout son corps devenir chaud, humide, comme au sortir d'une douche brûlante.

— Écoutez, dit-il, je suis désolé mais vous avez échangé des e-mails avec un homme qui se servait de mon nom. Trevor Dean est un arnaqueur qui vole les femmes. Il commence par les rencontrer soit sur Internet, soit en ville, et il fait en sorte de gagner leur confiance.

Il remua un peu sur sa chaise, sans cesser de la regarder dans les yeux.

— Ensuite, poursuivit-il, il couche avec elles, emménage chez elles et les dépouille complètement. Les services de police font une enquête sur lui pour vol et fraude.

Laura, qui en était à imaginer Russ en train de lui faire un strip-tease sur un morceau de Bruce Springsteen – une pensée fort agréable –, fut brutalement ramenée à la réalité. *Vol et fraude ?* Avait-elle mal lu sur ses lèvres ?

— Pardon ?

— Vol et fraude, répéta-t-il.

Elle but une autre gorgée réconfortante de son moka au lait. Ses projets de sensualité débridée semblaient bel et bien tomber à l'eau.

— Comment savez-vous que c'est avec lui que j'ai bavardé ?

Bavardé, mais aussi échangé des pensées, des sentiments très personnels et, pire, un léger flirt sexy. C'était affreusement gênant.

Elle avait confié à cet homme qu'elle n'avait pas couché avec un homme depuis six ans. Il avait dû l'étiqueter « blonde idiote prête à cueillir ».

— Nous avons trouvé votre nom, ainsi que la date et le lieu de ce rendez-vous, dans les affaires qu'il a laissées chez sa dernière victime.

Laura ne savait pas si elle était gênée ou déçue. Sans doute la déception l'emportait-elle, mais elle ne pouvait pas l'avouer.

— C'est affreusement gênant, dit-elle donc.

— Ne soyez pas gênée, répondit-il. Soyez soulagée d'avoir appris la vérité à temps.

Facile à dire, pour lui. Ce n'était pas lui qui avait mis de la lingerie rose dans l'attente de ce moment.

Le pire, c'était que cet homme lui avait vraiment plu. Il était drôle et réfléchi, il ne manquait jamais une occasion de rajouter une « émoticône » à ses e-mails. Elle se sentit piquer un fard. Sa mère lui disait toujours qu'elle était trop gentille, qu'elle serait capable de proposer à un tueur en série de lui montrer comment faire des nœuds plus solides.

Bien entendu, c'était ridiculement exagéré. Toutefois, elle voulait bien reconnaître qu'elle avait une nature trop confiante. Il ne lui était pas venu à l'esprit de douter que Russ Evans soit vraiment Russ Evans.

Le Russ Evans assis en face d'elle lui lança un regard sévère et paternaliste.

— Vous ne devriez donner aucune information personnelle en ligne, vous savez. Le monde est plein d'escrocs et de détraqués. Et surtout, surtout, n'acceptez plus jamais de rencontrer quelqu'un en personne comme cela.

Si elle était parvenue toute seule à cette conclusion, l'entendre le dire la fit se sentir dans la peau d'une enfant désobéissante. Elle ne supportait pas que les gens la traitent avec condescendance. Surtout venant d'un homme aussi séduisant et qui pourrait faire bien d'autres choses avec elle…

— Je suis dans un café, lui rappela-t-elle. Dans un lieu public. Rien n'aurait pu m'arriver ici.

Il leva les yeux au ciel et plissa la bouche en un rictus écœuré.

— N'importe quoi. Il n'y a qu'un seul employé dans ce café, et il a l'air d'avoir plus de cheveux que de cervelle. Quelqu'un pourrait très bien braquer un revolver sur vous, menacer le garçon et vous traîner dehors en trente secondes sans que personne puisse l'arrêter.

Hmm. Voilà une joyeuse perspective.

— Ne soyez pas si confiante, Laura. Vous n'avez même pas demandé à voir ma plaque. Je pourrais aussi bien ne pas être flic.

Mon Dieu, il avait raison… Elle ne savait même pas s'il était vraiment policier. Elle ne savait rien de lui, au fond. Si cela se trouvait, c'était lui, l'arnaqueur, et il se faisait passer pour un inspecteur. Troublée, elle tendit la main.

— Vos papiers d'identité, s'il vous plaît.

Il salua son geste d'un hochement de tête approbateur, sortit son portefeuille de sa poche et le lui tendit.

— Ne faites jamais confiance à personne, insista-t-il.

Laura trouvait cette règle de vie bien triste. Toutefois, elle ouvrit son portefeuille et examina la plaque qui confirmait qu'il appartenait bien à la police de Cleveland. Puis elle lut son adresse sur son permis de conduire, et nota au passage que la photo d'identité ne lui rendait pas plus justice que celle qu'elle avait vue dans l'annuaire de son lycée.

Malgré tout, les mises en garde de sa mère – et celles qu'il venait de lui adresser – résonnèrent dans sa tête.

— Qu'est-ce qui me prouve que c'est vous qui me dites la vérité ?

Russ en resta un instant bouche bée, puis se mit à rire.

— Rien, sans doute, concéda-t-il. Vous pouvez appeler le commissariat et demander à me parler, pour avoir la confirmation que je suis bien inspecteur, ou alors vous pouvez demander à parler à mon patron. Il pourra se porter garant de moi et vous confirmer que je travaille bien sur cette enquête.

— Le seul problème, c'est que je n'entendrai pas sa réponse.

Cette fois, il parut mortifié.

— Je suis désolé, je n'ai pas pensé…

Il paraissait si mal à l'aise qu'elle se hâta de le rassurer d'un sourire. Cela la gênait quand sa surdité mettait les gens mal à l'aise.

— Je ne cherchais pas à vous embarrasser, assura-t-elle. C'est simplement la vérité.

Mais il ne lui rendit pas son sourire. Il l'étudiait, appuyé au dossier de sa chaise, en jouant de ses grands doigts sur la table. Laura cessa de sourire elle aussi, envahie par un profond regret. Cet homme si séduisant n'était pas celui avec lequel elle avait communiqué en ligne.

Dire qu'elle s'était précipitée vers lui, si excitée de le voir, impatiente de faire sa connaissance, reconnaissante qu'il ne lui ait pas posé un lapin. Mon Dieu... C'était affreusement gênant.

Le pire, c'était que Russ Evans ne soit plus son petit secret, sa raison de monter discrètement dans sa chambre consulter ses e-mails dans l'espoir d'un message de lui. L'homme avec qui elle avait communiqué était si gentil. Il s'intéressait à elle. Du moins était-ce ce qu'elle avait cru. Mais rien de tout cela n'était réel.

Son correspondant était un escroc qui en avait sans doute après son argent, et le véritable Russ Evans ne s'intéressait pas à elle le moins du monde.

Oh ! qu'elle avait envie d'être chez elle et de manger un brownie pour se consoler...

— Bon, eh bien, dans ce cas, je vais y aller, bredouilla-t-elle. Merci de vous être inquiété de moi. J'espère que vous attraperez ce type et tout ça.

Elle se pencha pour ramasser son sac et garda la tête baissée un peu plus longtemps que nécessaire afin de ne pas voir la réponse de Russ.

Elle faisait souvent cela, enfant. Elle fermait les yeux lorsqu'on la grondait pour ne pas voir le sermon. Sa mère avait fini par lui donner des tapes sur les fesses pour la forcer à rouvrir les yeux. Mais Russ Evans ne la connaissait pas. Il ne savait pas qu'elle évitait intentionnellement de voir ce qu'il lui disait, qu'elle voulait quitter ce café sans réprimande supplémentaire.

Cependant, quand elle se redressa et se retourna pour saisir son caban noir sur la chaise voisine, il la prit par le bras. Elle le regarda, méfiante.

— Dean vous a-t-il dit des choses sur lui, sur l'endroit où il habite ? Sur ce qui l'intéresse ?

Laura dégagea son bras de son emprise et le passa dans la manche de son caban. Elle n'avait pas envie de penser aux choses que Dean lui avait dites, parce que cela la forçait à se souvenir de tout ce qu'elle lui avait répondu de trop exubérant et naïf.

— Je ne sais pas. Il parlait comme s'il était vous. Il a dit qu'il était policier, qu'il était allé au lycée de Lakewood, qu'il aimait faire du bateau.

— Je n'aime pas le bateau.

Russ était penché en avant, l'air intense, déterminé, la mâchoire crispée, son regard sombre très assuré.

— Certains indices ont pu transparaître dans ses e-mails, précisa-t-il. Vous en avez conservé ? Depuis combien de temps communiquiez-vous avec lui ?

— Environ deux mois. Mais je n'ai conservé aucun message. Je me souviens qu'il a dit qu'il habitait à Tremont, mais sans donner d'adresse précise.

— Bon. De quoi parliez-vous, en général ?

— De tout et de rien.

De sexe, surtout. Heureusement qu'elle avait supprimé tous les messages *et* vidé la corbeille de sa messagerie.

Laura enfila la seconde manche de son caban et sortit ses clés de son sac à main rose. Il fallait qu'elle s'en aille, qu'elle s'éloigne de Russ Evans. Il lui rappelait qu'elle se mentait, que jamais elle ne mènerait cette vie débridée, excitante à laquelle elle avait rêvé un instant. Elle était vouée à se flétrir comme un fruit desséché, à se fossiliser dans la vieillesse sans jamais être touchée par les mains d'un amant.

Russ Evans ne cherchait qu'une chose : capturer cet homme. Il ne s'intéressait pas à elle autrement que pour l'aide qu'elle pourrait lui apporter.

— C'est-à-dire ? insista-t-il. Vous pouvez être plus précise ?

Il ne semblait pas voir combien elle était mal à l'aise. Absorbé qu'il était par son affaire, il se trompa de tasse de café et but une gorgée dans celle de Laura sans même s'en rendre compte.

En voyant sa bouche sur sa tasse, à l'endroit où elle avait posé les lèvres, elle craqua. Elle voulait le choquer, le forcer à vraiment la regarder et à voir en elle autre chose que la sourde qui s'était laissé embobiner par les belles paroles d'un arnaqueur. Elle voulait qu'il voie en elle une femme. Une fois, rien qu'une fois, elle voulait qu'un bel homme la regarde vraiment.

— De sexe. Nous parlions de sexe.

Russ s'étrangla sur le café sucré et mousseux qui lui remonta même dans le nez, le brûlant affreusement. Il ne s'était vraiment pas attendu que Laura dise cela. Elle semblait si douce, si naïve, si *élevée*... Il ne l'aurait pas imaginée échangeant des e-mails cochons avec quiconque, et encore moins un inconnu. Une image s'imposa à son esprit. Laura lui murmurait à l'oreille ce qu'elle avait envie qu'il lui fasse... Il sentit le désir monter en lui.

Bravo, voilà qui était très professionnel.

Il reprit le contrôle de lui-même – ou du moins de ses pensées.

— Je vois. J'imagine que cela ne peut pas nous donner beaucoup d'indices.

— Non, admit-elle, sauf si vous avez envie de connaître ses fantasmes.

Elle allait l'achever...

— Non, merci, répondit-il.

En revanche, si elle lui proposait de parler de ses fantasmes à elle, il serait disposé à l'écouter.

Ils restèrent sans rien dire pendant une bonne minute. Dans la tête de Russ, les idées sensuelles le disputaient à la perplexité sur ce que Dean prévoyait de faire.

— Vous êtes vraiment sûr que c'est un escroc ? insista Laura.

Comme elle semblait nostalgique, il lui répondit avec dureté. Il ne voulait pas qu'elle fasse quelque chose de stupide, comme se mettre avec Dean malgré tout.

— Oui. À notre connaissance, quatre femmes se sont fait voler plus de cent mille dollars avant que Dean les plaque. Vous avez de l'argent, Laura ?

— Disons que oui. J'ai un petit héritage et même si j'habite avec ma mère, en théorie la maison m'appartient.

— Où est-elle située ?

— Edgewater Drive.

— Au bord du lac, conclut-il.

Joli. Alors elle avait *beaucoup* d'argent. Dean devait vouloir passer à la vitesse supérieure.

— Oui, confirma-t-elle en resserrant son écharpe autour de son cou. Enfin, il y a d'autres poissons dans la mer. Et en ligne.

Il releva brusquement la tête. Cela ne lui plaisait pas du tout.

— Attendez. Qu'est-ce que vous voulez dire ?

Mais elle ne le regardait pas. Elle boutonnait son caban. Il lui tapota le bras avec impatience. Elle leva les yeux, surprise.

— Ne faites pas de rencontres en ligne, Laura, lui conseilla-t-il. C'est dangereux. Vous pouvez tomber sur n'importe qui. On peut vous dire n'importe quoi.

— C'est vrai aussi des gens que l'on rencontre en personne, fit-elle valoir.

Zut, elle l'avait coincé, là. Mais il ne pouvait pas la laisser partir avant qu'elle ait compris l'importance de ce qu'il lui disait. La laisser surfer seule sur Internet en parlant à des gens qu'elle ne connaissait pas reviendrait à faire traverser l'autoroute à un petit lapin.

Il aimait bien les petits lapins.

Surtout celui-ci. Justement, Laura lui sourit. Il soupira. Il ne voulait pas s'impliquer auprès d'elle. Il avait déjà du pain sur la planche avec Sean, qui lui causait assez de soucis comme cela. Il ne pouvait pas s'occuper en plus de cette jeune femme. Toutefois, il fallait absolument qu'il lui arrache la promesse d'être raisonnable. Il n'avait pas envie de trouver son nom dans un prochain rapport de police.

— Écoutez, il doit bien exister un meilleur moyen de rencontrer des gens. Au travail, chez des amis, à l'église, dans vos loisirs… Je vous assure que les hommes bien qui ont envie d'une relation ne manquent pas. Je vous demande seulement d'être raisonnable, prudente, et de vous protéger.

Bon sang ! On croirait entendre un père inquiet s'apprêtant à passer les clés de sa voiture à son fils adolescent.

Laura serra les dents. Elle avait les joues rouges. Était-ce à cause de la chaleur, parce qu'elle avait remis son caban, ou parce qu'elle était en colère contre lui ?

— Je ne veux pas une relation, contra-t-elle. Ce que je veux, c'est du sexe.

Oh ! la la… Ce n'était pas du tout ce qu'il avait envie d'entendre.

— Laura ! hoqueta-t-il, choqué à un point qu'il n'aurait pu imaginer.

— C'est vrai, répliqua-t-elle en baissant les yeux et en enfouissant le visage entre les revers de son caban. Toute ma vie, j'ai fait ce que l'on attendait de moi. Je me suis toujours montrée polie, attentionnée ; et la plupart du temps, cela ne me dérange pas. Évidemment, je n'ai pas envie de ne *pas* être gentille et attentionnée. Mais pour une fois, j'ai envie d'être égoïste. De me lâcher.

Laura n'avait pas l'air égoïste, et encore moins du genre à se lâcher. Elle était charmante, si mignonne dans son écharpe rose. C'était le genre de femme que l'on présentait à ses parents, et que l'on mettait sur un piédestal pour l'admirer de loin telle une icône de perfection féminine. Pas le genre de femme avec qui l'on s'envoyait en l'air.

Ce qui n'expliquait pas l'érection qui le tourmentait depuis déjà un moment.

— Quel âge avez-vous ? esquiva-t-il. Vingt ans ?

Elle fixait intensément sa bouche tandis qu'il parlait. Il trouvait très impressionnant qu'elle comprenne ce qu'il disait rien qu'en lisant sur ses lèvres. Du coup, elle ne pouvait pas le regarder dans les yeux, ce qui lui permettait de l'observer attentivement sans qu'elle s'aperçoive qu'il la fixait.

Il aimait bien la regarder. Elle était jolie, adorable – très différente des femmes avec lesquelles il était sorti. Il fréquentait des femmes sûres d'elles, d'allure tapageuse, car elles acceptaient sans rechigner ce qu'il avait à leur offrir. Elles comprenaient parfaitement ce que c'était que de s'amuser un peu ensemble et d'en rester là. Russ se devait avant tout à Sean, et à son travail. Il gardait ses distances avec celles qui ne comprenaient pas cela dès le début, si belles ou intelligentes soient-elles.

Sa question fit plisser le nez d'indignation à Laura.

— J'ai vingt-cinq ans ! s'insurgea-t-elle. Presque vingt-six. Et hormis un an à l'université, je n'ai jamais habité ailleurs que chez mes parents.

Elle haussait le ton à mesure qu'elle parlait. Du coin de l'œil, Russ vit que le garçon et une jeune femme brune les regardaient.

— Je ne sors avec personne. Je ne fais jamais rien d'un tant soit peu excitant. Je ne couche avec personne.

Pendant qu'elle y était, elle n'avait qu'à répéter cela dans un mégaphone…

— Euh… Laura, vous parlez un peu fort.

— Quoi ? Oh, désolée.

Elle jeta un coup d'œil autour d'elle et rougit.

— N'être sortie avec personne depuis un moment ne doit pas vous faire vous accrocher au premier venu. Les rencontres d'un soir ont des avantages, concéda-t-il, mais il faut que vous soyez prudente.

— Je le sais, affirma-t-elle. Je suis peut-être confiante, mais pas stupide.

— Je n'ai jamais dit que vous étiez stupide…

Bravo. Il était parvenu à transformer cette conversation en interrogatoire. Bien joué, vraiment.

Elle confirma ses craintes en se levant et en prenant ses clés.

— Merci encore de vous inquiéter pour moi, dit-elle. Je m'en vais.

— Attendez une seconde, Laura…

Ils n'avaient rien résolu. Elle n'avait pas encore accepté de rester enfermée chez elle, où aucun homme ne pourrait la toucher ni lui faire de mal.

— Si Trevor Dean vous envoie un e-mail, il faut que vous me préveniez.

— Comment s'appelle-t-il, déjà ? Je n'arrive pas à lire ce que vous dites.

Russ sortit un stylo de sa poche et écrivit *Trevor Dean* sur une serviette en papier. En dessous, il griffonna son propre nom, ainsi que ses numéros de téléphone professionnel et personnel. Puis il lui donna la serviette.

— S'il se manifeste, ne lui répondez pas et surtout, ne lui faites pas comprendre que vous savez qui il est. Appelez-moi immédiatement, d'accord ?

— Très bien.

Elle poussa un petit soupir. Manifestement, la situation ne lui plaisait pas beaucoup, mais elle restait polie.

— Bonsoir, Russ.

— Attendez, l'arrêta-t-il de nouveau en lui prenant le bras et en se levant.

Elle était plus petite qu'il ne l'aurait cru. Elle lui arrivait au nez.

— Excusez-moi, ajouta-t-il en lui lâchant le poignet. Je n'arrête pas de vous prendre le bras. Je ne sais pas comment faire autrement pour attirer votre attention.

— Vous pouvez me toucher le bras, taper du pied, faire un signe de main. La seule chose que je n'aime pas, c'est qu'on me fourre la main devant le visage.

Elle n'avait pas du tout l'air en colère. Elle semblait plutôt contente qu'il ait pris la peine de lui poser la question.

Russ sentit de nouveau ce je-ne-sais-quoi qui lui dictait de ne pas la laisser sortir d'ici seule. Il aurait bien voulu croire que c'était le policier en lui qui, touché par sa vulnérabilité, voulait la protéger. Mais quelque chose lui disait qu'il y avait plus que cela, que ses sentiments à son égard étaient plus complexes. Toutefois, il était décidé à ignorer ce « quelque chose » jusqu'à ce qu'il se dissipe, comme une rage de dents.

— Bon. Écoutez. Mon coéquipier Jerry est dehors et nous avons une voiture garée en face. Je me sentirais mieux si vous me permettiez de vous suivre jusqu'à chez vous. Ainsi, je serais sûr que vous êtes rentrée saine et sauve. Je ne sais pas pourquoi Dean n'est pas venu à votre rendez-vous, mais cela m'inquiète.

Laura se mordilla la lèvre, hésitante, et remonta la bandoulière de son sac sur son épaule.

— D'accord, concéda-t-elle, si vous insistez. Mais j'habite à cinq minutes, vous savez.

— Il peut se passer beaucoup de choses en cinq minutes.

Oui, confirma-t-elle intérieurement, elle pourrait sans doute avoir un orgasme rien qu'en le *regardant* cinq minutes. Toutefois, elle conserva une expression neutre et ne dit rien.

— Laura, promettez-moi – et je vous dis cela très sérieusement –, promettez-moi de ne plus accepter de rendez-vous avec un inconnu. Promettez-moi de ne pas coucher avec quelqu'un que vous ne connaissez pas.

Il était adorable de se faire du souci pour elle comme cela. Adorable, mais exaspérant. Ce fut la goutte d'eau qui fit déborder le vase.

— Je pourrais coucher avec vous, dans ce cas, suggéra-t-elle.

Mmm. Cela lui faisait du bien de l'avoir dit. C'était libérateur. Et elle n'avait même pas eu besoin de boire un verre pour se donner du courage.

Russ, lui, semblait avoir perdu l'usage de la parole.

Laura le fixait du regard en s'efforçant d'avoir l'air impertinente et pleine d'audace sensuelle. Un vrai rôle de composition.

— Qu'est-ce que vous voulez dire ? finit-il par demander en se remettant à tripoter la visière de sa casquette.

— Je veux dire que nous pourrions coucher ensemble, vous et moi.

Devant l'air accablé de Russ, elle sentit son aplomb s'évaporer et son sang-froid l'abandonner.

Qu'est-ce qu'elle croyait, enfin ? Pourquoi voudrait-il coucher avec elle, alors qu'il devait avoir tout un choix de danseuses exotiques à sa disposition ? Et elle n'aurait pas dû lui balancer cela ainsi, même si elle était à moitié sérieuse.

— Je plaisantais, mentit-elle en levant les yeux au ciel pour être plus convaincante. Ce que je veux dire, c'est que, à moins que vous ayez envie de coucher avec moi, ce que je peux faire et avec qui ne vous regarde pas.

— Mais je m'inquiète pour vous ! protesta-t-il. Je ne veux pas que vous soyez blessée, ou tuée, bon sang !

Cette sortie avait toutes les caractéristiques d'un sermon parental. Si Russ était gentil de se soucier d'elle, ce n'était pas ce dont elle avait envie. Certes, Laura avait perdu son père, mais elle ne cherchait pas à le remplacer. De toute façon, si c'était le cas, ce ne serait sûrement pas avec un homme qu'elle rêvait de déshabiller pour déguster son corps.

— Merci de me mettre en garde. Cependant, et même si cela vous surprend, je suis capable de m'occuper de moi. Je sais même traverser la rue toute seule, figurez-vous.

Sur quoi elle le planta là, le laissant en train de bafouiller des protestations.

3

Trevor Dean regarda Laura Wilkins sortir du café. Elle était restée plus longtemps qu'il ne s'y attendait ; c'était bon signe. Cela signifiait qu'elle avait vraiment envie de le rencontrer. Enfin, de rencontrer plutôt Russ Evans.

Il sortit de sa voiture et gloussa. Cela le faisait toujours rire d'emprunter des noms de flics pour lever des femmes. Il avait une liste d'inspecteurs dont il utilisait l'identité à tour de rôle, qui ne se doutaient de rien et le laissaient impunément voler à droite et à gauche. C'était vraiment trop drôle.

Jill l'attendait dans le café. Elle devait se demander pourquoi il n'était pas déjà là. Il pressa le pas et jeta son mégot de cigarette sur le trottoir. Il faisait plus froid qu'en Alaska, songea-t-il, et son blouson de cuir était loin de le protéger suffisamment. Il aurait peut-être dû descendre dans le Sud, cette année, aller travailler dans les Keys de Floride.

L'ennui, c'est que pour cela, il devrait repartir de zéro.

Alors que, à Cleveland où il opérait depuis plus de cinq ans, il avait mis en place tout un système et la police ne se doutait toujours de rien. Il avait en permanence trois femmes en même temps : une dans les stalles de départ, une dans la course et une en train de franchir la ligne d'arrivée.

Cela fonctionnait à merveille.

Jill renversa son café en le voyant entrer et marmonna toute seule en épongeant. Puis elle poussa les serviettes de papier mouillées sur le côté et s'essuya les doigts sur son tee-shirt bleu.

— Salut, ma chérie, dit Trevor en l'embrassant sur le front avant de s'asseoir en face d'elle. Tu as renversé ton café ?

— Oui. Je suis vraiment gourde.

— Une très jolie gourde, alors, précisa-t-il avec un clin d'œil en sachant que cela allait la faire rougir.

En effet, elle piqua un fard. Jill était si prévisible... Dès qu'il l'avait vue à la station-service en train de se battre avec son bouchon de réservoir, le nez rouge, les cheveux aplatis sous son bonnet de laine, il avait su que ce serait elle la prochaine.

Trevor aimait les femmes peu séduisantes. Elles avaient tellement envie de plaire, tellement envie qu'on les touche... Il aimait aussi leur certitude permanente qu'il allait filer d'une minute à l'autre. Il aimait même coucher avec elles. Il se sentait fort quand il leur donnait quelque chose qu'il était sûr d'être le seul à leur donner. C'était toujours lui qui gardait le contrôle, au lit comme en dehors.

— Je commençais à m'inquiéter, avoua Jill en repoussant en arrière ses cheveux brun terne. Je pensais que tu arriverais plus tôt. Enfin ce n'est pas grave, hein, je ne veux pas te harceler. Mais je t'imaginais accidenté, dans le coma...

Ce petit rire nerveux qu'elle laissa échapper, son inquiétude le firent sourire. Il la tenait.

Il habitait à l'hôtel depuis qu'il avait filé de chez Rachel samedi : tout s'enchaînait parfaitement.

— Désolé, mon ange. J'aurais dû t'appeler pour te prévenir que j'allais être en retard. J'ai passé plus longtemps que prévu avec mon propriétaire à essayer de le raisonner.

Mais j'ai eu beau faire, il n'a pas cédé. Il augmente mon loyer de deux cents dollars par mois.

— Quoi ? Oh, Pete ! C'est affreux.

— Je ne sais pas comment je vais faire.

Il s'affaissa contre le dossier de sa chaise et poussa un soupir. Puis il attendit que Jill sorte des stalles de départ.

— Et en plus, ils ont réduit tes heures au bureau, ajouta-t-elle.

Elle détestait voir le pauvre Pete si soucieux, ses beaux yeux bleus ternis par l'abattement. Lui toujours si optimiste, c'était vraiment dur de le voir dans cet état.

Elle ne cessait de s'étonner qu'un homme aussi beau que Pete Trevor l'ait regardée, elle si quelconque, si peu attirante. Elle avait des cheveux ordinaires, un visage ordinaire et un corps ordinaire, si ce n'était ses très gros seins qui lui avaient valu bien des moqueries au lycée.

Pourtant, Pete était si gentil avec elle... Elle était en train de tomber amoureuse de lui, elle en était presque sûre.

— Ça va aller, assura-t-il. Je vais trouver une solution. J'ai un peu d'argent de côté...

En parlant, il évita son regard et se passa les mains dans les cheveux. Il lui mentait pour la rassurer, comprit-elle avec un sursaut. Il ne voulait pas qu'elle s'inquiète. Le cœur gonflé de tendresse, elle parla avant de réfléchir, de douter.

— Pourquoi n'habiterions-nous pas ensemble ? proposa-t-elle en rougissant de se montrer aussi présomptueuse. Enfin, poursuivit-elle malgré l'air surpris de Pete, tu passes déjà deux nuits par semaine chez moi, alors pourquoi perdre autant d'argent en payant deux loyers ? Si nous nous installions ensemble, nous économiserions quatre cents dollars par mois chacun.

Elle attendit sa réponse en retenant son souffle.

— J'y ai bien pensé, admit-il, mais je ne voulais pas que tu me prennes pour un parasite...

— Bien sûr que non ! Nous partagerons le loyer. Pete lui adressa un de ces sourires qui lui faisaient tout drôle, tout chaud à l'intérieur.

— Et si le fait de vivre ensemble révélait mes défauts au grand jour ? Je ne veux pas te perdre.

C'était de l'amour. Oui, c'était bel et bien de l'amour.

— Tu ne me perdras pas, promit-elle. Tu m'auras aussi longtemps que tu voudras de moi.

— J'y compte bien, répondit-il en lui baisant la main.

Russ remonta la fermeture Éclair de son blouson en sortant. Il sentait la tension littéralement monter en lui, dans sa poitrine et dans sa tête, une tension qui l'oppressait, le mettait en colère, lui donnait envie d'attraper Laura et de l'enfermer dans une pièce avec des photos de scènes de crime.

Elle était capable de s'occuper d'elle-même, soi-disant. Tu parles ! Laura était comme un petit lapin dans une ville pleine de renards. Un jour, tandis qu'elle se promènerait toute douce et tendre en quête d'un brin de trèfle... vlan ! elle se ferait dévorer sans autre forme de procès.

Toutefois, il avait une mission – une mission qui ne consistait pas à protéger les jeunes femmes naïves. Laura marchait dans la rue tête baissée, absolument pas attentive à ce qui se passait autour d'elle. Bon sang ! Quelqu'un pourrait bien sortir de derrière cette haie et l'attraper, et elle ne se rendrait compte de rien avant qu'il ne soit trop tard parce qu'elle n'entendrait pas.

S'occuper d'elle-même, disait-elle ? Enfin, c'était comme si les mots « jeune femme riche et vulnérable, n'hésitez pas à profiter de moi » étaient écrits sur son front.

Elle était si attirante que Russ lui-même aurait profité d'elle.

En la voyant déverrouiller la porte d'une Lexus blanche, il laissa échapper un juron. Il courut les dix derniers mètres qui le séparaient de la librairie et se jeta à la place du passager de la camionnette noire d'Anders, sans quitter Laura des yeux.

— Suis cette Lexus, ordonna-t-il à son coéquipier.

Jerry démarra, non sans lui jeter un regard irrité.

— Où étais-tu passé ? Cela fait une demi-heure que tu es parti. Tu me trompes, ou quoi ? Il y a un autre inspecteur ?

Russ éclata de rire. Il aimait bien travailler avec Anders qui le faisait rire même quand les choses tournaient mal, ou quand ils étaient dans la paperasse jusqu'au cou.

— Allons, Jerry, tu sais bien que je ne te ferais jamais une chose pareille. Mais tu sais aussi qu'une relation solide repose sur la confiance.

— Tu n'es jamais là et tu ne me dis plus rien : que faut-il que j'en conclue, à ton avis ?

Il s'arrêta au feu rouge derrière la voiture de Laura et sourit à Russ avant de poursuivre :

— Tu rentres tard en sentant les cigarettes et le café, alors que je sais que tu n'en bois pas. Je crois qu'il faut que nous voyions un conseiller, mon vieux, ou alors c'est fini. Tu entends ? Fini !

— Arrête, Anders. Tu sais bien que tu es mon seul partenaire.

— Sois sage, ô mon cœur, fit Jerry d'un ton théâtral.

Il regardait autour de lui en suivant Laura dans Lake Avenue, puis sur Edgewater Drive. Ils longeaient les imposantes maisons de brique construites dans les années 1920 dans ce quartier riche.

— Eh bien, la blonde n'est pas à plaindre, commenta-t-il.

— Elle habite avec sa mère. Un héritage, j'imagine.

Tout en surveillant le voisinage, Russ gardait un œil sur les feux de la voiture de Laura.

— Elle ne savait pas qui était Dean ; elle n'avait jamais entendu ce nom. Tu te rends compte ? Elle pensait bavarder en ligne avec Russ Evans, un vieux camarade de lycée de sa copine Michelle.

Jerry émit un sifflement admiratif.

— C'est un malin, ce Dean.

— Et il en sait plus que nous ne le pensions.

Il regarda Laura s'engager dans l'allée qui menait à une énorme maison de brique à deux étages et à la façade percée de deux douzaines de fenêtres dans lesquelles se reflétait la lune.

— Mince alors, sacrée baraque !

Il y avait de quoi loger au moins douze personnes.

— Je parie que toute ma maison tiendrait dans une seule pièce de celle-ci.

Jerry s'arrêta le long du trottoir et haussa un sourcil.

— Elle a le lac au bout du jardin et le monde entier à ses pieds, conclut-il. Ce ne doit pas être mal, d'être riche.

Laura avait rentré sa voiture dans le garage derrière la maison. Maintenant, des lumières s'allumaient partout au rez-de-chaussée. Il n'y avait pas de rideaux aux fenêtres, et même si la maison se dressait en retrait de la rue dont elle était séparée par une grande cour recouverte de quinze centimètres de neige, Russ distinguait le contour du mobilier, des lampes. Puis il vit la tête blonde de Laura quand elle passa derrière un canapé.

Il songea à sa suggestion de coucher ensemble. Sans doute avait-elle dit cela comme une pique, un argument dans leur discussion, n'empêche que le corps de Russ avait entendu sa proposition et s'en était emparé. Pire, il ne cessait de l'imaginer en train de faire la même offre à un autre et de s'imaginer, lui, en train de casser la figure à cet autre.

— Attends-moi une seconde, dit-il en ouvrant sa portière.

— Et voilà, c'est reparti. « Attends là, Jerry, pendant que je vais flirter avec une suspecte... »

— Elle n'est pas suspecte, je te l'ai dit, rectifia-t-il en descendant de voiture. Appelle Pam sur ton portable, si tu te sens seul. Essaie de lui demander pourquoi elle a cru un jour que c'était une bonne idée de sortir avec toi.

— Eh ! Pendant que tu dragueras la blondinette, essaie de faire un peu ton travail et vois si elle accepterait de servir d'appât pour nous aider à coincer Dean ! lança Anders.

Russ retint la portière juste avant qu'elle se ferme. Il savait que son coéquipier avait raison, mais enrôler Laura dans cette histoire allait contre ce qu'il essayait de lui faire comprendre. Il voulait qu'elle reste en dehors de cela. Dès maintenant. Il voulait qu'elle soit dans sa jolie maison, à l'abri, innocente, hors de portée de l'affreuse réalité.

— Pas elle, Anders. Si on l'utilise comme appât, il y a de fortes chances qu'elle se fasse croquer.

— Par Dean, ou par toi ? répliqua Jerry avec un sourire.

— La ferme ! contra-t-il en claquant la portière au nez d'un Anders hilare.

En remontant l'allée, les mains enfoncées dans les poches de son blouson, Russ ne put s'empêcher de se demander ce qu'il fabriquait. Il n'avait aucune raison de sonner à la porte de Laura. Mais il voulait s'assurer que tout allait bien, qu'elle avait fermé la porte à double tour et qu'elle était en sécurité. Il voulait vérifier les verrous, les fenêtres.

L'intensité du souci qu'il se faisait pour elle le déstabilisait. Pour un homme qui estimait que penser à apporter des préservatifs était le summum des égards que l'on pût avoir vis-à-vis d'une femme, il en faisait beaucoup trop. Au cours de ses années dans la police, il avait rencontré beaucoup de gens – des femmes et des enfants notamment – dont le regard le suppliait de les aider, de les comprendre, d'avoir pitié d'eux, et il avait ressenti ce besoin viscéral de faire quelque chose pour eux. Mais il était toujours parvenu à conserver ses distances, à garder la tête froide. Il avait fait preuve de sensibilité dans son travail, tout en adoptant un détachement indispensable pour ne pas devenir fou.

En sonnant à la porte de Laura, on ne pouvait pas dire qu'il gardait ses distances. Alors, quitte à franchir cette limite, pourquoi ne pas aller jusqu'au bout ?

Les aménagements paysagers du jardin étaient couverts de toile pour les protéger des rigueurs de l'hiver. Une lumière discrète éclairait le chemin dallé de brique qui menait à la porte d'entrée. Il marchait vite. Il ne savait pas très bien ce qu'il allait dire, mais il pensait en gros s'offrir à elle comme objet sexuel.

Si elle voulait vraiment une aventure, pourquoi ne l'aurait-elle pas avec lui, tout simplement ? Ainsi, il serait assuré qu'elle ne risquait rien.

Si, en plus, il y trouvait du plaisir, ce ne serait qu'un avantage collatéral. L'essentiel, c'était de protéger Laura.

Quel bon Samaritain il faisait ! Un bon Samaritain avec une irrépressible érection...

La porte d'entrée s'ouvrit à la volée alors qu'il était encore à cinq pas du seuil.

— Qu'est-ce que vous faites là ?

Laura se tenait dans l'encadrement de la porte, en chaussons, les hanches moulées dans son pantalon noir, avec toujours son pull blanc et sa fichue écharpe rose. Elle s'était fait une queue-de-cheval qui lui donnait l'air encore plus jeune.

— Je venais juste m'assurer que vous étiez bien rentrée chez vous.

— Quoi ? fit-elle en se penchant en avant et en plissant les yeux. Je ne vois pas votre bouche ; il fait trop sombre.

Russ s'avança jusqu'au seuil, sous les lumières qui brillaient de part et d'autre de la porte. Il répéta ce qu'il avait dit en articulant bien, et en couronnant ses paroles de son sourire le plus charmeur pour la faire fondre.

Sans succès. Elle fit la moue.

— Comme vous voyez, je suis à la maison, saine et sauve.

Elle le regarda avec l'air d'attendre impatiemment qu'il s'en aille.

Avec son sourire figé, Russ commençait à douter. Pourtant, quelque chose le poussait à rester.

— Vous ne m'invitez pas à entrer ?

Elle ouvrit de grands yeux chargés d'une innocence visiblement feinte.

— Un parfait inconnu ? Ce ne serait pas très malin, vous ne trouvez pas ?

Cette fois, il sourit franchement. Dieu, qu'elle était sexy...

— Un point pour vous.

— Bonne nuit, Russ.

En levant les yeux au ciel, elle recula dans la maison et referma la porte.

Il resta planté là en attendant d'entendre le cliquetis du verrou. Rien ne vint. Il attendit, et attendit encore. La porte se rouvrit brusquement.

— Quoi ? demanda Laura avec impatience.

— Vous n'avez pas fermé à clé. J'attendais d'entendre le clic.

— Ah, grommela-t-elle en claquant la porte avec une violence qui fit tressauter le marteau de cuivre.

Mais Russ l'entendit nettement fermer à clé.

Il sourit et accepta l'inévitable.

Mais cette fois, il ne pouvait se tenir à l'écart. Si Laura voulait une liaison, c'est avec lui qu'elle l'aurait. Il se chargerait personnellement de sa sécurité *et* de sa satisfaction.

C'était décidé. Point final.

Laura n'était pas du genre à se mettre en colère. Elle ne s'énervait jamais, se fâchait rarement et passait son temps à trouver des excuses au comportement lamentable des gens. N'empêche que, en cet instant, elle n'était pas très contente. Elle n'irait pas jusqu'à dire qu'elle était furieuse, mais cet homme l'irritait au plus haut point. Le vrai Russ Evans. Le faux était bien plus gentil, même si c'était un menteur et un escroc. Lui, au moins, la traitait comme une adulte.

Russ était resté sur le pas de la porte, vivante incarnation de ses fantasmes. Il dégageait un sex-appeal incroyable – mais il l'avait traitée comme une gamine de douze ans. C'était juste s'il ne lui avait pas donné une petite tape condescendante sur la tête.

D'accord, elle ne s'était pas conduite très intelligemment au café en lui répétant en long, en large et en travers qu'elle voulait se lâcher. Sur le moment, elle avait voulu lui faire comprendre son point de vue ; rétrospectivement, c'était tout bonnement pathétique.

Maintenant elle était gênée, troublée, déçue – et attirée par lui. Tout compte fait, sa mère avait peut-être raison. Il était trop dangereux de sortir avec des hommes. Le plus ironique c'était que, comme sa mère, l'homme avec lequel elle avait envie de sortir estimait qu'elle ferait mieux de s'enfermer chez elle, quitte à s'y pétrifier de solitude et d'ennui.

Elle attrapa un muffin dans la cuisine et monta dans son petit appartement au deuxième étage. En avisant la pile de pulls épars sur le lit, elle se rappela le temps qu'elle avait mis à choisir une tenue et en rit presque.

Russ ne lui aurait pas prêté moins d'attention si elle avait été vêtue d'un sac de papier, songea-t-elle. Il n'avait vu en elle qu'une gamine naïve, confiante, et en manque de sexe. S'il ne se trompait pas sur ce dernier point, il avait faux sur le reste. Elle savait qu'il existait des gens mauvais ; elle n'était pas idiote.

Ce qu'il ne saisissait pas, c'était qu'elle avait cru avoir rendez-vous avec un vieux copain de son amie Michelle. Il n'était pas ahurissant de penser qu'on était en sécurité si l'on avait rendez-vous dans un lieu public avec un policier qui était l'ami d'une amie. Il y avait des limites à ce que l'on pouvait faire pour se protéger, sans se barricader dans une maison scellée et respirer à travers un masque. Alors certes elle ne voulait pas faire des choses stupides, mais elle voulait vivre.

Elle avait passé vingt-cinq ans bien à l'abri dans une bulle, un peu à cause de l'instinct de protection de sa mère, un peu à cause de sa propre timidité, de ses peurs. Désormais, elle ne voulait plus de cette existence-là.

Quand son père était encore vivant, il comprenait en quoi il était important de la pousser à l'indépendance. Il l'avait soutenue dans sa décision de s'inscrire à une université pour sourds à Rochester. C'était lui, aussi, qui l'avait poussée à communiquer à la fois oralement et en langage des signes. Hélas, il était mort d'une crise cardiaque peu avant la fin de la première année d'université de Laura. Elle était rentrée soutenir sa mère et n'était jamais retournée à Rochester.

Il lui avait semblé trop cruel de la laisser seule pour retourner à la faculté où elle ne l'avait laissée partir qu'à contrecœur. Elle avait donc temporairement pris un emploi dans un magasin de bonbons et, sans qu'elle s'en rende vraiment compte, cinq années s'étaient écoulées. Coupée de la communauté des sourds qu'elle avait pris grand plaisir à fréquenter à Rochester, elle était également isolée des entendants par son handicap.

Quand sa tante Susan avait appelée sa mère pour lui demander de l'aider, Laura avait ressenti le besoin de sortir dans le monde réel, de rencontrer des gens, de s'amuser. C'était bien ce qu'elle allait continuer à faire, malgré Russ Evans et ses sinistres mises en garde.

Elle fit bouger sa souris sur son bureau pour faire disparaître les chatons de son écran de veille. Elle prit une bouchée du muffin qu'elle avait posé sur une serviette en papier avant d'ouvrir ses e-mails.

Elle avait un message de Michelle et – tiens, tiens… – un autre de Russ Evans alias Trevor Dean, intitulé `Désolé`. Étonnant. Elle pensait ne plus entendre parler de lui. Elle pensait qu'elle avait cessé de le distraire, s'il lui avait posé un lapin.

Elle cliqua sur son message pour l'ouvrir pendant que son gros chat roux Ferris lui sautait sur les genoux. Elle forma les signes du mot « salut » dans sa fourrure et sentit la vibration de son ronronnement. Elle ne lui parlait jamais à voix haute. Seule, elle préférait laisser vagabonder son esprit comme elle ne pouvait jamais le faire quand elle communiquait avec des entendants. Car les comprendre et se faire comprendre d'eux lui demandait une intense concentration.

L'e-mail de Dean avait été envoyé à dix-huit heures quarante-sept. À cette heure-là, elle était déjà en route pour le café.

Salut, Laura. J'espère que tu auras ce message avant de partir. Il y a eu du nouveau au boulot. Je tiens une piste sur une affaire dont je m'occupe et il va falloir que j'annule nos projets. J'ai vraiment hâte de te rencontrer, mais pouvons-nous reporter ? S'il te plaît, s'il te plaît, tu veux bien me pardonner ? :)

Russ.

Si elle avait lu cela sans avoir vu le vrai Russ Evans, elle se serait satisfaite de l'excuse de Dean. Elle se serait dit que travailler dans la police devait être passionnant. Elle se serait dit qu'il était trop mignon, adorable. Que c'était un garçon bien.

Maintenant, elle savait que c'était un voleur et un menteur. Et puis, comparé au vrai Russ Evans, ce message faisait faible et féminin. Un policier n'écrirait pas comme cela.

Elle se sentait vraiment bête. Et tandis qu'elle se lamentait sur sa bêtise, elle sentit grandir en elle son envie de sortir de la bulle de sa petite existence étriquée. Elle aimait bien la jeune femme qu'elle était ; elle aimait bien aider les autres. Mais elle trouvait que, confinée comme elle l'était dans sa tour d'ivoire, rien n'avait de sens. Elle voulait changer quelque chose, faire quelque chose d'important.

Protéger les autres victimes de Trevor Dean, par exemple.

Elle avait eu de la chance. Son cœur et ses finances étaient intacts. Certes, sa fierté et sa confiance en avaient pris un petit coup, mais elle s'en remettrait. Qu'éprouvait-on quand un homme qui vous avait juré son amour vous mentait et vous prenait tout ?

Ce devait être épouvantable. Et encore, le mot était faible.

Russ n'était sans doute pas à son bureau, estima-t-elle. Elle n'allait pas l'appeler là-bas. Et elle ne pouvait pas l'appeler chez lui car elle ne saurait pas quand le répondeur se déclencherait. Elle téléphonerait au commissariat demain matin pour lui raconter ce qu'elle avait fait. Car pour la première fois en vingt-six ans d'une existence fade, Laura allait prendre une mesure décisive.

Salut, Russ, écrivit-elle à Dean. Désolée que nous nous soyons manqués ! J'espère que tout se passe bien pour ton affaire. Je trouve ça fantastique, la façon dont la police parvient à élucider certains crimes. Je serais ravie de faire de nouveaux projets pour nous rencontrer. Dis-moi simplement où et quand. @ +

Laura.

Elle cliqua sur « envoyer » et, satisfaite, caressa Ferris. Elle ne savait pas si l'euphorie qu'elle ressentait était due à l'excitation ou aux trois mokas qu'elle avait bus. En tout cas, c'était grisant. Elle mentait – et elle mentait très bien. Sa mère serait fière d'elle.

Évidemment, c'était plus facile par e-mail. En face, elle aurait risqué de lâcher toute la vérité et, pour faire bonne mesure, de suggérer à Dean de se faire aider par un psychiatre.

Elle ouvrit ensuite le message de Michelle qui était concis et allait à l'essentiel.

Alors ???? Comment as-tu trouvé Russ ? Tu as conclu ? ;-)

M.

Laura leva les yeux au ciel. Michelle n'avait pas vu la terreur qui s'était peinte sur le visage de Russ quand elle avait suggéré qu'ils couchent ensemble. Pour sa part, elle ne s'en souvenait que trop bien.

Michelle habitait à une heure et demie de Cleveland, à Erie, en Pennsylvanie ; cependant, elles s'envoyaient des e-mails presque tous les jours et étaient sans doute plus proches aujourd'hui qu'à l'université.

Il n'est pas venu, répondit Laura. Mais le VRAI Russ Evans est arrivé une heure plus tard. Celui de l'annuaire de ton lycée. Figure-toi que, en fait, j'ai correspondu avec un imposteur, un arnaqueur... Beurk !

Elle envoya le message et s'appuya au dossier de son siège. Elle ôta son écharpe qu'elle jeta sur son lit parmi les pulls. Dérangé par ses mouvements, Ferris leva la tête vers elle d'un air de reproche.

— Excuse-moi, dit-elle en langage des signes en le caressant.

Comme elle ne voulait pas le chasser de ses genoux, elle resta assise à broyer du noir. Cela ne lui ressemblait pas de se laisser aller à s'apitoyer sur son sort. Cependant, savoir qu'elle finirait vieille fille et qu'elle aurait passé ses plus belles années à trier des bonbons à la gélatine n'avait rien pour la faire sourire.

En plus, c'était sa faute. Elle ne pouvait pas tout reprocher à sa mère. Personne ne l'avait enfermée, et sa chambre n'avait rien d'une sinistre tour inaccessible. Grande et lumineuse, elle était garnie de meubles blancs, de bouquets de fleurs séchées, de photos encadrées de sa famille et de ses amis. Elle occupait ses trois pièces – chambre, salon et salle de bains – depuis qu'elle avait seize ans ; néanmoins, et malgré ce que disait le testament de son père, elle avait toujours l'impression d'habiter chez sa mère. C'était la maison de son enfance : pas la sienne. Ce n'était pas une maison qu'elle avait choisie et décorée, pour laquelle elle avait travaillé dur.

Elle restait bloquée à la case adolescence, conclut-elle. Comme un Peter Pan féminin, sans le collant vert.

C'est alors qu'un message instantané de Michelle s'afficha sur son écran.

Quoi ???? Un arnaqueur ? C'est dingue !!!! Il arnaque qui ?

Les femmes qui avaient besoin d'attention comme elle, apparemment.

Il vole leur argent à des femmes, répondit-elle. Des femmes qui lui font confiance, qui croient qu'elles sortent avec lui :(

Le salaud... Ils l'ont attrapé ??

Non, mais le vrai Russ Evans est effectivement flic. Il était là parce qu'il espérait que ce type, Dean, viendrait. Heureusement qu'il n'est pas venu. Au moins, je ne l'ai pas vu. Je me sens presque violée, Michelle. Tu vois, je lui ai dit des trucs très personnels...

Laura ne comprenait pas ce qui l'ennuyait. Elle ne lui avait rien révélé de vraiment important, aucun terrible secret comme le fait qu'elle mange encore des nouilles alphabet ou qu'elle possède des CD de Britney Spears.

Tu as déjà eu un orgasme pendant que tu correspondais avec lui ? demanda Michelle.

Pouah ! Elle se redressa si brusquement que Ferris faillit tomber.

Quoi ? NON ! Elle ajouta une « émoticône » rougissante.

Dans ce cas, il ne t'a pas violée ;-) Oublie-le et laisse les flics s'occuper de lui. Mais parle-moi du vrai Russ... Il est toujours aussi canon ? J'avais un gros faible pour lui au lycée mais il ne sortait qu'avec des blondes.

Elle voulait savoir s'il était toujours canon ? Oh, c'était le moins que l'on puisse dire.

Oui, il est toujours canon, confirma-t-elle en sachant que c'était une erreur.

Et toi, tu es blonde ! lol, écrivit son amie.

Et alors ? songea-t-elle en mordant dans son muffin. Là n'était pas la question.

Canon, mais insupportable, précisa-t-elle. Genre le beau prof pour lequel les filles de la classe craquent, mais qui ne s'en rend pas compte parce qu'il les voit comme des gamines. Russ n'a fait que me répéter combien j'étais stupide et naïve d'avoir accepté un rendez-vous avec un homme que je ne connaissais pas.

C'était la raison pour laquelle elle était si énervée après Russ Evans. Cela, et la façon dont il avait pâli quand elle avait évoqué la possibilité qu'ils couchent ensemble. Son inquiétude montrait que c'était un homme bien, attentif, et qui prenait son travail au sérieux. Mais elle n'avait aucune envie qu'il lui fasse un cours sur les dangers de la grande ville et du monde extérieur comme à la maternelle.

Elle voulait qu'il la regarde et qu'il ait envie d'elle. Elle voulait qu'il l'entraîne dans un coin et lui arrache ses vêtements. Le moins que l'on pouvait dire, c'était qu'elle en était loin.

Eh bien, qu'il aille se faire... écrivit Michelle.

Laura lécha une miette sur le bout de son doigt et poussa un grognement de frustration. C'était bien le problème. C'était ce qu'elle voulait qu'il fasse... avec elle.

Elle posa Ferris à terre, se leva et arracha l'élastique qui retenait sa queue-de-cheval. Se lâcher, se rappela-t-elle. Il fallait qu'elle se lâche.

Il était temps qu'elle prenne en main sa vie et son avenir. Qu'elle s'amuse avant qu'il ne soit trop tard.

Alors, que ferait une femme audacieuse, libérée ? Elle ferait en sorte que Russ la voie comme une femme.

Peut-être que je vais me le faire... rectifia-t-elle en ajoutant une émoticône figurant un petit diable pour faire bonne mesure.

Finalement, être une gentille fille n'était pas excitant. Cela ne lui avait rapporté que de l'ennui, une garde-robe bien sage et peut-être une place au paradis.

Il était temps de faire un peu bouger les choses.

4

Trevor commençait de faire une fixation sur Laura Wilkins.

Il n'avait pas eu à fouiner bien longtemps pour mettre la main sur son adresse. Il lui avait suffi de passer devant chez elle une fois pour comprendre que lui poser un lapin avait été une erreur. Cependant, elle semblait avoir accepté ses excuses et ils avaient repris leur correspondance désinvolte.

Deux jours plus tard, il n'avait pu résister à la tentation de lui écrire de nouveau. Il s'était montré charmeur, cajoleur.

`Je te promets que cette fois, je serai là. Oui, absolument, voyons-nous vite. C'est toi qui choisis où et quand.`

Elle n'avait pas encore répondu, et Trevor ressentait une impatience qui ne lui ressemblait pas.

Même depuis qu'il avait emménagé chez Jill samedi, il ne parvenait pas à chasser Laura de son esprit. Il parierait son compte en banque aux îles Caïmans que cette maison valait au moins sept cent mille dollars. Ce qui signifiait qu'il devait y avoir plus, beaucoup plus en capital.

Il écrasa sa cigarette dans le cendrier de métal sur la table basse imitation chêne de Jill. Il faisait froid dans la pièce. Les fenêtres laissaient entrer les courants d'air et Jill radinait sur le chauffage. Elle était en train de lui faire à dîner dans la petite cuisine. Il entendait le fracas des casseroles ; de temps à autre, elle jurait à mi-voix. L'air était chargé d'odeur de sauce tomate brûlée.

Il valait mieux que cela, maugréa-t-il intérieurement. Il méritait mieux que cela...

Avec un million de dollars en poche, il pourrait quitter cette ville glaciale pour se rendre en Floride et prendre un peu de vacances. Il pourrait s'acheter de nouveaux vêtements, un téléviseur à écran plat. Il n'aurait plus à dormir dans sa voiture quand il n'habitait pas chez une fille.

Il se leva et prit son blouson.

Il était temps de faire plus ample connaissance avec Laura Wilkins.

— Jill, chérie, je vais acheter des cigarettes. Tu as besoin de quelque chose ?

— Sors de la voiture.

Russ regarda Jerry qui s'était presque couché sur ses genoux pour ouvrir la portière côté passager.

— Qu'est-ce qui te prend ? Pousse-toi !

— Sors de la voiture, répéta son coéquipier en approchant la main de sa cuisse.

Russ repoussa sa main et se décala vers la porte, un peu perturbé.

— Anders, si tu me touches, je serai forcé de te frapper, le mit-il en garde.

Jerry poussa un grognement ironique en guise de réponse et déboucla la ceinture de sécurité de Russ.

— Tu parles, je suis sûr que tu rêves que j'essaie de te peloter. Allez, maintenant, sors de là avant que je te jette dans la neige.

Russ ne comprenait rien à ce qui se passait. Il regardait tranquillement par la fenêtre, en écoutant Anders lui raconter le savon que lui avait passé sa petite amie parce qu'il était allé faire la fête avec des copains, et voilà qu'il se faisait chasser de la voiture.

— Tu veux bien me dire ce qui te prend ? lui demanda-t-il.

— Tu me rends dingue, voilà ce qui me prend. Tous les jours, tu me fais passer devant chez la blonde trois ou quatre fois, et tu regardes par la fenêtre en bavant. Alors sors de cette voiture, va frapper chez elle et invite-la à sortir avec toi.

Jerry le regardait sévèrement, les mâchoires serrées. Il ne s'était pas rasé. Une barbe drue naissait déjà sur sa lèvre supérieure et son menton. Il avait les yeux injectés de sang, résultat de la fameuse soirée entre copains. Jerry faisait partie de ces hommes ni beaux ni laids. Il était assez bien bâti, sans défaut majeur. Et son sens de l'humour détournait l'attention de son front dégarni.

— Tu plaisantes ! protesta Russ. Tu ne crois quand même pas que je vais aller frapper à sa porte ?

Pourtant, l'idée le hantait depuis plusieurs jours et il avait le plus grand mal à la chasser.

Il s'était rendu compte qu'il ne pouvait pas sonner chez Laura et lui annoncer qu'elle allait coucher avec lui parce que c'était pour son bien à elle.

— Si, insista Jerry. Ça nous évitera d'avoir à aller aux urgences.

— Pff, oui, pour te ranimer quand je t'aurai cassé la figure.

— À moins que ce soit moi qui te mette K.-O.

— N'importe quoi.

Russ regarda de nouveau la maison de Laura. Il avait l'impression que la bâtisse le surveillait tranquillement, tel un grand-père qui n'approuverait pas qu'un flic s'intéresse de trop près à la jeune femme. De là où il se trouvait, il ne voyait pas si sa voiture était dans l'allée. Où travaillait-elle ? se demanda-t-il. Que faisait-elle de ses journées ?

— Tu vois ? le taquina Jerry. Tu recommences. Tu soupires après elle avec un air niais. Qu'est-ce que tu attends ?

Tu as peur de te prendre un râteau ? Remarque, c'est une crainte légitime, s'agissant de toi.

— Tu veux que je t'en colle une ? contra Russ, qui ne mettait pourtant pas beaucoup de cœur dans ce simulacre de dispute.

Il mourait d'envie d'aller frapper à la porte de Laura. Il voulait s'assurer qu'elle disait vrai, qu'elle ne foncerait pas tête baissée dans le premier piège qui se présenterait, qu'elle ne coucherait pas avec un homme qu'elle ne connaissait pas.

Et puis il avait envie de lui parler, de faire plus ample connaissance avec elle, de la taquiner, peut-être, de la faire un peu rire. Il avait envie de tirer sur son écharpe rose pour l'attirer à lui et l'embrasser très doucement.

Aïe, il soupirait bel et bien après elle… Il en avait si peu l'habitude qu'il n'avait pas reconnu les symptômes. Ennuyé, il entrouvrit la porte et l'air glacial qui s'infiltra dans la voiture lui éclaircit les idées.

— Je m'inquiète pour elle. C'est une jeune femme confiante. Trop confiante.

— Quelle gentillesse ! se moqua Jerry en secouant la tête. Allez, sors de cette bagnole, Evans. Nom d'un chien ! Je ne t'aurais jamais pris pour une telle mauviette.

Oui, il se conduisait en mauviette et cela le rendait fou. Il faisait tout pour éviter de regarder la vérité en face.

Car en réalité, ce qu'il voulait, c'était mettre Laura à l'abri… dans son lit.

— Allez, lâcha-t-il, j'y vais.

Sur quoi, il sortit de la voiture.

— Je vais au Burger King, répondit Jerry. On se retrouve dans une heure.

— Anders !

Russ tenta de rouvrir la portière, mais son coéquipier accélérait déjà et le laissa planté comme un imbécile sur le trottoir.

Il alla jusqu'à la porte d'un pas traînant et frappa. Abruti, se morigéna-t-il aussitôt. Laura est sourde. Elle ne peut pas t'entendre frapper.

Ce qui signifiait qu'il allait poireauter devant chez elle pendant une heure en attendant qu'Anders revienne, empestant le fast-food.

Peut-être la mère de Laura est-elle là, songea-t-il en sonnant trois coups brefs. Puis il se retourna et balaya les alentours du regard. Tout était calme. Il envisagea d'aller chez les voisins pour leur demander la permission de se servir de leur téléphone : il avait laissé le sien sur son siège, dans la voiture d'Anders. Rien ne bougeait. On ne décelait pas le moindre signe de vie derrière les lourds rideaux. Le vent qui soufflait du lac gelé lui fouettait le visage.

Voilà ce qui arrivait quand on s'intéressait trop à une femme. On risquait de mourir de froid.

Il ferait mieux de filer avant que cette attirance physique qu'il éprouvait pour Laura soit source d'ennuis. Il en était là de ses réflexions quand la porte s'ouvrit derrière lui. Il se retourna, prêt à affronter Mme Wilkins, à lui expliquer qu'il ne voulait pas de mal à sa fille mais que, pour la sauver des salauds égoïstes qui ne voulaient que coucher avec elle… il fallait justement qu'il couche lui-même avec elle.

Au lieu de quoi, il vit Laura.

Elle portait un jean taille basse et un pull tout aussi moulant que celui de l'autre jour, mais rouge. Cette tenue semblait dire combien les courbes de son corps étaient délicieuses – ce qui ne faisait que donner raison à Russ : si elle pouvait porter ces vêtements moulants et sexy sans imaginer l'effet qu'ils feraient aux hommes, elle était vraiment naïve.

C'était comme si elle lui criait : « Prends-moi, Russ ! »

— Russ.

Elle lui sourit en se passant le bout de la langue sur la lèvre inférieure. Elle fixait sur lui ses yeux bleus bordés de longs cils.

Il était fichu. Comment pourrait-il laisser un autre homme profiter de sa générosité et de son innocence ? Sa raison lui dictait de ne pas s'impliquer, que sa vie était suffisamment compliquée comme cela – mais comment laisser Laura courir au-devant des ennuis ?

Ah ! Être doté d'une conscience n'était pas simple…

D'une conscience, et d'hormones.

Puisque Laura voulait une aventure, il allait falloir qu'il lui fasse du charme pour la convaincre que c'était avec lui qu'elle devait l'avoir.

— J'ai essayé de vous appeler au travail, mais j'imagine qu'on m'a passé votre boîte vocale…

— Je suis désolé, s'excusa-t-il.

Quel idiot ! Il avait donné son numéro de téléphone à une jeune femme sourde.

— Pourquoi vouliez-vous me joindre ? s'enquit-il.

La persuader de coucher avec lui ne serait peut-être pas si difficile que cela.

— Il m'a envoyé un e-mail. Dean, précisa-t-elle d'une voix surexcitée en lui prenant la main pour le faire entrer. Venez. Je vais vous montrer. Au fait, lança-t-elle par-dessus son épaule avant qu'il ait pu se remettre de l'étrange sensation que lui avait procurée le contact de sa main, jolie photo de vous à l'école de police sur le site Internet du commissariat…

Russ s'arracha à la contemplation du derrière de Laura et s'essuya les pieds sur le paillasson.

— J'ai envie de coucher avec vous, dit-il tout haut. De vous caresser jusqu'à ce que vous criiez de plaisir.

— Pardon ? fit-elle en se retournant vers lui.

Zut ! Il n'avait aucune idée de ce que Laura entendait ou pas, découvrit-il. Il opta pour un haussement d'épaules nonchalant.

— Qu'est-ce qui vous fait croire que j'ai dit quelque chose ? demanda-t-il.

Elle secoua la tête, perplexe.

— Je ne sais pas… une impression. C'est comme si je vous avais senti parler.

Il se détendit un peu.

— Vous entendez quelque chose ? Par exemple, vous m'avez entendu sonner à la porte ?

— J'entends le décollage des avions et le tonnerre quand je porte mon appareil, mais c'est à peu près tout. En revanche, j'ai une lumière qui clignote pour m'avertir qu'il y a quelqu'un à la porte.

Il la suivit dans l'escalier, la main sur la rampe d'acajou massif. Il resta bouche bée devant le palier qui devait être aussi grand que son salon.

Ce genre de maison bourgeoise le mettait mal à l'aise. Il enfonça les mains dans les poches pour ne rien toucher, ce qui ne l'empêcha pas de tourner la tête en tous sens pour ne manquer aucun détail, des chambranles de portes en bois sculpté aux moulures, en passant par les grandes fenêtres à petits carreaux de la cage d'escalier. L'ensemble du mobilier devait représenter dans les deux ans de son salaire de policier. Pourtant, la décoration n'avait rien de ridicule. Elle témoignait du bon goût des propriétaires qui avaient garni leur maison d'objets certes chers mais beaux.

Le long du lac, la rue était bordée de maisons semblables. Et leurs propriétaires ne figuraient pas parmi les grandes fortunes du pays, ce n'étaient pas des milliardaires. Sa mère les aurait qualifiés d'aisés, son père de veinards.

N'empêche qu'un monde les séparait de son petit pavillon qui ne comptait que deux chambres et qu'il n'avait même pas vraiment fini d'aménager.

Laura tourna pour emprunter un couloir qui les fit passer devant une demi-douzaine de portes. Puis elle tourna de nouveau pour monter un nouvel escalier. Heureusement qu'il avait pris des céréales au petit déjeuner, songea-t-il en souriant.

Elle s'arrêta enfin sur le seuil d'une porte ouverte.

— Mon ordinateur est là, annonça-t-elle.

— Ça fait un sacré voyage, commenta-t-il.

— C'est vrai que nous aurions pu prendre l'ascenseur.

Russ se mit à rire.

— Nous ne nous en servons jamais, précisa-t-elle, alors je n'y ai pas pensé.

— Vous avez un ascenseur ? s'exclama-t-il. Ce n'est pas une blague ?

Elle fit oui de la tête et pointa le doigt vers le bout du couloir. Il découvrit effectivement la porte de fer forgé d'un ascenseur.

— Il y a des trucs dingues, dans cette maison, expliqua-t-elle. C'est une Clarence Mack.

Sans doute ce nom était-il censé lui dire quelque chose, mais il lui passait complètement au-dessus de la tête.

— C'est un architecte d'ici qui a dessiné des maisons luxueuses pour la haute bourgeoisie dans les années 1920. Les premiers propriétaires qui étaient des banquiers ont ajouté toutes sortes d'améliorations – pour montrer qu'ils avaient réussi, j'imagine.

— C'est vrai que, avec deux étages, on voit l'utilité d'un ascenseur, remarqua-t-il.

À condition d'être particulièrement fainéant, ajouta-t-il *in petto*.

— Sauf que le second était réservé aux employés qui ne se servaient sûrement pas de l'ascenseur. Maintenant, c'est moi qui l'occupe. Et voici ma chambre.

Russ aurait juré que le silence se faisait dans la maison quand il en franchit le seuil.

5

Laura était parvenue à attirer Russ dans sa chambre.

Ce n'était pas si mal, si l'on considérait qu'elle ne savait même pas qu'il allait venir chez elle avant qu'elle ait tout à fait peaufiné le plan qui devait lui permettre de se jeter nue à ses pieds. Au sens figuré, bien sûr.

L'e-mail de l'arnaqueur lui donna l'occasion d'aborder de nouveau le sujet du sexe. Cette fois, décida-t-elle, elle s'efforcerait de se montrer plus subtile. L'ennui, c'était qu'elle avançait à tâtons car la séduction n'était pas sa spécialité.

Quelle était sa spécialité, d'ailleurs, à part orienter les clients vers les oursons au chocolat ?

Le moment venu, il ne serait pas facile de faire son éloge funèbre.

Elle se pencha sur son ordinateur et cliqua sur sa boîte de réception. Russ se tenait derrière elle. Sa stature et son jean détonnaient dans le décor si féminin de sa chambre. En se retournant vers lui, elle le vit enlever ses bottes comme s'il s'installait. Ce geste ôta à la situation tout ce qui pouvait lui rester de professionnel. Laura avala sa salive avec difficulté.

— Désolé, expliqua Russ, j'étais en train de mettre de la neige partout.

— Ce n'est pas grave.

D'ailleurs, s'il avait envie d'enlever d'autres vêtements, cela ne la dérangerait pas…

Il portait des chaussettes de laine beiges, des chaussettes de chasse ou de randonnée. Des chaussettes d'homme. Sur son tapis en forme de marguerite avec un gros cœur jaune.

— Voilà son premier e-mail, annonça-t-elle.

Il se pencha par-dessus son épaule. Elle sut qu'il lisait le message à haute voix quand elle sentit son souffle sur sa nuque. Elle le relit elle aussi, non sans frissonner en s'imprégnant du parfum viril de l'après-rasage de Russ.

— Ses excuses semblent sincères, vous ne trouvez pas ? observa-t-elle.

Cela l'intéressait, en relisant le message, de se demander si elle aurait cru à cette apparente sincérité si Russ ne lui avait pas révélé la vérité. Elle se plaisait à penser que, tôt ou tard, son instinct l'aurait prévenue qu'il y avait quelque chose de pas clair chez ce type. Enfin, ce n'étaient que des mots sur un écran. Il était facile de les interpréter comme on en avait envie. Face à face, elle aurait peut-être décelé le mensonge dans ses yeux.

Russ lui toucha le menton. Elle se tourna vers lui, surprise d'être ainsi tirée de ses pensées. Son visage était tout proche. Elle vit qu'il avait une dent du bas cassée – un minuscule éclat manquait sur le bord supérieur. Mais surtout, il avait l'air frustré, chargé d'intensité de celui qui se maîtrisait au prix d'un effort considérable.

Elle retint son souffle et fit son possible pour ne pas avoir envie de l'embrasser. Mais elle sentait ses jambes trembler malgré elle, ses épaules frémir, sa respiration se faire hachée. Bref, elle ne réussissait pas franchement à ne pas avoir envie de lui…

Lui, au contraire, ne semblait pas animé du moindre désir d'elle – hélas !

— Ne croyez pas ce qu'il vous dit, lui conseilla-t-il. Ne lui envoyez pas d'e-mails. Changez d'adresse de messagerie et évitez les forums de discussion. Compris ?

Le message était clair. Il ne pensait pas au sexe. Non, il pensait : « Gardez-moi des blondes idiotes ! » Laura n'avait aucune envie de se faire encore sermonner, surtout ici, dans sa chambre. Elle n'avait fait que souligner combien ce type semblait doué pour l'escroquerie. Elle n'était pas cruche au point d'être toujours sous son charme. Et puis, quand Russ Evans la touchait, elle se fichait pas mal de ce que devenait Trevor Dean.

D'accord, il la tenait par la barbichette plus qu'il ne la touchait sensuellement. Mais il fallait bien un début à tout, non ?

Maintenant, c'était à elle d'avancer. Elle lui passa le pouce sur la lèvre et s'arma de tout son courage pour demander :

— Comment vous êtes-vous cassé la dent ?

— Vous changez de sujet.

Absolument.

— Comme je la vois... je me posais la question.

Son regard s'assombrit soudain. Il hésita un instant avant de répondre.

— Mon coéquipier m'a bousculé alors que je buvais une bière à la bouteille.

— Ça vous a fait mal ?

Au lieu de la reposer sagement sur ses genoux, Laura promena presque involontairement la main sur l'épaule de Russ et l'arrêta sur son bras.

Pour conserver l'équilibre, bien sûr. Parce que là, elle était sur le point de tomber à la renverse devant le désir qu'elle croyait lire maintenant sur son visage.

Sans être experte en la matière, elle ne pensait tout de même pas qu'un homme pût, dans des circonstances normales, avoir l'air capable d'arracher les vêtements d'une femme avec les dents. Elle ne lui opposerait pas de résistance, songea-t-elle, les seins tendus par le désir.

— Oui, confirma-t-il, ça m'a fait mal.

La main toujours sous le menton de Laura, il lui inclina légèrement la tête et l'examina.

— Alors, vous avez toujours envie de vous lâcher et d'avoir une aventure ? s'enquit-il.

Ouf ! Cette entrée en matière lui évitait d'avoir à trouver le moyen d'orienter la conversation sur le sexe. Elle était très reconnaissante à Russ de s'en être chargé. Il ne lui restait plus qu'à parvenir à avaler sa salive et à recouvrer la parole, et ce serait parfait.

— Oui, articula-t-elle avec difficulté. J'aimerais bien. Mais pas avec n'importe qui.

C'était sa faute. Désormais, elle aurait du mal à s'intéresser à un autre homme que lui.

— Ni avec un inconnu, précisa-t-elle. Mais il n'est pas facile de rencontrer des gens. Je travaille dans un magasin de bonbons : il n'y a pas tellement d'hommes célibataires dans notre clientèle.

Elle bredouillait. Elle parlait trop. Il fallait qu'elle en vienne au fait.

— J'aimerais que ce soit avec un homme en qui je peux avoir confiance.

Russ lui prit la main et la fit se lever. Puis il écarta les cheveux qui barraient le visage de Laura. Elle frémit au contact de sa main calleuse sur sa peau.

— Pourquoi une aventure, Laura ? Je ne comprends pas.

Elle non plus ne comprenait pas toujours, alors elle allait avoir du mal à le lui expliquer. Elle inspira à fond et prit son autre main entre les siennes. Et elle se jeta à l'eau.

— Je mène une vie agréable, Russ. Mais je me sens seule, voilà tout. J'ai simplement envie qu'un homme me touche.

Il avait maintenant les yeux si sombres qu'ils semblaient noirs, et il les plissait d'un air féroce. Elle en oublia presque de lire sur ses lèvres, elle avait l'impression d'entendre ses pensées dans son regard intense.

— Et moi, j'ai envie de vous toucher, Laura.

Ils étaient donc sur la même longueur d'onde…

— J'ai envie de vous toucher tout de suite, ajouta-t-il. Partout. J'ai envie de vous culbuter sur votre joli lit de jeune fille.

Ô mon Dieu… Laura regarda son lit. Elle n'était pas certaine d'être prête dans l'instant. Il était à peine plus de midi et on était en semaine…

— Mais je suis de service, alors je ne peux pas.

La déception et le soulagement s'entrechoquèrent dans l'esprit de Laura.

— Mais je peux revenir ce soir ? suggéra-t-il. Nous pourrions sortir et… voir ce qui arrive.

— Ma mère est absente en ce moment, précisa-t-elle.

— Parfait.

Russ enfouit la main dans ses cheveux et se pencha sur elle.

Il lui fallut une seconde pour se rendre compte qu'il avait bel et bien l'intention de l'embrasser. Quand elle en prit conscience, il était déjà en train de le faire.

Le baiser qu'il lui donna n'avait rien d'hésitant, de timide ni de poli. Il était profond, possessif, humide, presque brutal. Laura se cramponna au bord du bureau. Elle sentait chez Russ une avidité et un trouble semblables à ceux qu'elle éprouvait.

Il finit par se détacher d'elle, la laissant haletante, le cœur battant la chamade, les cuisses brûlantes, les yeux agrandis par le choc de ce baiser époustouflant.

Il essuya les lèvres tremblantes de Laura du bout du doigt.

— Je vais regretter d'avoir fait cela, dit-il.

— J'espère que non.

Elle était sincère. Elle avait envie de lui faire plaisir. Elle voulait qu'il profite de son corps autant qu'elle avait l'intention de profiter du sien.

— Vous êtes vraiment décidée à faire cela ? l'interrogea-t-il. Même si nous devons le regretter ?

Elle comptait bien ne rien regretter, surtout.

— Oui, affirma-t-elle.

Russ semblait assez sombre. Il affichait une mine à la fois décidée et stoïque.

— Bon, conclut-il, il va donc falloir que nous fassions cela ensemble. Nous défricherons au fur et à mesure.

Laura sentit le sang se retirer de son visage, avant d'affluer de nouveau dans ses joues pour les enflammer.

— *Défricher ?* s'indigna-t-elle. Nous défricherons au fur et à mesure ? On dirait que vous parlez de… d'un champ à labourer !

Elle le regarda, mortifiée. Le pire, c'était qu'il avait le culot d'avoir l'air offensé. À croire que c'était lui qui allait se faire défricher. Il n'avait qu'à parler de se frayer un chemin, de se mettre au boulot, pendant qu'il y était !

— Voilà une analogie bien crue, Laura, observa-t-il.

Elle resta un instant bouche bée avant d'éclater de rire malgré elle. Cette conversation dans sa chambre prenait un tour franchement bizarre.

— Je vous rappelle que c'est vous qui avez parlé le premier de défricher, répliqua-t-elle.

Il esquissa un rapide sourire et lui frôla le bout du nez de l'index.

— Je me suis mal exprimé, concéda-t-il. Je n'ai jamais autant parlé de sexe de ma vie. D'habitude, je me contente d'agir.

C'était ce qu'elle voulait, elle aussi. Au moins, ils partageaient le même objectif.

— Russ, demanda-t-elle néanmoins, vous faites cela parce que vous pensez que vous devez me protéger ou parce que je vous attire ? Je ne veux pas que vous couchiez avec moi par pitié.

Elle avait beau avoir envie de lui, elle conservait sa fierté.

— Laura, dit-il en lui prenant la main et en l'attirant brusquement contre lui, je n'ai jamais couché avec personne par pitié ni par gentillesse. En couchant avec vous, je céderai à la part la moins noble de ma personnalité, celle qui a envie de vous depuis que j'ai vu vos jolies petites fesses sexy dans ce café.

Ah. D'accord. Jolies petites fesses sexy, ça lui allait. Elle saisit le devant du sweat-shirt de Russ et se plaqua contre lui, de façon à profiter le mieux possible de l'érection qui renflait son jean. Quand elle oscilla contre lui, il laissa échapper un gémissement sourd.

— Ce n'est pas non plus un test ? s'assura-t-elle. Ce n'est pas pour vérifier que j'ai compris la leçon et que je ne parle plus à des inconnus ?

— Non, ce n'est pas un test. Mais je veux que les choses soient claires. Tant que je serai avec vous, vous ne ferez pas de projets avec d'autres hommes. Je ne suis pas comme cela. Si vous êtes à moi, vous êtes à moi seul, même si ce n'est que pour une nuit.

Mmm… Cela lui plaisait.

— Très bien, je ne parlerai pas à d'autres hommes.

— Il en va de même pour moi, précisa-t-il. Je ne verrai pas d'autres femmes.

Il posa les mains sur le bas des reins de Laura, la pressa contre lui et la secoua doucement.

— Et surtout, pas d'e-mails à Dean. Il faut me le promettre, Laura.

— Je lui en ai déjà envoyé un, avoua-t-elle en se mordant la lèvre.

Seigneur ! Elle le tuait. Il se retint de soupirer. Il se sentait glisser de plus en plus loin dans quelque chose qu'il ne savait comment nommer. Il n'avait pas fait cette proposition à Laura parce qu'il avait pitié d'elle, c'était vrai. Cependant, il se sentait protecteur vis-à-vis d'elle. Il était prêt à se jeter sur quiconque voudrait lui faire du mal.

Son désir d'attraper Dean décupla. Tout comme son désir de satisfaire Laura si pleinement qu'elle n'aurait pas besoin de regarder un autre homme pendant au moins dix ans.

— Que lui avez-vous dit ?

Elle se détacha de lui et désigna son ordinateur en clignant de ses grands yeux bleus.

— Eh bien, il m'a envoyé un e-mail pour s'excuser, vous voyez. Et je me suis dit que cela pourrait aider la police si je continuais à communiquer avec lui comme si de rien n'était. Alors… enfin, je lui ai proposé que nous prenions un autre rendez-vous pour nous rencontrer.

La tête de Russ allait éclater. Il ne voyait pas d'autre explication à la terrible pression qu'il sentait à ses tempes.

— Dites-lui que vous avez changé d'avis, commanda-t-il.

Il refusait qu'elle serve d'appât. Il ne pouvait pas rester à son côté à chaque instant, et il savait d'instinct qu'il finirait par lui arriver quelque chose.

Dean ne s'était jamais montré violent avec ses victimes. Cependant, acculé, un rat attaquait.

— Pourquoi ? s'enquit-elle.

Elle ne semblait pas le défier. Elle avait l'air de ne pas comprendre.

— Parce que d'habitude, Dean ne vise pas grand. Quelques milliers de dollars ici et là. Il doit savoir qui vous êtes, où vous habitez. Alors avec vous, il risque d'appuyer sur le champignon.

— Raison de plus pour que je garde le contact avec lui. Tout ce qu'il vous faut, c'est qu'il se montre, non ?

Alors, ce que vous avez déjà contre lui suffira pour l'arrêter, n'est-ce pas ?

— C'est vrai, concéda-t-il.

Ils pourraient le conduire au poste pour l'interroger, prendre ses empreintes.

— Comment savez-vous que c'est lui qui utilise toutes ces identités ?

— Quand nous nous sommes rendu compte que ces femmes avaient à peu près le même profil, nous avons relevé des empreintes sur les choses qu'il avait laissées chez elles. Dean avait été arrêté à dix-huit ans pour contrefaçon, donc nous avions ses empreintes. Au bout du compte, nous avons fait le rapprochement entre lui et cinq noms d'emprunt. Le problème, c'est que quand quelqu'un change sans arrêt d'identité, il est difficile de le trouver.

Et force lui était d'admettre que Dean était particulièrement doué pour se cacher.

— C'est pour cela que vous avez besoin de moi, conclut Laura.

Il avait besoin d'elle pour beaucoup de raisons, à commencer par le désir qui le tenaillait et qui, il le savait, ne le lâcherait pas. Mais pas pour une enquête criminelle.

— C'est très gentil à vous de vous proposer, ma chérie, mais je ne veux pas vous impliquer là-dedans.

— Vous ne me croyez pas capable de coopérer. Vous pensez que je vais échouer, ou m'affoler, ou vous faire démasquer.

Elle avait l'air furieuse, maintenant. C'était pour cela qu'il n'avait pas de petite amie, tiens. Il était incapable de comprendre les femmes et de faire ce qu'il fallait pour les rendre heureuses.

— Je ne veux pas qu'il vous arrive quelque chose, expliqua-t-il.

— Je ne vois pas ce qui pourrait m'arriver en envoyant des e-mails.

Ils se défièrent un instant du regard. Russ fut le premier à se détourner.

Quand Laura sourit, il sut qu'il était fichu.

— En tout cas, la pria-t-il, sauvegardez bien ce qu'il vous envoie.

— Promis.

Il se détourna et se baissa pour ramasser ses chaussures.

— Je passe vous prendre à six heures, dit-il. Ce soir.

Laura lui tapa sur l'épaule.

— Je ne peux pas lire sur vos lèvres, lui rappela-t-elle.

Ce devait être terriblement frustrant, songea-t-il. Pourtant, elle n'avait jamais l'air de s'en agacer. Elle était patiente, curieuse. Il était gêné d'oublier sans cesse qu'elle était sourde.

— Excusez-moi. Je disais que je passerais vous prendre à dix-huit heures. D'accord ?

— D'accord.

Elle se rapprocha de lui et il sentit son parfum doux et sucré.

— J'ai hâte d'y être, Russ.

Oh, lui aussi ! Plus qu'elle ne pouvait l'imaginer.

6

L'excitation de Russ retomba quand il rentra chez lui et trouva Sean vautré sur le canapé, les pieds sur le mur, un paquet de chips à moitié renversé sur les coussins à côté de lui. Il chantait très fort et faux avec le clip vidéo diffusé à la télévision.

Ces derniers temps, la seule vue de son frère lui mettait les nerfs à vif. Elle ne lui rappelait que trop qu'il était incapable de remplacer leurs parents. Lorsqu'ils étaient morts l'année dernière dans un accident de voiture, Russ avait été assommé, plongé d'un coup dans le chagrin. Il avait immédiatement pris en charge son petit frère Sean, alors âgé de douze ans. Il voulait lui offrir l'amour et la stabilité qu'il avait connus chez leurs parents.

Et il était à peu près certain d'avoir échoué sur ce point.

Sean avait de mauvaises notes dans toutes les matières, jurait comme un charretier et luttait contre tout ce qu'il pouvait lui demander.

— Salut, Sean, lança-t-il.

Il ôta ses chaussures pleines de neige et avança sur la moquette brune.

Son frère ne lui répondit pas.

— Tu as fini tes devoirs ?

Ils jouaient à ce petit jeu quotidiennement. Russ posait la question, Sean mentait, et quelque temps plus tard le bulletin de notes révélait la vérité.

— Je n'en avais pas.

Sean monta encore le son de la télévision. Russ dut hurler pour se faire entendre.

— Montre-moi ton cahier de textes.

C'était une mesure que lui avait conseillée le professeur principal de Sean. Ce dernier était censé noter les devoirs qu'il avait à faire ; Russ contrôlait et signait une fois qu'il s'était assuré que son frère avait bien tout fait.

— Je ne l'ai pas rapporté, fit-il valoir d'un air désinvolte, puisque je n'avais rien à faire.

Russ sentit le sang battre à ses tempes. Il savait que Sean mentait, mais que faire ? Il ne connaissait rien aux enfants ni aux ados. Il se souvenait seulement que, au même âge, il n'était pas aussi grossier, insolent ni révolté. Sauf que lui, à treize ans, il avait encore ses parents.

Sean avait beaucoup moins de chance, cela ne faisait aucun doute.

Il décida de reporter à plus tard la dispute sur les notes, ramassa le courrier dans l'entrée et se mit en devoir de le parcourir.

— Je vais te commander une pizza pour dîner, annonça-t-il, et ensuite tu iras à côté. Je ne suis pas là ce soir.

Cette annonce retint l'attention de Sean. Il se rassit et s'essuya les mains sur son tee-shirt d'une équipe de basket-ball.

— Quoi ? Pas question ! Va te faire foutre.

— Tu iras, un point c'est tout.

Ses voisines, Maria Rodriguez et sa fille JoJo, l'aidaient quand il lui fallait quelqu'un pour garder Sean. Elles élevaient seules le fils de deux ans de JoJo et avaient bien besoin d'arrondir leurs fins de mois. Quant à Russ, il voulait pouvoir s'absenter l'esprit tranquille, sans s'inquiéter de savoir son frère seul lorsqu'il travaillait tard.

— Je n'ai pas besoin de baby-sitter, contra-t-il. Je déteste aller là-bas. Ça pue les couches et Maria me tape sur la main quand je dis un gros mot.

L'air indigné, il écrasa une chip et en jeta les miettes sur le canapé comme des confettis.

— Et tu vas m'aspirer tout ça, ajouta Russ qui sentait la pression monter en désignant le canapé. Pour ce qui est de Maria, je l'ai autorisée à te donner une tape sur la main quand elle estime que tu le mérites. Si tu ne faisais pas le malin, tu n'aurais pas à t'en soucier.

— C'est de la maltraitance, putain !

Sean lui jeta un regard noir. Délibérément, il prit une autre chip, l'écrasa et la jeta par terre d'un air de défi.

— Je vais te dénoncer aux flics, ajouta-t-il.

— Les flics, c'est moi, gros malin, répliqua Russ.

Il inspira à fond et lui arracha le paquet de chips avant qu'il en ait écrasé d'autres par terre.

— Rends-moi ça ! hurla Sean en attrapant un coin du sachet.

Russ tira brutalement sur le paquet et le mit à l'abri sous son sweat-shirt. Peut-être ne pouvait-il pas forcer Sean à faire ses devoirs ni l'empêcher de jurer, mais il pouvait au moins l'empêcher d'émietter des chips, enfin !

En effet, son frère abandonna le combat et se laissa retomber sur le canapé.

— Qu'est-ce que tu fais, ce soir ? demanda-t-il. Tu bosses sur une enquête ?

Avant que l'accident de voiture ne fasse voler la vie de son petit frère en éclats, Russ et lui s'entendaient plutôt bien, compte tenu de leurs dix-sept ans de différence d'âge et du fait qu'ils n'avaient jamais vraiment vécu ensemble. Ils sortaient, jouaient à des jeux vidéo, parlaient de sport et de cinéma et, quand Sean avait été un peu plus grand, de filles. Sean s'intéressait aussi à son métier. Bref, ils passaient de bons moments ensemble.

Russ n'avait qu'une envie : retrouver cette complicité. Il voulait que Sean cesse de le voir comme son geôlier et se souvienne du bon vieux temps.

— Non, révéla-t-il, je ne travaille pas. Je sors dîner avec une amie.

Dîner et, espérait-il, beaucoup plus…

Sean réagit de façon totalement prévisible.

— Quoi ? Une amie ? Tu rigoles ! Il faut que j'aille chez la baby-sitter pour que tu puisses t'envoyer en l'air ? Ça craint trop, conclut-il en se levant du canapé.

Russ ne pouvait le contredire. La mort de leurs parents craignait un maximum. Et comme père de remplacement, il craignait aussi.

— Remets-toi, Sean. J'ai le droit de sortir avec une femme de temps en temps, rappela-t-il tout de même.

— Tu fais toujours ce que tu veux, lança son frère en s'éloignant dans le couloir, et moi je suis coincé à l'école ou avec de vieilles bonnes femmes et des bébés. C'est pas juste.

— Qui t'a dit que la vie était juste ? répliqua Russ dans son dos. Et ce n'est pas comme si c'était dur pour toi d'aller à l'école : tu ne fiches rien.

En guise de réponse, Sean claqua la porte de sa chambre.

Russ se rendit dans la cuisine pour se servir une bière en se répétant qu'il n'avait rien à se reprocher.

Alors pourquoi était-il oppressé ? Pourquoi le sang battait-il si fort à ses tempes ?

Il jeta le courrier et le paquet de chips sur le comptoir avant d'ouvrir la porte du réfrigérateur.

— Je déteste être adulte, annonça-t-il à la bouteille de lait.

La lumière reliée à la sonnette de la porte d'entrée clignota dans la chambre de Laura. La panique la prit. Russ était là. Et elle était en petite culotte. Ce n'était pas l'idéal si elle voulait 1) conserver sa dignité et ne pas lui sauter dessus 2) aller ouvrir avant qu'il ait abandonné et soit parti.

C'était l'inconvénient de ne pas lui avoir demandé où ils allaient dîner. Elle avait passé une heure à chercher quoi mettre. Résultat, elle n'avait encore enfilé qu'un slip noir et un twin-set gris.

Elle attrapa une jupe noire qu'elle avait écartée, la jugeant ennuyeuse, la passa à la hâte, ramassa ses bottes noires par terre et sortit de sa chambre en courant. En haut de l'escalier, elle chaussa ses bottes, remonta la fermeture Éclair et faillit se tuer en essayant de descendre quatre à quatre sur des talons. Elle rata même la dernière marche et trébucha sur le parquet de l'entrée.

Elle ouvrit, tout essoufflée, et sourit nerveusement à Russ.

— Salut, dit-elle.

— Salut, répondit-il sans sourire.

Il avait la même allure décontractée et sexy que les deux autres fois où elle l'avait vu, la seule différence étant qu'il ne portait pas sa casquette de base-ball. Malgré tout, ses cheveux épais étaient lissés en arrière comme s'il venait de l'ôter.

Elle aurait dû opter pour un jean, comme lui.

— Vous êtes... superbe, commenta-t-il en la regardant de bas en haut.

— Merci.

Devant la façon dont il la dévorait des yeux, Laura ne regrettait plus de n'avoir pas mis un jean. Elle sentait son corps réagir au regard brûlant et possessif de Russ. Ses seins pointèrent sous son twin-set et il s'en rendit compte. Elle le sut car il s'y attarda et hocha lentement la tête.

— J'allais vous proposer de commander simplement quelque chose pour dîner ici, mais en voyant votre tenue, je me suis dit que vous étiez trop belle pour ne pas sortir. Maintenant, conclut-il en refermant la porte derrière lui, j'ai encore changé d'avis. Je crois que nous ferions mieux de rester ici.

Il ôta sa veste.

— Pourquoi ? demanda-t-elle.

Elle avait envie qu'il le dise tout haut. Son cœur battait la chamade. Elle avait les mains moites et une tension douloureuse envahissait son corps.

— Parce que nous avons tous deux envie de monter, non ?

C'était le moins que l'on puisse dire.

— Moi, oui, confirma-t-elle, se sentant rosir d'excitation, stupéfaite de sa propre audace.

— Tant mieux, parce que moi aussi.

Russ jeta sa veste en direction de l'escalier mais elle glissa sur le sol.

Laura se retourna pour la ramasser, dans l'intention de l'accrocher au moins au bas de la rampe. Elle se pencha… et laissa échapper un cri quand Russ la toucha. Oui. Sur les fesses.

Ce n'était ni une tape amicale ni une fessée. Non, c'était une caresse. Une caresse lente et délibérée.

Elle se redressa, sa veste à la main, sans pouvoir dissimuler sa surprise.

— Quoi ? fit-il en haussant un sourcil et en réprimant visiblement un sourire. J'essayais d'attirer votre attention pour vous dire de ne pas vous occuper de ma veste. Je m'en fiche.

— J'ai dit que vous pouviez me toucher *le bras*.

Son geste ne lui avait pas déplu, bien sûr, mais si elle en avait été prévenue, cela lui aurait permis de réagir autrement qu'en bondissant comme un chat échaudé.

Il haussa les épaules.

— Vos fesses étaient plus à ma portée, objecta-t-il en s'approchant d'elle.

Elle recula jusqu'à sentir la rampe contre son dos.

— Et puis, ajouta-t-il, ces bottes, cette jupe, votre posture... c'en était trop. Je ne pouvais pas ne pas réagir.

Elle ne voyait pas comment répondre sans gémir ou bredouiller.

Russ s'arrêta tout près d'elle, mais sans la toucher.

— Vous aimez le chinois ?

— Pardon ?

Lire sur les lèvres n'était pas une science exacte. Il lui arrivait parfois de douter d'avoir bien compris.

— La nourriture chinoise, précisa-t-il. Nous pourrions nous faire livrer quelque chose et rester ici, si ça vous va.

Cela lui allait à merveille. À vrai dire, elle se serait bien passée de dîner pour monter directement dans sa chambre et arracher sa chemise à Russ. Elle voulait partir à la découverte de son torse, de son corps.

— Bonne idée, mais il faut que ce soit vous qui appeliez. Ma mère a une liste de restaurants qui livrent dans la cuisine.

Elle fit un geste en direction de la cuisine et se passa la langue sur les lèvres. Si sa mère apprenait à quelles fins elle se servait de sa liste... Elle ne savait pas si elle en serait heureuse ou horrifiée.

— Très bien, dit Russ en hochant la tête. Je vous suis.

Laura sentait son regard dans son dos tandis qu'elle marchait dans le couloir, lentement pour ne pas trébucher sur ses hauts talons. Le bureau encastré comprenait un tiroir plein de stylos, de trombones, de double de clés et de menus de traiteurs livreurs. Elle sortit celui de la Maison du Yunnan et le tendit à Russ.

Cela lui faisait bizarre de le voir aussi grand et viril dans sa cuisine. Il portait un tee-shirt ras du cou vert, qu'il n'avait pas rentré dans la ceinture de son jean adouci et délavé par l'usure, près de craquer au genou gauche. Ses chaussures de marche avaient connu des jours meilleurs.

Cela faisait six ans que son père était mort et Laura se rendait compte que, au fil du temps, son influence masculine, si légère fût-elle, avait peu à peu disparu de la décoration de sa mère. Le carrelage en damier noir et blanc d'autrefois, qui allait avec le style de la maison, avait cédé la place à des tomettes d'un ton ocre chaud. Les placards étaient plus clairs que du vivant de son père, et les plans de travail étaient chargés de bouquets de fleurs dans des bouteilles de lait et de bougies parfumées.

Russ détonnait dans ce décor et pourtant, elle le trouvait plus attirant que jamais.

— Qu'est-ce qui vous ferait plaisir, Laura ? s'enquit-il en feuilletant la carte. Du porc aigre-doux ? Du poulet aux noix de cajou ?

— Numéro sept, choisit-elle en désignant le poulet aux haricots mange-tout. Vous voulez boire quelque chose ? Du vin ? de la bière ?

Il restait de la bière au frais de la fête de Noël de sa mère. La bière se gardait longtemps, lui semblait-il, et Russ lui paraissait être le genre d'homme à en boire.

— Une bière, avec plaisir.

Il regarda autour de lui et décrocha le téléphone de son support fixé à côté du four.

Laura plongea dans le réfrigérateur et dénicha une bouteille de Heineken. Un verre ou pas ? se demanda-t-elle. Bah, cela n'avait pas d'importance. Elle décapsula la bouteille et la posa sur le comptoir près de lui en le regardant parler au téléphone. Le combiné lui cachait en partie ses lèvres, mais elle aimait bien contempler la courbe sensuelle de sa bouche, la ligne décidée de sa mâchoire, la douceur avec laquelle il formait les mots.

Elle n'avait aucun mal à lire sur les lèvres de Russ, alors que certaines personnes lui donnaient plus de fil à retordre et qu'il y en avait qu'elle ne comprenait absolument pas. Il ne se précipitait pas, il parlait avec calme et régularité, de façon fiable, exactement comme elle imaginait qu'il était.

Troublée par le tour que prenaient ses pensées, elle se servit un verre de vin rouge et en but deux longues gorgées avant qu'il ne se retourne vers elle.

— Un quart d'heure, dit-il.

— Super.

Ils se regardèrent quelques instants en silence.

— Voilà votre bière.

En la prenant pour la lui donner, elle s'en renversa sur la main où le liquide forma une petite flaque ambrée.

— Merci.

Il prit la bouteille et la main de Laura avec. Avant qu'elle ait pensé à objecter, il lécha les gouttes sur son poignet.

Elle ferma les yeux lorsque la chaleur humide de cette bouche sur sa peau darda un éclair de désir au creux de ses cuisses. Quand il promena la langue entre son pouce et son index, elle frémit. Il avala sa salive avant de remonter le long de son bras. À la fois impatiente et un peu inquiète, elle sentait son cœur battre la chamade. Elle avait la chair de poule.

Dieu ! Cela faisait longtemps qu'elle n'avait pas été avec un homme. Et encore, le précédent était plutôt un garçon. À l'époque, tous deux avaient dix-neuf ans. Inexpérimentés, ils étaient maladroits, impatients, trop pressés.

Russ, lui, était un homme. Un homme fort, un peu rude, très viril dans son jean et avec sa barbe de quelques heures.

Il prenait son temps pour la caresser de sa bouche, sans s'interrompre, avec une lenteur insoutenable. Elle ne savait jamais où il allait poser la langue. Sans prévenir, il se détacha de son bras pour prendre possession de sa bouche, qu'il couvrit d'un doux baiser fait pour la tenter. Laura rouvrit grand les yeux et vit Russ qui la regardait d'un air entendu et quelque peu arrogant. Il esquissait un sourire.

— Je peux recommencer ? demanda-t-il.

Il semblait si sûr de sa réponse qu'il lui passa une main derrière la nuque.

Elle hocha la tête en signe d'assentiment. Elle n'avait pas fini qu'il l'attirait à lui et que leurs lèvres se joignaient. Ce baiser-là n'avait plus rien de léger, de doux, d'interrogateur. Il était brûlant, pressant, passionné, désespéré. Russ la caressait fébrilement, il insinuait la langue entre ses lèvres.

Laura laissa échapper un gémissement en le voyant fermer les yeux, submergé par le désir. En proie à une incroyable tension, elle avait l'impression de brûler de l'intérieur. Elle lui passa les mains derrière la nuque et massa ses muscles noués. Ses seins plaqués contre le torse de Russ étaient lourds, leur pointe durcie par le désir. Elle se sentait perdre la tête. Elle voulait tout ce qu'il avait à lui donner, ici, maintenant. Quand il unit sa langue à la sienne, elle laissa retomber les mains pour fourrer les doigts dans les passants de son jean et se presser plus étroitement contre lui.

Elle rencontra son imposante érection.

Il enfouit les doigts dans ses cheveux pour maintenir son visage contre le sien tandis que leur baiser se faisait plus fiévreux encore, plus profond. Russ avait le goût de la bière qu'il avait léchée sur sa main. La barbe de son menton lui râpait la joue. À son tour, elle glissa les doigts dans ses épais cheveux. Elle les crispa de surprise et de plaisir mêlés quand il lui plaqua une main sur les fesses sans la moindre réserve.

Tu ne rêves pas, se répétait-elle comme un mantra, c'est bien vrai. Elle se cramponnait à lui de crainte qu'il ne reprenne ses esprits et arrête.

Au lieu de cela, Russ recula d'un pas avec elle et posa sa bière sur le comptoir. Puis il remonta le pull de Laura suffisamment pour pouvoir glisser la main dessous. Submergée par le désir, le feu aux joues, elle n'en revenait pas d'avoir autant envie de lui aussi vite, d'être sur le point d'exploser dans la cuisine de sa mère.

Il murmura quelque chose contre sa peau. Son souffle et ses lèvres la chatouillaient. Il mordilla la dentelle de son soutien-gorge. Elle se pencha vers lui et le fit reculer contre les placards pour pouvoir écarter les jambes. Elle releva un peu sa jupe afin de placer les genoux de part et d'autre des jambes de Russ. Ensuite, elle ne résista pas à la tentation de se frotter contre lui. Cela dut lui plaire, car il accentua la pression de sa main au bas de son dos pour la presser contre son désir durci.

Elle laissa échapper un gémissement.

Il passa alors la main sous sa jupe tout en continuant de faire tourbillonner la langue sur son sein à travers le soutien-gorge maintenant humide de ce baiser. Cela allait si vite, c'était si inattendu, si bon que Laura s'agrippa à sa chemise. Lorsqu'il lui mordilla légèrement le mamelon, elle sentit ses jambes se dérober sous elle. Russ la soutint plus étroitement et se mit en devoir de la caresser à travers sa petite culotte.

Quand il introduisit un doigt à l'intérieur pour rencontrer sa chair moite et brûlante, elle sut qu'elle ne pourrait pas se retenir. Elle allait jouir…

Russ serra les dents. Laura allait exploser dans ses bras. Jamais il n'avait rien vu d'aussi sexy. Elle émettait de petits gémissements approbateurs dont elle n'avait sans doute même pas conscience, mais qui ne faisaient qu'attiser son désir. C'était merveilleux de la tenir ainsi, de sentir son désir, de le respirer, de se perdre dans la douceur soyeuse du creux de ses cuisses.

Il n'avait pas vraiment prévu d'introduire un doigt en elle, mais sa jupe avait remonté si haut… Il avait su qu'il la trouverait humide et prête sous le satin, et il avait voulu vivre cette sensation, la posséder de cette façon.

La force du désir de Laura pour lui était incroyablement excitante. Il voulait tout lui donner, encore et encore, jusqu'à la satisfaire pleinement. Tandis qu'il caressait le secret de sa féminité, elle contractait ses muscles autour des deux doigts qu'il avait insinués en elle.

Puis elle explosa, les yeux embués et révulsés. Il la soutint en souriant. Elle était magnifique. Elle était décoiffée, les lèvres légèrement gonflées, son petit pull très convenable remonté au-dessus de ses seins dont il entrevoyait la peau laiteuse soulignée par la dentelle du soutien-gorge. Ses jambes gainées de ces bottes noires si sexy étaient écartées, et sa jupe était relevée presque jusqu'à la taille.

— Oh, Laura, c'est dingue…

Elle ne répondit pas tout de suite. Elle le fixait de ses grands yeux, les joues rosies par le plaisir.

— Hou là, finit-elle par dire. C'est plutôt inattendu.

— Pas pour moi, assura-t-il.

C'était pour voir cela, pour vivre cela qu'il était venu chez elle ce soir. Et il comptait bien recommencer.

Elle tourna un peu la tête et recula vivement, manquant trébucher sur ses hauts talons.

— Ô mon Dieu ! s'exclama-t-elle. Le livreur est là.

Russ entendit un faible tintement de sonnette tandis qu'elle lui montrait un voyant qui clignotait à côté du téléphone.

— Je vais ouvrir, dit-il.

Pour l'instant, il était plus habillé qu'elle…

Il redescendit tout de même le pull de Laura avant de lui donner un rapide baiser. Elle cligna des yeux, l'air étourdie, et lissa sa jupe. Il tourna les talons et prit ce qu'il espérait être le chemin de l'entrée.

Il faillit se perdre en traversant la salle à manger, où il se trompa de porte et se retrouva dans un placard.

— Bon sang, marmonna-t-il en rebroussant chemin, c'est pire qu'un musée.

Au fond, il n'était pas vraiment contrarié.

Non, il était surtout excité. Fou de désir.

Il se débarrassa au plus vite du livreur qu'il gratifia d'un généreux pourboire et regagna la cuisine. Il espérait qu'ils allaient y dîner. La salle à manger l'intimidait. Et puis, il craignait de faire tomber un ravioli sur le tapis persan. Cela dit, la cuisine était presque aussi luxueuse, avec ses appareils électroménagers en inox et ces bouquets de fleurs sur la table et les plans de travail.

Les fleurs ne lui posaient pas de problème particulier. Non, c'était ce luxe, cette perfection qui le mettaient mal à l'aise.

Elle était assise à table devant la baie vitrée qui donnait sur le jardin et, au-delà, dans la pénombre sur le lac. Elle avait disposé deux assiettes sur la table, des serviettes en tissu et son verre de vin. Elle avait versé sa bière dans un verre. Elle eut un sourire nerveux quand il s'assit en face d'elle et ouvrit le sachet de papier qui contenait leur dîner.

Gênée. Visiblement, elle était gênée. Elle avait les mains bien sagement croisées sur ses genoux serrés, comme pour faire oublier qu'ils étaient écartés quelques instants plus tôt. Russ avait caressé l'idée de fourrer le sachet dans le réfrigérateur et de monter directement avec Laura dans son grand lit ; maintenant, il se rendait compte qu'il devait avancer prudemment.

Même si elle en avait autant envie que lui, il était allé trop vite. Il fallait faire preuve d'un peu plus de finesse.

Comme si cela lui ressemblait de faire le charmeur…

Il sortit une barquette de riz du sac et l'ouvrit.

— J'espère que vous avez faim, observa-t-il. Il y a toujours de quoi nourrir un régiment, dans ces plats à emporter. C'est dingue.

Elle laissa échapper un rire encore un peu guindé.

— Parlez-moi de votre maison, Laura, la pria-t-il. Comment se fait-il que vous y habitiez seule avec votre mère ? Vos parents ont divorcé ?

Il espérait que la conversation la détendrait.

Elle prit une profonde inspiration et approcha son assiette du plat de riz.

— Non. Les parents de mon père ont acheté cette maison à la fin des années 1950, et ils l'ont transmise à mon père à leur retraite quand ils sont partis s'installer en Floride. J'ai passé mon enfance ici. Mon père est mort lorsque j'avais dix-neuf ans.

Le cœur de Russ se serra.

— Désolé. Je sais ce que c'est.

— Ah bon ?

Elle leva la main pour lui faire signe qu'elle avait assez de riz.

— J'ai perdu mes parents l'année dernière. Accident de voiture.

En parler suffisait à le faire souffrir.

— Oh ! s'exclama-t-elle en lui prenant la main et en la pressant affectueusement. Je suis sincèrement navrée. Cela a dû être affreux.

— Oui. D'ailleurs, ça l'est toujours. Mais je m'en remettrai. J'ai trente ans – je veux dire, la perte est plus lourde pour mon petit frère Sean. Il aura quatorze ans en mars, et il se retrouve avec moi pour toute famille. Je suis loin de pouvoir remplacer nos parents.

Laura en oublia d'être gênée d'avoir laissé Russ soulever sa jupe seulement un quart d'heure après être arrivé chez elle pour leur premier rendez-vous. La douleur qu'elle lut sur son visage l'émut. Elle avait envie de le réconforter, de lui transmettre un peu de la confiance qu'il lui donnait déjà.

— Il a de la chance de vous avoir, assura-t-elle. Sans vous, il serait encore plus mal loti.

Il rit, mais d'un rire sans joie.

— Je n'en suis pas si sûr. Je ne connais rien aux gamins, Laura. Il est tellement en colère, insolent, têtu…

— Comme la plupart des adolescents, non ?

— Peut-être, concéda-t-il en se servant de nouilles sautées. Mais je ne sais absolument pas quoi faire.

— Il n'y a peut-être rien à faire pour l'instant, suggéra-t-elle. Il a encore du chagrin, et les enfants et les jeunes ne réagissent pas comme les adultes. Quand mon père est mort, je me suis repliée sur moi-même. Je ne sortais plus de la maison. Je ne faisais que manger et regarder des films.

— Quand avez-vous commencé à aller mieux, à redevenir comme avant ?

— Je dirais il y a environ cinq jours, lorsque j'ai eu le courage d'aller rencontrer Russ Evans dans un café.

Il laissa retomber ses baguettes dans son assiette.

— Laura, la pria-t-il, dites-moi une chose avant que nous montions.

Il riva sur elle un regard si intime, si clairvoyant qu'elle se sentit rougir.

Il fallait absolument qu'elle apprenne à ne plus rougir. Cela n'allait pas du tout avec sa nouvelle image…

— Quoi ? s'enquit-elle.

— Laura, êtes-vous vierge ?

7

La gêne, l'humiliation la submergèrent de nouveau.

— Non ! s'écria-t-elle. Je ne suis pas vierge.

Techniquement, c'était vrai. Cependant, elle n'avait rien non plus d'une experte.

— D'accord, dit Russ qui paraissait soulagé. Très bien.

Elle paraissait donc novice à ce point ? se demanda-t-elle en grignotant un haricot. Elle décida de le rassurer.

— J'ai couché avec un homme six… non, sept fois.

Enfin, la septième ne comptait pour ainsi dire pas car son petit ami avait été désarçonné avant la fin.

Elle leva le nez de son assiette et se rendit compte qu'il la regardait bouche bée.

— Quoi ? C'est à peine mieux, commenta-t-il en se frottant le menton d'un air affolé.

L'intimité qu'elle avait pu ressentir avec lui s'évapora.

— Eh bien, contra-t-elle, je suis navrée de vous décevoir. D'ailleurs, je pensais que les hommes aimaient les vierges, que c'était une sorte de fantasme.

— Pas pour moi, répliqua-t-il. Je n'ai ni le temps, ni la patience de jouer les initiateurs, vous voyez.

Message reçu cinq sur cinq. Il préférait les pros.

— Cela ne doit pas vous surprendre à ce point, fit-elle valoir. Je vous ai dit que cela faisait longtemps…

Soudain, elle n'avait plus faim. Elle se mit à jouer du bout des baguettes avec son riz.

— Je suis désolé, s'excusa-t-il. Vraiment désolé. Ce n'est pas ce que je voulais dire.

Il se leva et fit le tour de la table pour la rejoindre.

Ah bon ? Elle aurait cru le contraire. Elle s'écarta.

Il la retint d'une main sur le bras du fauteuil, l'enveloppant de son parfum viril. Puis il lui prit le menton pour la forcer à le regarder.

— Ce que je veux, c'est que vous soyez sûre que ce soit bien ce que vous voulez, expliqua-t-il.

Comment fallait-il le lui dire pour qu'il comprenne ? Oui ! C'était ce qu'elle voulait !

— J'en suis sûre, affirma-t-elle.

Elle crut voir le regret assombrir son visage.

— Parce que c'est tout ce que j'ai à vous offrir, précisa-t-il. Du plaisir – beaucoup de plaisir, j'espère – mais rien de plus. Sean me prend trop.

Par fierté, elle le regarda dans les yeux, releva le menton et se redressa.

— Mais je ne vous ai jamais rien demandé d'autre.

Il la considéra un moment, comme s'il n'était pas certain de pouvoir la croire.

— Très bien, finit-il par dire. Si vous êtes sûre que c'est ce que vous voulez, si cela vous convient ainsi…

— Russ, on dirait que c'est vous qui n'êtes pas sûr.

Elle recula son siège vers la fenêtre pour tenter de lui échapper. Si c'était le cas, il fallait qu'il parte immédiatement. Elle ne voulait pas rester si près de lui, elle ne voulait pas avoir à sentir son parfum, à le voir, être tentée de le toucher.

— Excusez-moi si je vous ai perturbé tout à l'heure, dit-elle. Je ne comptais pas…

Elle ne parvint pas à dire tout haut « avoir un orgasme aussi exubérant ».

— Enfin, cela fait un bout de temps, comme je vous l'ai dit, poursuivit-elle à la place. Alors si vous ne voulez pas avoir à vous accommoder de mon manque d'expérience, très bien. Je comprends.

Elle lui adressa son sourire le plus poli, celui auquel sa mère lui avait toujours conseillé d'avoir recours en société dans les situations délicates.

— J'ai passé une très agréable soirée, conclut-elle. Merci beaucoup.

Il haussa les sourcils d'un air d'incompréhension.

— Tout ce que vous dites là est bien joli, rétorqua-t-il les poings sur les hanches, mais je ne suis pas encore prêt à partir.

Le souffle court, elle dut serrer les cuisses pour réprimer la tension qui s'y installait.

— Ah bon ?

— Non. Montons et rendons cette soirée encore beaucoup plus agréable.

Tiens, tiens.

— Si vous êtes sûr…

— Je vous propose un marché, dit-il en souriant. Le premier qui demandera à l'autre si c'est bien ce qu'il veut aura une tape. Nous avons l'un et l'autre envie d'être ici, n'est-ce pas ? Nous avons l'un et l'autre envie de monter, non ?

— Absolument.

— Parfait.

Content d'avoir réglé ce point, Russ referma toutes les barquettes et ouvrit la porte du réfrigérateur. D'une propreté presque effrayante, celui-ci ne contenait que du lait écrémé, des yaourts et des carottes nouvelles. Il fallait absolument qu'il nettoie le sien, nota-t-il mentalement. Il devait lui rester du jambon de Noël !

Quand il eut fini de ranger les plats, il se retourna et vit Laura qui mettait leurs assiettes dans le lave-vaisselle. Elle était plutôt petite et menue, malgré ses courbes qui le rendaient fou. Elle était ravissante et très naturelle. Il n'y avait rien chez elle de faux ni d'artificiel. La suite des événements terrifiait Russ autant qu'elle attisait son impatience.

Elle n'avait eu qu'un petit ami, à l'université. Depuis, elle menait une vie isolée. Et s'il lui faisait peur ? Il ne pensait pas qu'elle se mettrait à hurler en le voyant nu, ce n'était pas cela. Cependant, il avait l'habitude de femmes qui savaient comment trouver leur plaisir et dont il n'avait pas à trop se soucier. Ils se déshabillaient et les choses allaient de soi. Avec Laura, il ne pourrait pas procéder ainsi. Il se sentait empoté, gauche, et cela l'exaspérait.

Il faudrait qu'il prenne son temps, voilà tout. Qu'il s'assure que ce qu'il faisait lui allait. Elle était animée par la passion, cela se voyait à la façon dont elle avait explosé dans ses bras avant le dîner. Cela ne signifiait pas pour autant qu'elle soit prête à tout. Il résista à la tentation de la soulever de terre pour l'installer à califourchon sur sa taille.

Il écarta ses cheveux de sa nuque pour y déposer un baiser.

Elle lui répondit par un petit soupir de reddition. Il lui mordilla l'oreille en s'enivrant de ce parfum doux et sucré qui semblait faire partie de son odeur naturelle. Elle crispa les doigts sur sa jambe.

Puis elle se retourna si vite qu'elle le surprit et qu'il eut un mouvement de recul.

— Je veux monter, Russ. Tout de suite.

Nom d'un chien. Elle semblait prête à le dévorer, centimètre par centimètre.

— Je vous suis, beauté.

Elle lui prit la main de cette manière qu'il commençait à bien aimer et l'entraîna vers un escalier au fond de la cuisine. L'escalier de service, devina-t-il. L'idée de prendre l'ascenseur lui traversa l'esprit mais, le temps qu'il se dise qu'il aimerait bien faire cela avec elle entre deux étages, ils étaient déjà arrivés au premier.

Il s'absorba dans la contemplation de ses fesses. Il s'imagina à quoi elles ressembleraient s'il soulevait sa jupe et qu'elle n'était plus couverte que par sa petite culotte et ses bottes à la fois sérieuses et follement sexy.

Dans sa chambre, elle se retourna vers lui et baissa les yeux, intimidée. Elle croisa sagement les mains comme si elle ne savait qu'en faire.

Pour donner le ton, Russ ôta son tee-shirt.

Elle prit une brusque inspiration puis se passa la langue sur les lèvres. En se délectant du désir qu'il lisait sur son visage, il laissa tomber son tee-shirt à terre. Puis il se déchaussa et se rapprocha d'elle. Non sans se rappeler qu'il devait aller lentement, il lui prit les deux mains et les attira contre son torse nu.

Laura laissa échapper un gémissement et battit des paupières. Puis elle promena les doigts sur sa peau jusqu'à son ventre. Maintenant, c'était lui qui avait du mal à contenir ses gémissements. Sa caresse innocente, l'empressement avec lequel elle descendit jusqu'à sa ceinture pour glisser les doigts dessous, sur ses hanches, le mettaient au supplice. Quand elle effleura ses deux mamelons simultanément, il dut serrer les dents pour rester maître de lui.

Il noua les mains derrière son dos et lui déposa un baiser sur chaque paupière. Elle était incroyablement douce et ne se maquillait pas, nota-t-il avec plaisir.

Elle le rendait fou à lui caresser ainsi le torse, comme fascinée. Il décida qu'il était temps de lui ôter son pull. Sauf qu'il avait l'étrange et désagréable impression que quelqu'un les observait. Déformation professionnelle, sans doute. Il balaya la chambre du regard… et rencontra celui, chargé de haine, du plus gros chat qu'il eût jamais vu.

— Euh… Laura ?

Il lui tapota l'épaule avant de désigner l'animal. Il était à quelques centimètres d'eux, sur la commode, ses pattes blanches étendues devant lui, les bourrelets de son gros ventre étalés des deux côtés. Il avait dû forcer sur la pâtée, ces derniers temps.

À sa grande surprise, le visage de Laura s'éclaira.

— Ah, Ferris. Tu es là, mon grand, dit-elle en le grattant derrière les oreilles. Je croyais que tu faisais la sieste.

Elle se tut et continua de s'adresser au chat en langage des signes. Russ aimait la regarder, admirer la fluidité de ses gestes, observer l'expression changeante de son visage. Dans le même temps, il ne laissait pas d'être déconcerté. Il ne comprenait pas comment on pouvait apprendre un langage apparemment aussi compliqué.

Le chat répondit à ce qu'elle lui disait en sautant de la commode puis en s'étirant avant de trottiner jusqu'au canapé, sa bedaine se balançant de droite et de gauche. Il se coucha en rond sur un coussin et se remit à considérer Russ d'un air dédaigneux.

— Je crois qu'il ne m'aime pas, commenta-t-il.

— C'est seulement qu'il n'a pas l'habitude de voir des hommes à moitié nus dans ma chambre.

— Et des hommes entièrement nus ?

— Hmm, fit-elle en secouant négativement la tête.

— Il va falloir qu'il s'y fasse.

En ignorant de son mieux le chat, il tira sur la manche du cardigan de Laura pour libérer son bras droit. Puis il fit de même avec la gauche et laissa tomber son gilet à terre. Elle était encore vêtue d'un pull sans manches assorti.

Bon sang ! Il détestait les couches de vêtements superposées. Gagné par l'impatience, il lui ôta le second d'un geste vif et laissa échapper un sifflement admiratif. En la déshabillant, il avait décoiffé ses cheveux blonds. Ses lèvres pleines étaient ouvertes et, sous son soutien-gorge de dentelle noire, sa poitrine se soulevait au rythme de sa respiration.

Se rappelant qu'il ne devait pas la brusquer, il l'attira contre lui et l'embrassa longuement, tendrement. Elle se détendit et se retint à ses bras tandis qu'il défaisait la fermeture Éclair de sa jupe. Elle frémit quand il la fit glisser le long de ses hanches et jusqu'à ses chevilles. Il l'embrassa de nouveau et la conduisit jusqu'au lit garni de moelleux oreillers blancs et de draps féminins.

Il la fit s'étendre doucement. Fallait-il qu'il ouvre le lit ? Tel qu'il était, il lui semblait trop parfait, trop innocent pour y rejoindre Laura et la prendre. Il faudrait plus de désordre dans les couvertures, des draps froissés pour qu'il se sente à l'aise.

Étendue sur le dos, elle le regardait en clignant des yeux. Elle attendait, sa peau laiteuse rosie par l'impatience. Il fit tomber à terre sa jupe qu'elle avait toujours autour des chevilles. Et voilà. Elle était allongée, prête à le recevoir, vêtue uniquement de son soutien-gorge de dentelle noire, d'un minuscule slip assorti et de ses bottes noires à talons.

— Ô mon Dieu… murmura-t-il.

Si peu expérimentée, Laura était pourtant la femme la plus sexy, la plus désirable qu'il eût jamais vue.

— Qu'est-ce qu'il y a ? demanda-t-elle en se mordillant la lèvre.

Quand elle fit mine de s'asseoir, il comprit qu'elle avait mal interprété son émerveillement.

— Non, non, lui dit-il, ne bougez pas.

Il lui prit une jambe entre ses genoux et lui maintint les épaules sur le lit.

— Vous êtes absolument magnifique.

Elle forma un petit O de ses lèvres roses.

Il lui souleva un pied et l'appuya contre son torse ; le talon lui mordit la chair. Sa petite culotte noire glissa un peu, dénudant la courbe d'une de ses fesses.

Russ avala sa salive avec difficulté et tira sur le zip de la botte, qui coulissa avec une lenteur insoutenable. Laura restait étendue, parfaitement immobile, les doigts crispés sur les couvertures. Elle ne prit même pas la peine d'écarter la mèche qui lui barrait le visage et la bouche.

Il recula, emportant avec lui la botte qui tomba à terre dans un claquement, et elle laissa retomber sa jambe sur le lit. Il inspira à fond plusieurs fois pour réprimer l'excitation qui montait et prit son autre jambe.

Cette fois, Laura était prête ; elle la souleva d'elle-même. Il se maîtrisa au prix d'un effort presque surhumain et fut plus rapide que pour la première botte. Il dut prendre sur lui pour ne pas se précipiter sur Laura et lui arracher son slip.

Au lieu de cela, il lui saisit la main pour l'aider à s'asseoir en ignorant son regard interrogateur. Il arracha le dessus-de-lit blanc et jeta les coussins décoratifs en forme de cœur.

Voilà qui était mieux, estima-t-il. Le lit ressemblait moins à une photo d'un magazine de décoration. Laura gardait les yeux rivés sur lui. Sans lui laisser le temps de protester contre le désordre qu'il mettait, il prit possession de ses lèvres pour lui transmettre en un baiser la passion et le désir qu'il ressentait, jusqu'à ce qu'ils tremblent tous les deux.

Alors, Russ ouvrit son jean et sortit de sa poche un préservatif qu'il lança sur le lit. Puis il la reprit par les épaules pour l'étendre de nouveau sur le lit. Elle obéit en silence, les genoux serrés, les mains posées à plat sur le ventre. Il se débarrassa à la hâte de son jean.

Ce n'était pas l'envie qui lui manquait de l'enlever, mais il garda pour l'instant son caleçon et rejoignit la jeune femme sur le lit.

Il tendait la main vers son soutien-gorge quand il se fit mordre.

8

Étendue sur son lit en désordre, tremblante, Laura enjoignait *in petto* à Russ de se dépêcher lorsqu'il sursauta violemment, les traits figés par la douleur et la surprise.

— Russ ? Qu'est-ce qu'il y a ?

Il s'assit et se pencha sur le côté du lit. Certes, il lui offrait ainsi une très jolie vue de son dos et de ses fesses dans un caleçon bleu marine, mais ce n'était pas exactement ce dont elle avait envie. Selon elle, cela faisait longtemps qu'il aurait dû achever de se déshabiller.

Elle se rapprocha pour regarder ce qu'il cherchait à tâtons sous le lit. Elle lui tapa sur l'épaule.

— Qu'est-ce que vous faites ?

Il tourna la tête afin qu'elle puisse lire sur ses lèvres. Il avait le visage rouge de s'être penché la tête en bas.

— Votre chat m'a mordu, répondit-il.

— Quoi ? Ferris vous a mordu ? répéta-t-elle, stupéfaite.

Ferris n'avait jamais mordu personne.

— Où cela ? l'interrogea-t-elle.

C'était peut-être autre chose… Oui, mais quoi ? une araignée ? un moustique en janvier ? Allons, elle devait bien se rendre à l'évidence.

— À la jambe.

Pas de doute, cette trace rouge derrière son mollet était bien... des marques de crocs. Elle se plaqua la main sur la bouche, mi-horrifiée, mi-amusée. Manifestement, Ferris n'aimait pas voir son territoire envahi par un autre mâle...

— Oh, je suis désolée, Russ. Mais qu'est-ce que vous faites ? Vous n'allez pas lui faire de mal, au moins ?

Elle se mit à plat ventre et se pencha à son tour pour scruter la pénombre sous le sommier.

Ferris la regarda en clignant des yeux, l'innocence même.

— Allez, minou, viens vite, dit-elle en tendant les mains vers lui et en ponctuant ses appels de bruits de baiser.

Il s'approcha, méfiant, et lui renifla les doigts.

Elle se laissa glisser du lit et le souleva à deux mains.

— Je vais le mettre dans la salle de bains, déclara-t-elle en se retournant vers Russ.

— Je ne comptais pas lui faire de mal, repartit-il, offensé. Je voulais seulement avoir une petite conversation d'homme à homme avec lui, avant de le jeter dans le couloir.

— D'accord, désolée.

À la vérité, elle n'imaginait pas Russ faisant souffrir un animal, mais elle avait réagi instinctivement. Elle voulut effleurer son bras pour lui faire comprendre qu'elle n'avait pas dit cela comme une insulte, mais Ferris ne lui en donna pas le temps. Il assena un coup de patte à l'avant-bras de Russ.

Heureusement qu'il avait les griffes coupées ! Elle resserra son étreinte sur le chat et le regarda, perplexe. Sur le plan du comportement, lui, toujours si gentil, avait fait un virage à cent quatre-vingts degrés.

L'homme et le chat échangèrent un regard noir.

— Il m'a craché à la figure !

Devant son indignation, Laura ne put se retenir de rire.

C'est en riant qu'elle se rendit compte qu'elle n'était vêtue que de sa petite culotte et de son soutien-gorge, et que la fourrure de Ferris chatouillait son ventre nu. Elle fila dans la salle de bains. Seigneur ! Il y avait un inspecteur de police presque nu dans sa chambre, et son chat semblait encore plus décidé que sa mère à saboter sa vie sexuelle.

Avec moins de gentillesse qu'elle ne lui en aurait témoigné en temps normal, elle le laissa tomber sur le sol de la salle de bains et referma la porte en ayant soin de ne pas se regarder dans le miroir.

Restait maintenant à regagner sa chambre, son lit. Ce ne devrait pas être si difficile que cela. Pourtant, son cœur battait la chamade, elle avait la gorge sèche. Elle ne parvenait pas à ôter la main de la poignée de la porte de la salle de bains. Elle tenta de se forcer à bouger. Elle avait envie de ce qui allait suivre, alors où était le problème ?

Le problème, c'était que c'était affreusement gênant.

Elle sentit le parquet vibrer sous les pas de Russ et inspira à fond au moment où il la rejoignait.

— Où en étions-nous ? demanda-t-il avec un sourire délicieusement coquin.

— Au lit, répondit-elle.

Si seulement ils ne l'avaient pas quitté…

Russ la dominait de toute sa hauteur. Devant son impressionnante carrure, elle se sentait menue, fragile. Il était grand, musclé, il avait la peau plus sombre que la sienne. Des poils couleur caramel disparaissaient sous son caleçon. Quand il la regardait ainsi, Laura se sentait très douce, très petite, très sexy.

— Alors retournons-y, décida-t-il.

Une main sur ses reins et l'autre sur sa cuisse, il la souleva de terre. Stupéfaite, elle noua instinctivement les jambes autour de ses hanches et se cramponna à ses épaules.

Elle avait les seins plaqués contre son torse, les lèvres à un souffle des siennes, le cœur de sa féminité tout juste hors de portée de son désir tendu. Elle rejeta la tête en arrière en une attitude d'abandon. C'était parfait. C'était exactement ce qu'elle avait espéré : un homme superbe et follement sexy qui la rendait folle de désir.

Il la porta jusqu'au lit sur lequel il l'allongea. Puis il glissa les deux pouces dans la ceinture de son caleçon.

— Maintenant, annonça-t-il, je vais l'enlever. Si vous pensez que cela risque de vous perturber, ne regardez pas.

Il plaisantait sûrement. Pour le suivre sur ce terrain, elle lui adressa son sourire le plus innocent et détourna les yeux… vers le miroir au-dessus de sa commode qui lui offrit une vue imprenable sur Russ, de face. Elle serra les poings sur les draps quand il ôta son caleçon et posa un genou sur le lit.

Ô mon Dieu… Au fil du temps, ses souvenirs de Geoffrey nu s'étaient estompés, mais elle était à peu près certaine que son anatomie n'avait rien à voir avec celle de Russ. Sinon, elle ne l'aurait pas oubliée.

— Mmm…

Dans le miroir, il plongea les yeux dans les siens.

— Ne vous en faites pas, Laura. Nous allons prendre notre temps.

Elle hocha frénétiquement la tête, terrifiée. Elle ne savait pas si elle avait plus peur qu'il la pénètre ou qu'il ne le fasse pas.

Un réflexe d'autodéfense lui fit fermer les yeux. Mais si elle ne le voyait pas, elle n'aurait aucune idée de ce qu'il faisait. Comme pour lui donner raison, elle le sentit tirer son soutien-gorge vers le bas et passer la langue sur l'un de ses seins.

Elle ne s'était absolument pas attendue à cela. Elle poussa un petit cri et rouvrit les yeux, découvrant la tête de Russ penchée sur elle. Il passa la langue sur son mamelon pour l'humecter, avant de le prendre entre ses lèvres jusqu'à ce qu'elle se torde de désir sous lui.

Une femme qui n'avait pas de petit ami pouvait faire certaines choses pour se satisfaire et se détendre, cependant rien ne remplacerait jamais la sensation de la langue brûlante d'un homme sur sa peau. Il la promenait entre ses seins, sur ses tétons, jusqu'à son nombril et, plus bas, au bord de sa petite culotte...

— Russ, je t'en prie... articula-t-elle en attirant son visage jusqu'au sien pour un baiser rapide et passionné.

On n'avait pas envie de longs préliminaires lorsqu'on n'avait pas couché avec un homme depuis six ans.

Russ lui rendit son baiser et dégrafa son soutien-gorge. Puis il prit son sein dans une main pour le mordiller et le sucer tandis que de l'autre, il lui ôtait son slip.

Il chercha à tâtons le préservatif qu'il avait jeté sur le lit puis, du bout des doigts, entrouvrit sa féminité sous ses boucles humides.

Étendue sur le lit, folle d'impatience, elle sentait sa langue et ses mains partout sur elle et se laissait emporter dans une incontrôlable spirale de désir. Le souffle court, elle croyait perdre la tête. Russ avait abandonné son sein pour enfiler le préservatif, tout en continuant de la titiller par des frôlements et des caresses à peine appuyées. Elle avait envie de le toucher à son tour, de le sentir sous ses doigts, de l'aider, mais elle semblait incapable de bouger.

Elle était comme figée, inanimée, submergée.

À genoux, Russ bataillait avec le préservatif. Il avait baissé la tête pour qu'elle ne le voie pas jurer.

Le latex refusait de coopérer alors que Laura l'attendait, qu'elle était prête à le recevoir. Il prit une profonde inspiration et compta lentement jusqu'à trois pour se calmer.

Enfin, il parvint à mettre le préservatif en place et à le dérouler.

Il fallait qu'il se montre patient, se rappela-t-il. Il fallait qu'il fasse cela bien.

Il plongea les yeux dans ceux de Laura, se haussa sur un bras et l'entrouvrit de l'autre main pour la pénétrer. Il laissa échapper un gémissement en sentant le plaisir envahir son corps.

Elle écarta plus grand les cuisses et battit des paupières. Russ s'immobilisa, à demi en elle. Il n'avait qu'une envie : plonger en elle et la prendre. Cependant, il savait qu'il ne devait pas. Elle lui faisait confiance. Il voulait lui offrir ce qu'il y avait de mieux.

Le visage crispé, il avança un peu et la sentit s'étirer autour de lui. Elle émit un long murmure d'approbation. Alors, enhardi, parfaitement maître de lui, il se mit à aller et venir en longs et lents coups de reins réguliers, par petites touches tendres qui n'étaient pas loin de lui coûter la raison.

C'était pénible de se retenir, mais il y parvint. Laura gémit en enroulant les jambes autour de ses cuisses. Ses doigts jouaient sur l'oreiller et ses cheveux épars encadraient ses joues rosies.

Russ estima qu'il avait rencontré la femme la plus jolie de la terre.

À cette pensée, son corps se tendit encore et se fit plus brûlant, plus dur. Sous le choc, Laura ouvrit grand les yeux et se cambra brusquement. Elle était gracieuse dans le plaisir, et silencieuse. Elle se souleva encore et retomba dans un spasme.

Russ ne céda pas à l'envie qui le tenaillait de la posséder plus vigoureusement. Il ressortit d'elle presque complètement, et se glissa de nouveau lentement tout au fond d'elle, s'autorisant enfin à jouir à petites saccades contrôlées.

Au lieu d'un jaillissement explosif, cela dura longtemps et il se força à rester parfaitement immobile jusqu'au bout. Il n'aurait jamais imaginé que plaisir et douleur puissent être ainsi mêlés. Il croyait mourir. Laura était si belle, si sexy que cela le tuait de ne pouvoir la posséder comme il en avait envie.

Toutefois, lorsqu'elle lui caressa le dos et lui sourit avec une satisfaction timide, il sut que cela en valait la peine.

D'ailleurs, il avait trouvé cela très bon. Mais il en voulait encore. Plus. Il avait l'impression qu'il pourrait faire l'amour avec elle une douzaine de fois de suite.

Il laissa échapper un grondement sourd et se retira avant de céder à la tentation de faire fi de toute noblesse et de la prendre sans retenue.

Il déposa un baiser sur ses lèvres et s'étendit à côté d'elle, un bras négligemment posé en travers de sa poitrine.

— Ça va ? lui demanda-t-il.

— Très bien.

Il se redressa un peu pour la regarder. Très bien ? C'était tout ? Où étaient les soupirs de plaisir, les bâillements de satisfaction ? Pourquoi ne lui disait-elle pas que cela valait la peine d'avoir attendu six ans pour vivre cela ?

— C'était comment ? insista-t-il.

C'était bien la première fois qu'il demandait à une femme d'évaluer sa performance.

— Très bon, répondit-elle en jouant avec les cheveux de Russ et en lui lissant les sourcils.

Elle souriait. Lui, en revanche, se renfrognait. Comment cela, très bon ? C'était nul, très bon. Cela ne voulait rien dire. Un vin, un dîner pouvaient être très bons. Un travail, même. Mais dans le domaine du sexe, ce simple commentaire était loin de suffire.

— Qu'est-ce qui ne va pas ? s'enquit-il.

Il se redressa encore et se surprit à prendre son sein dans sa main, à jouer avec la pointe.

— Rien, assura-t-elle en se cambrant sous sa caresse pour l'accentuer.

— Alors, qu'est-ce que c'est que ce « très bon » ? Si cela ne t'a pas plu, dis-le-moi : nous allons arranger cela.

Touché dans son orgueil viril, il sentait déjà une érection renaître. Il était prêt pour la manche suivante.

— Eh bien... fit-elle en rougissant. Je pensais que...

— Quoi ?

Attention. Si cela continuait, elle allait lui donner des complexes ! Comme pour se prouver qu'il était capable de la rendre folle, il glissa la main entre ses cuisses et se mit en devoir de la caresser.

— Je pensais que ce serait plus... enfin, plus fort. Plus profond, je ne sais pas...

Ça alors ! songea-t-il en secouant la tête, stupéfait, et en évitant de rire. Dire qu'il s'était tué à se retenir, alors qu'elle aurait voulu qu'il lui saute dessus sans ménagement !

Elle lui caressa les bras, semblant craindre de l'avoir offensé.

— Enfin c'était bien, Russ, assura-t-elle. Vraiment. C'est peut-être moi qui avais des espérances peu réalistes...

Voilà qui n'allait pas apaiser son ego.

— Oh, gémit-elle en se cachant le visage dans les mains, je ne fais qu'aggraver les choses, non ? N'écoute pas ce que je dis. Je vais mourir de honte.

Cette fois, il rit. Elle voulait que ce soit plus fort ? Eh bien, il allait obtempérer – avec le plus grand plaisir.

Il lui écarta les mains du visage.

— Laura, dit-il, je ne suis pas vexé. Si tu veux tout savoir, je m'inquiétais de ton manque d'expérience. Alors je me suis retenu. Beaucoup.

Quand il insinua un doigt en elle, elle prit une brusque inspiration.

— C'est vrai ? Tu veux dire que tu pourrais… ?

Et comment !

Lorsqu'il retira son doigt, elle gémit de frustration. Il lui prit les deux mains et lui tendit les bras au-dessus de la tête.

— Accroche-toi au lit, Laura, conseilla-t-il. Tu vas en avoir besoin.

Tout en se cramponnant à la tête de lit, elle ouvrit la bouche comme pour poser une question. Il ne lui en laissa pas le temps.

Il enfila un autre préservatif, écarta les jambes de Laura et la pénétra d'un coup, fort. Elle rejeta la tête en arrière et émit une longue plainte grave, qui procura à Russ un sentiment de triomphe. Il pouvait lui donner du plaisir, et il n'allait pas se priver de le faire.

Sans lui laisser le temps de reprendre son souffle, il se mit à aller et venir en elle avec force, assez profondément pour la plaquer contre la tête de lit. Oui, oh oui ! Elle était si belle, si excitée, si surprise et curieuse. Elle voulut tourner la tête sur le côté mais il ne la laissa pas faire ; il voulait qu'elle le regarde pendant qu'il la possédait, encore et encore.

Laura se retenait au lit, les épaules écrasées sous les assauts de Russ, les yeux rivés à son visage chargé de désir. C'était mieux que bon, songeait-elle. C'était incroyable, fabuleux, époustouflant. Il la prenait à coups de reins pressants et incontrôlés, et elle profitait pleinement du plaisir qui s'emparait de tout son corps, rayonnait dans ses membres.

— Oh, Russ ! Oui… dit-elle sans savoir si elle prononçait ces mots tout haut ou si un murmure à peine s'échappait de ses lèvres.

Il allait et venait en elle avec tant de force qu'elle ne pouvait enrouler les jambes autour de lui. Elle restait étendue, relâchée, et se resserrait autour de lui comme pour retenir son érection en elle éternellement.

— Ça te plaît, Laura ? Tu aimes ça ?

— Oui, ça me plaît. Oh, j'aime ça…

Elle baissa les yeux et vit ses seins qui tressautaient en rythme et, plus bas, les poils de Russ. Elle le vit aller et venir en elle, elle vit son membre lisse, luisant, monter et descendre entre ses cuisses écartées.

Le plaisir déferla en un raz-de-marée de passion qui lui vida la tête et arqua son corps vers celui de son amant en un violent soubresaut. Il ne s'arrêta pas, ne ralentit pas. Elle palpitait, brisée, elle gémissait. Elle avait l'impression d'être déchirée, de voler en éclats.

Elle laissa glisser ses mains du lit alors qu'il continuait son va-et-vient et que son corps se contractait encore instinctivement autour de lui. Elle sentit la différence, la force de l'orgasme de Russ quand il explosa en elle, le visage déformé, les épaules agitées de soubresauts.

Ce regard, ces sensations étaient incroyables. Elle le contemplait, émerveillée, le corps rassasié et satisfait. Cela valait la peine d'avoir attendu si longtemps.

Elle espérait ne pas avoir à attendre encore six ans, mais si c'était le cas, ce souvenir suffirait sans doute à la faire tenir.

Russ s'effondra sur elle. Elle sentait son visage moite sur sa peau. Des mèches humides retombaient sur son front et sur le sein de Laura. Il ferma les yeux, essoufflé, et elle le regarda. La gratitude, le plaisir, et autre chose l'envahirent.

Il s'était maîtrisé pour elle. Il avait respecté son inexpérience alors qu'il avait dit ne pas avoir le temps de jouer les initiateurs.

Russ Evans était un homme aussi gentil que sexy. Elle ferait bien de rester sur ses gardes, sinon elle risquerait fort de tomber amoureuse de lui. Ce qui ne serait juste ni pour elle, ni pour lui. Elle avait été sincère en disant qu'elle ne recherchait pas forcément une relation à long terme. Ce qu'elle voulait, c'était un homme dans son lit.

Eh bien, elle en avait un.

Il rouvrit les yeux et afficha un sourire arrogant.

— C'était mieux ? demanda-t-il.

— Mieux que jamais, assura-t-elle en hochant la tête.

— Bon.

Il se détacha d'elle. L'air frais sur sa poitrine humide lui donna la chair de poule. Il remonta le drap sur elle.

— Je ne peux pas rester toute la nuit, ma belle.

Elle n'était pas sûre qu'il l'ait vraiment appelée « ma belle ». Ses lèvres semblaient avoir formé le mot « lapin ». Bizarre. Enfin, elle ne se voyait pas lui poser la question.

— Ce n'est pas grave. Je comprends.

— C'est à cause de mon frère, précisa-t-il. Il est chez une voisine et il faut que je rentre.

Voilà que cet étrange sentiment qui lui donnait envie de faire la roue lui gonflait de nouveau le cœur.

— C'est une lourde responsabilité. Tu es un très bon frère, Russ.

— Je fais de mon mieux, corrigea-t-il dans un soupir en retirant son préservatif. Je pourrai te revoir ? Vendredi, ce serait possible ?

C'était dans quatre jours – une éternité. Cependant, Laura était heureuse qu'il ne veuille pas s'en tenir à un seul soir.

— Avec grand plaisir.

— Je verrai si Sean peut aller dormir chez un copain.

Il haussa les sourcils d'un air suggestif et lui fit face, dans sa splendide nudité.

— Tu voudrais que je passe la nuit avec toi, ici ? demanda-t-il.

Russ dans son lit, toute la nuit ? Voyons...

Oh, oui !

— J'aimerais beaucoup, répondit-elle en hochant la tête.

— Je n'en doute pas, repartit-il en souriant. Voilà que tu as de nouveau cet air sexy qui me donne tellement envie de toi que j'ai du mal à marcher.

Un coup d'œil en dessous de sa ceinture confirma ses dires. Laura s'assit pour mieux voir en remontant le drap sur elle.

— Donc, précisa Russ, ce sera toi, moi, et pas le moindre Ferris à l'horizon.

Il se retourna et ouvrit d'un coup la porte de la salle de bains. Le chat culbuta comme s'il avait été en train de gratter le panneau de bois.

— Il était en train de gratter à la porte ? demanda-t-elle.

— Il n'a pas arrêté. Je me suis forcé à ne pas l'entendre, mais vendredi, il faudra l'enfermer au rez-de-chaussée.

— Je suis désolée. Je ne me doutais pas qu'il serait aussi infernal.

Au même moment, comme pour lui donner raison, Ferris passa à côté de Russ et lui lança un coup de patte à la cheville.

— Ferris ! le réprimanda-t-elle.

Elle ne vit pas ce que Russ dit à son chat, mais elle devina que ce n'était pas « tu es un gentil minou ».

Lorsque Russ eut disparu dans la salle de bains, elle remit sa petite culotte et sortit de sa commode un sweat-shirt et un vieux jean usé. Elle avait envie de le raccompagner à la porte, et c'était un peu loin pour le faire enroulée dans le drap. Elle se passa les mains dans les cheveux et s'assit pour enfiler son jean. Elle ressentait une délicieuse douleur à la jonction des cuisses.

Elle se sentait merveilleusement, incroyablement bien. Quand Russ avait cessé de brider son désir, elle avait eu l'impression qu'il cessait de voir en elle une fille naïve et presque vierge, et qu'il voyait la femme qu'elle était, une femme avec des besoins.

En passant la tête dans l'encolure de son sweat-shirt, elle le découvrit devant elle, en caleçon, qui ramassait son jean.

— Au fait, Laura ?

— Oui ?

— Dean a répondu à ton e-mail, finalement ?

— Pas encore. Mais je n'ai pas regardé mes messages aujourd'hui.

— N'oublie pas ce que nous avons convenu. N'organise rien pour le rencontrer. Préviens-moi s'il prend contact avec toi.

Ils n'avaient rien convenu de tel. Il lui avait ordonné cela, comme à une gamine désobéissante. Cependant, elle n'avait pas envie de gâcher ces moments par une discussion sémantique. Elle se contenta donc de hocher la tête.

— Je te préviendrai.

Elle comptait l'aider à attraper cet escroc, qu'il le veuille ou non. Elle était la seule femme en relation avec les deux camps, et donc en mesure de conduire la police jusqu'à Dean.

Alors elle allait le faire.

9

Russ se gara devant chez lui. Il se sentait vraiment bien. Laura avait été… comment dire ? prodigieuse.

Il aurait déjà voulu être à vendredi pour qu'ils continuent à découvrir comment se donner mutuellement le plus de plaisir. Il en était sûr, il adorerait enfouir la langue dans sa chair brûlante pour la goûter.

Il se rajusta avant de sortir de la voiture et secoua la tête, amusé. Laura Wilkins, le petit lapin en peluche duveteux, était en réalité une amante brûlante et passionnée.

Il frappa doucement à la porte des Rodriguez pour ne pas réveiller le bébé de JoJo, Mario. Il attendit en se balançant d'un pied sur l'autre et en songeant qu'il avait besoin de gants. Il avait dû perdre les siens ou les oublier dans son casier.

Sean ouvrit et, sans un mot, passa à côté de lui pour regagner leur maison.

— Eh, bonsoir ! Tu as passé une bonne soirée ? demanda Russ, écœuré.

Sa bonne humeur se dissipait déjà.

Il entra chez les Rodriguez et fit signe à JoJo qui était assise sur le canapé, la télécommande à la main.

— Bonsoir, JoJo. Sean n'a pas été trop insupportable, ce soir ?

Elle leva les yeux de la télévision et rejeta ses cheveux bruns bouclés derrière ses épaules étroites. Elle portait un sweat-shirt au moins six tailles trop grand pour ses cinquante kilos à peine.

— Tu lui as parlé de préservatifs et de trucs de ce genre ? s'enquit-elle.

Russ referma la porte et s'efforça de garder son calme.

— Pourquoi ? Qu'est-ce qui s'est passé ?

— Il m'a draguée.

— Quoi ! Comment cela ?

Russ tapa des pieds pour ôter la neige de ses semelles et s'assit dans le fauteuil en face de JoJo. Seigneur ! Elle avait vingt-cinq ans – presque deux fois les treize ans de Sean. Elle avait peut-être mal compris.

— Nous étions en train de regarder un film quand il m'a demandé si je pourrais sortir avec un homme plus jeune que moi. Je pensais qu'il voulait dire un an ou deux, tu vois, alors j'ai répondu : « Bien sûr, pourquoi pas ? » Alors il a dit : « Donc toi et moi, ça te dit ? La chambre est juste au bout du couloir. »

Ô mon Dieu…

— Il plaisantait, n'est-ce pas ?

— C'est ce que j'ai cru, bien sûr, alors j'ai dit : « Bien sûr, mon chou, comme tu voudras. » Et là, Russ, conclut-elle en secouant la tête, je te jure qu'il a essayé de m'embrasser.

— Oh, ce n'est pas possible…

Il avait mal à la tête, maintenant.

— Je suis vraiment désolé. Qu'as-tu fait ? Tu lui as donné une claque ?

Lui, en tout cas, c'était ce qu'il avait envie de faire.

— Non. Je lui ai dit que j'avais un enfant et que je ne pouvais pas prendre le risque du détournement de mineur, qu'on me retirerait mon fils. Je me suis dit qu'il fallait lui laisser un peu de dignité, tu vois ? expliqua-t-elle en haussant les épaules et en tirant son sweat-shirt sur ses genoux.

— C'est très gentil à toi, mais je pense qu'une claque aurait été plus efficace.

Russ ne comprenait même pas comment Sean avait pu avoir l'idée d'embrasser JoJo. D'accord, il avait presque quatorze ans et devait avoir envie d'embrasser toutes les filles. Mais comment avait-il pu avoir le culot de faire des avances à une adulte ? Lui, à treize ans, n'aurait même pas regardé une femme aussi « vieille ».

À l'évidence, Sean ne venait pas de la même planète que lui à son âge.

— Ne sois pas trop dur avec lui, Russ, lui conseilla-t-elle. Il est un peu perturbé, ces temps-ci. Vos parents lui manquent.

Elle se pencha en avant pour lui tapoter le genou. Curieusement, il se sentit encore plus mal.

— Je sais que nos parents lui manquent...

La question était plutôt de savoir ce qu'il pouvait y faire. Il ne pouvait ni remonter le temps, ni ressusciter les morts.

— Nous devrions peut-être aller voir un conseiller familial, reconnut-il.

— Ces psys racontent n'importe quoi, décréta Maria en sortant de la cuisine en brandissant une cuiller en bois.

Qu'est-ce qu'elle pouvait bien cuisiner à neuf heures et demie du soir ?

— Ah bon ? Alors que faut-il que je fasse selon vous, Maria ?

— Il faut vous marier.

— Oh, bon Dieu...

Cela ne ferait qu'ajouter une montagne de problèmes à ceux qu'il avait déjà. De toute façon, il ne voyait pas quelle femme pourrait envisager de s'attacher à lui pour la vie.

Laura, peut-être...

Non. C'était sa libido qui parlait. Il ne la connaissait même pas. Il l'avait rencontrée il y a une semaine et elle ne semblait pas faite pour être femme de flic. Elle était trop confiante et trop riche.

Maria se signa et toucha la croix qu'elle portait autour du cou par-dessus son col roulé rouge.

— Surveillez votre langage, le morigéna-t-elle, sinon il faudra que je vous tape comme votre frère.

Il ferait mieux de s'en aller avant de recevoir un coup de cuiller en bois. Il se leva, déposa de l'argent sur la table basse et se dirigea vers la porte.

— Merci, mesdames. Bonne soirée.

— Pensez à cette idée de mariage, lança Maria derrière lui. Vous verrez que j'ai raison.

— Oui, oui. C'est ça.

— Et vous vous demandez pourquoi votre frère est aussi culotté…

Russ sortit en riant. Il fit les quelques pas qui séparaient la maison des Rodriguez de la sienne en se demandant que dire à Sean.

Il trouva son frère appuyé au comptoir de la cuisine, en train de manger un brownie. Russ souffrait rien qu'à le regarder. Même là, en train de manger, Sean avait l'air maussade, malheureux. Physiquement, il semblait se transformer d'un jour à l'autre. Depuis un an qu'il habitait avec lui, il avait pris dix centimètres et était complètement dégingandé. Ses cheveux toujours hirsutes comme une crinière style années 1970, qui semblait la dernière mode chez les adolescents, lui tapaient sur les nerfs.

Il jugeait ce genre de coiffure ridicule. Cela dit, il n'attachait pas un soin particulier à son apparence.

Et le problème majeur n'était pas le look de Sean.

Il aurait donné cher pour savoir ce qui passait par la tête de son petit frère.

— Salut, dit-il.

Sean fit un signe de tête derrière son gâteau.

— Tu t'es bien amusé ? Tu t'es tapé ta copine pendant que je croupissais dans le monde des couches ?

Malgré le sang qui commençait à battre à ses tempes, Russ décida de traiter la remarque crue de son frère comme une ouverture.

— Puisqu'on parle de ça, qu'est-ce que tu connais sur le sujet ? Parce que s'il y a des choses que tu veux savoir, n'hésite pas à me poser des questions. Il y a de fortes chances que je puisse te répondre.

— Alors ça y est, fit Sean avec un reniflement de mépris, tu vas m'expliquer que les bébés ne naissent pas dans les choux. Super. Alors voyons… Je peux te demander ce que je veux ?

— Je suis là pour toi, vieux, répliqua Russ avec tout de même un frisson d'inquiétude.

Sean, qui avait encore des miettes de chocolat sur les lèvres, croisa les bras sur son grand sweat-shirt jaune.

— Bon. Alors, d'où vient le verbe « baiser » ?

Il le prenait pour un linguiste, ou quoi ?

— Je n'en ai aucune idée. Je crois que personne ne le sait.

Sa réponse ne sembla guère impressionner Sean, qui se retourna et ouvrit la porte du réfrigérateur.

— Tu sais, je me demandais… Qui doit être au-dessus quand on fait un 69 ?

Cela avait-il une importance ? Heureusement que son frère lui tournait le dos car il se sentit rougir. Fallait-il seulement qu'il réponde à une telle question ?

— Cela peut être l'un ou l'autre, finit-il par dire prudemment. Ça dépend des préférences des personnes concernées.

— Ah, d'accord, fit Sean en se retournant avec à la main une canette de soda qu'il ouvrit. Et comment on fait pour trouver le point G d'une fille ?

Russ se gratta la joue et songea au conseil de Maria. S'il était marié, il pourrait demander à sa femme de parler de cela avec Sean. Cela suffirait à compenser tous les inconvénients du mariage !

— Premièrement, je vais résilier l'abonnement au câble. Et deuxièmement, tu n'as pas besoin de savoir tout cela tant que tu ne couches pas avec une fille. Tu couches avec une fille ? s'enquit-il de sa voix d'interrogatoire. Dis-moi la vérité.

Sean, qui semblait jusque-là détendu et légèrement curieux, posa brutalement sa canette sur le plan de travail, le visage fermé.

— Non, je ne couche pas avec une fille, contra-t-il. Tu es débile, ou quoi ? Pour coucher avec une fille, il faut avoir une copine et au cas où tu n'aurais pas remarqué, pauvre nase, je n'ai même pas de copains !

Il sortit, le bousculant au passage. Russ se retint au mur contre lequel il resta appuyé. Ô mon Dieu…

C'était vrai. Personne ne l'appelait jamais. Personne ne l'invitait. Il ne passait jamais chez un ami, ne sortait jamais – sauf avec ceux de son ancienne école, celle où il allait avant de venir habiter chez lui.

Son petit frère n'avait pas d'amis et il ne s'en était même pas rendu compte.

Trevor écarta le bras de Jill de son torse et se glissa hors du lit. Il prit la couverture qui était tombée par terre pendant leurs ébats, s'en enveloppa – Jill ne voulait pas monter le chauffage – et sortit de la chambre.

Il était impatient. Cela ne lui plaisait pas. C'était un mauvais sentiment, un sentiment qui poussait à commettre des erreurs. Un sentiment qui pourrait le conduire à l'ombre et non pas au soleil, en Floride.

Il alluma une cigarette et sortit son ordinateur portable de sa sacoche. Puis il le brancha dans la prise de téléphone du salon. Il resserra la couverture autour de ses épaules et se connecta à Internet. En faisant des recherches au cadastre, il avait découvert que ce tas d'or au bord du lac appartenait à Laura Wilkins en personne. Le plan de Trevor n'en devenait que plus alléchant.

Il ne lui fallait encore qu'un peu de temps et quelques informations.

Et de la patience.

Mais bavarder avec la jolie Laura ne pouvait pas faire de mal.

Ni la rencontrer.

Laura se réveilla en sentant des muscles dont elle ignorait jusque-là l'existence.

Elle déplaça Ferris étalé sur ses pieds et s'étira en bâillant. Elle sourit. Elle avait couché avec Russ Evans et ç'avait été vraiment très bien, merci. Mieux, ils allaient recommencer vendredi.

La vie était belle, et il fallait qu'elle aille travailler.

Mais, avant de sauter dans la douche, elle ne résista pas à l'envie d'envoyer en vitesse un e-mail à Michelle.

`J'ai couché avec lui,` écrivit-elle.

Elle envoya le message en riant. Elle aurait bien aimé voir la tête de son amie quand elle le recevrait.

C'est alors qu'elle remarqua l'e-mail de Dean dans sa boîte de réception. Il était intitulé `Je pense à toi.`

Elle l'ouvrit, le cœur battant. Elle voulait vraiment aider Russ à attraper ce type. Il fallait qu'elle s'y prenne bien, qu'elle emploie le ton qu'il faudrait pour convaincre Dean qu'elle s'intéressait toujours à lui.

`Salut, Laura,`

`Je pense à toi et j'espère qu'on pourra s'organiser pour se rencontrer bientôt. Tu fais quelque chose samedi ?`

`Russ (qui retient son souffle).`

Bien qu'agacée qu'il se fasse passer pour Russ, elle tapa triomphalement du poing sur le bureau. Il voulait toujours la voir. Elle accepterait volontiers.

Sauf que ce serait l'inspecteur de police dont il usurpait l'identité qui se présenterait au rendez-vous.

Laura rentrait un dernier carton de guimauve dans la réserve quand Catherine, la directrice adjointe du magasin, lui toucha le bras pour attirer son attention.

— Qu'est-ce qui t'arrive aujourd'hui, Laura ? lui demanda-t-elle. Tu as l'air de planer complètement.

C'était le cas. Et elle n'y pouvait rien.

Elle planait et en même temps, elle débordait d'énergie. Elle s'était occupée du réapprovisionnement de seize sortes de bonbons différentes et avait préparé la commande d'une vente de charité. Le magasin qui faisait à la fois de la distribution en gros et de la vente au détail proposait tous les bonbons possibles et imaginables.

Elle aimait bien son travail qui était agréable, amusant et facile. En outre, le contact avec les clients lui permettait d'entretenir ses techniques de communication. Certes, elle ne sauvait pas le monde mais son patron la traitait bien, elle s'entendait bien avec ses collègues et ce n'était pas loin de chez elle. De temps à autre, elle se disait avec un pincement au cœur qu'elle pourrait sans doute tirer meilleur parti de ses dons et de ses qualités. Mais quand elle faisait le bilan de ses capacités et de ses goûts, elle se rendait compte qu'elle aimait travailler avec des gens et qu'elle n'avait aucune honte à avoir de ce travail. Elle faisait une excellente vendeuse de bonbons et les autres n'avaient rien à y redire.

À vrai dire, personne ne s'en souciait vraiment, à part elle. Elle semblait être la seule à qui cela posât un problème.

Cependant, elle commençait à penser que le problème ne venait pas de la vie qu'elle menait. Non, il venait plutôt de ce qu'elle avait oublié ce qu'il fallait faire pour être indépendante. À moins qu'elle ne l'ait jamais su. Depuis que sa mère s'était absentée et qu'elle avait trouvé le courage de se rendre au café, elle se disait qu'il était temps pour elle de cesser de se terrer chez elle. Peut-être n'avait-elle pas besoin de vraiment se lâcher. Peut-être lui suffirait-il de vivre un peu, par elle-même.

Peut-être était-il temps pour elle d'avoir son propre appartement.

Elle changea la caisse de guimauve de bras avant de répondre :

— Je suis de bonne humeur.

Catherine était un peu plus vieille qu'elle, mais son petit doigt lui disait qu'elle devait mener une vie nettement plus aventureuse. Elle teignait ses cheveux blonds de mèches noires et arborait un nombre incroyable de piercings et de tatouages.

— Tu es toujours de bonne humeur, objecta-t-elle. Un vrai petit rayon de soleil.

En temps normal, cette réflexion lui aurait déplu. Aujourd'hui, elle s'en moquait – d'autant que dans dix minutes, elle quitterait le magasin pour se rendre au commissariat afin de parler à Russ de l'e-mail de Dean. D'ailleurs, pourquoi se mettait-elle toujours sur la défensive quand on lui disait qu'elle était agréable ? Qu'y avait-il de mal à être souriante et heureuse ?

Cela faisait-il d'elle une gourde, une idiote, une idéaliste naïve ?

Non. Cela faisait d'elle une jeune femme aimable, c'est tout.

— Le service, sourire compris, repartit-elle.

Catherine se mit à rire en secouant la tête.

— Je t'assure que tu devrais venir en boîte avec moi. Les garçons seraient fous de toi avec ta petite jupe moulante et ton air angélique.

Les raisons pour lesquelles Laura avait toujours refusé de sortir avec Catherine jusque-là ne s'étaient pas dissipées. Elle n'entendait pas la musique – au mieux, elle sentait le rythme. Il lui était donc difficile de danser. Les lumières stroboscopiques et les alcôves sombres l'empêchaient de lire sur les lèvres. Le niveau sonore rendait sa façon de parler encore plus difficile à comprendre pour ses interlocuteurs. Et puis elle n'avait pas de tenue pour sortir en boîte de nuit.

Cependant, elle n'avait jamais essayé. Et qui sait ? Peut-être passerait-elle une si bonne soirée qu'elle regretterait de ne pas l'avoir fait plus tôt.

— Je vais venir avec toi, annonça-t-elle. Tu y vas quel soir, d'habitude ?

Catherine resta un instant bouche bée et se retint à une étagère métallique.

— Tu as dit oui ?

— Oui, confirma Laura en riant avant de hausser les épaules. Pourquoi pas ? Si c'est horrible, je ne recommencerai pas.

Catherine lui prit les deux mains et se mit à sauter de joie, faisant vibrer les bras de Laura des doigts aux épaules. La chaîne accrochée à sa lèvre rebondissait.

— Génial ! s'exclama-t-elle. C'est trop cool. On va s'éclater.

C'était discutable. Toutefois, Laura était prête à tenter l'expérience.

— D'accord, d'accord. Allez, lâche-moi. Il faut que je finisse de ranger ça pour que je puisse partir.

— Samedi, précisa Catherine en lui lâchant les mains et en pointant l'index vers elle. Je passerai te prendre pour que tu ne puisses pas te défiler. Habille-toi en noir.

— Entendu.

Elle pourrait peut-être mettre ses bottes. Russ avait semblé les apprécier – en tout cas il avait apprécié de les lui enlever et les jeter par terre tandis qu'elle était étendue sur le lit, vêtue seulement de ses sous-vêtements.

Laura sentit une onde de chaleur inattendue dans son pantalon kaki. Apparemment, son corps revivrait volontiers cette situation – et elle était bien d'accord.

Certaine que les mots *S'est envoyée en l'air hier soir* étaient gravés sur son front, elle se retourna, posa les bonbons sur l'étagère et s'essuya les mains sur son pantalon.

— Bon, dit-elle, il faut vraiment que j'y aille, maintenant.

Elle fila avant que Catherine, qui avait comme un sixième sens pour les conversations, les plaisanteries ou même les pensées liées au sexe, ne comprenne la raison de sa bonne humeur.

Dans sa hâte, elle oublia de demander à quelqu'un au magasin de téléphoner au commissariat pour s'assurer que Russ était disponible. Si bien que lorsqu'elle arriva un quart d'heure plus tard, il lui fallut dix bonnes minutes pour communiquer avec le réceptionniste qui articulait si peu qu'elle n'arrivait pas à lire sur ses lèvres. Elle finit par comprendre que Russ n'était pas là.

— Vous savez où je pourrais le trouver ? s'enquit-elle.

Le réceptionniste haussa les épaules. Il marmonna quelque chose qu'elle ne comprit pas. Elle se retint de soupirer de frustration.

— Je pourrais parler à quelqu'un d'autre ? insista-t-elle. À un autre inspecteur qui soit au courant de l'affaire d'escroquerie sur laquelle travaille l'inspecteur Evans ?

L'homme se gratta la tête, l'air perplexe. Puis il leva l'index pour lui faire signe d'attendre et insista en le remuant d'avant en arrière comme si elle était idiote et non sourde. Il décrocha le téléphone.

Pourvu qu'il appelle quelqu'un qu'elle parviendrait à comprendre, espéra Laura. Le réceptionniste raccrocha et lui tourna le dos. Elle attendit encore, non sans se demander au bout de combien de temps il faudrait qu'elle considère qu'il avait abandonné et que personne ne viendrait.

Mais une minute plus tard, un homme musclé aux cheveux bruns apparut dans le hall. Il frottait son menton couvert d'une barbe de deux jours et la considérait d'un air curieux.

— Vous êtes Laura, n'est-ce pas ?

— Oui, confirma-t-elle en souriant et en lui tendant la main sans avoir la moindre idée de qui il était. Laura Wilkins. Je suis ravie de vous rencontrer.

L'homme la détailla ouvertement. Puis il sourit en secouant la tête.

— Oh ! la la… Evans est mort.

— Pardon ?

— Rien, répondit-il en riant et en lui serrant la main un peu trop longtemps. Je suis Jerry Anders, le coéquipier de Russ. Venez.

Laura n'était encore jamais entrée dans un commissariat de police. Elle trouva cela plutôt décevant. Elle s'était attendue à y voir des prostituées à demi nues et des drogués en manque. Au lieu de quoi elle ne découvrit que quelques hommes et femmes en uniforme, voire en jean et en sweat-shirt, qui déambulaient dans un labyrinthe sans fenêtre de box et de bureaux minuscules. Un homme en costume gris mangeait du pop-corn.

Jerry lui fit signe de s'asseoir sur une chaise de métal pliante devant un bureau couvert de photos de lui et d'une femme aux épais cheveux noirs.

— Alors qu'est-ce qu'il y a ? demanda-t-il. Je sais que vous cherchez Russ. Mais est-ce pour une raison personnelle, ou est-ce lié à son travail de policier ?

Laura dénoua son écharpe et la posa sur ses genoux, un peu gênée. Que savait le coéquipier de Russ à son sujet ? Savait-il qu'ils avaient couché ensemble ?

— C'est en rapport avec son travail. J'ai reçu un autre e-mail de Trevor Dean. Il veut qu'on se voie samedi.

— Très intéressant, commenta Anders en restant appuyé au dossier de son siège, décontracté. Russ sera content de l'apprendre.

— Vous pourriez l'appeler pour le lui dire ? Je ne peux pas me servir du téléphone.

Elle se tapota l'oreille machinalement.

— Bien sûr. À moins que vous préfériez passer chez lui en rentrant pour le lui dire vous-même. Il habite au 350, 135e Ouest. C'est à cinq minutes d'ici. Je sais qu'il est chez lui : je viens de lui parler.

— Ah. Mais je ne suis pas sûre qu'il serait très content de me voir débarquer sans prévenir.

C'était tentant. Elle avait envie de voir à quoi ressemblait la maison de Russ et de rencontrer son petit frère. Cependant, elle savait aussi que venir sans avoir été invitée pourrait la faire passer pour collante et envahissante. Ils avaient passé une soirée ensemble et fait des projets pour le week-end. Elle ne voulait pas tout gâcher.

— Bien sûr que si. Il craque complètement pour vous, Laura.

Stupéfaite, elle resta une seconde bouche bée avant de se reprendre. Un peu.

— Je ne crois pas… enfin, bredouilla-t-elle, ce n'est pas ce que vous croyez… Je veux seulement que Dean soit pris, et Russ m'a demandé de ne pas répondre à ses e-mails sans lui en parler d'abord.

— Vous voyez bien : cela vous fait une excellente raison d'aller le voir. Je l'appelle pour le prévenir que vous arrivez. C'est si vous ne lui en parlez pas qu'il sera en colère, conclut-il en se penchant vers elle au-dessus de son bureau.

Il avait sans doute raison, songea Laura en se mordillant la lèvre.

— Vous l'appelez pour le prévenir que je passe ?

— Absolument.

— Très bien. Alors d'accord. Merci.

Laura se leva, remit son écharpe et serra son sac contre elle. Était-ce vraiment une si bonne idée que cela ? Cependant, elle ne voyait pas que faire d'autre. Russ n'avait pas de connexion Internet chez lui, et donc pas d'e-mail. S'il avait une adresse électronique au travail, il ne lui en avait pas parlé. Elle pouvait aussi revenir au commissariat demain – mais alors, il lui faudrait de nouveau affronter le réceptionniste – ou attendre de voir Russ vendredi.

Sauf que Dean n'attendrait pas sa réponse jusque-là.

— J'ai été ravie de faire votre connaissance, inspecteur. Merci de votre aide.

— Merci à vous, Laura, fit-il en se levant.

— Non, non, ne vous dérangez pas. Je retrouverai le chemin. Au revoir.

Elle se redressa en se rappelant qu'elle était indépendante. Elle allait sortir en boîte. Elle couchait avec un policier.

Alors elle pouvait bien assumer une petite visite impromptue.

Jerry regarda Laura s'éloigner. Elle ondulait des hanches avec une sensualité naturelle. Elle avait beau porter des vêtements classiques, elle ne parvenait pas tout à fait à dissimuler ses courbes sous son pantalon et son pull. Si l'on ajoutait à cela son air innocent et ses grands yeux, on obtenait une combinaison fort intéressante – et, ma foi, excitante.

Quel veinard, cet Evans !

Il prit son téléphone décroché et posé sur son bureau. Il ne comprenait pas comment fonctionnait le système, et chaque fois qu'il essayait de mettre quelqu'un en attente, il lui raccrochait au nez. Il avait fait le coup à Pam si souvent qu'elle l'avait menacé de le priver de câlins.

Pour éviter ce genre de risque, il avait pris l'habitude de laisser le téléphone décroché lorsqu'il était interrompu.

— Allô, ma puce. Désolé. Tu es toujours là ?

— Qu'est-ce que tu étais en train de faire ? l'interrogea-t-elle, soupçonneuse. Ça n'avait pas l'air très réglo.

— Quoi ?

Il avait rendu un fier service à Evans. Il lui avait envoyé sa blonde chez lui. Livraison spéciale à domicile. Et il lui avait évité de passer dix fois en voiture devant chez elle ce soir.

— Je faisais mon travail de policier, protesta-t-il.

— Mouais. On aurait plutôt dit que tu étais en train de monter un plan à Russ.

— Il est tellement accro que c'en est ridicule, concéda-t-il. Il rêve de cette fille, il bave devant elle : je n'en peux plus. Alors j'accélère un peu les choses.

Il fouilla dans son tiroir et en sortit un bonbon à la menthe. Il avait une faim de loup.

— Allez, si je dois me coltiner une copine…

Il se rendit compte trop tard que ce n'était pas une chose à dire, même pour plaisanter.

Le « Quoi ? » indigné de Pam le lui confirma. Ainsi que la tonalité qui retentit à son oreille et lui apprit qu'elle avait raccroché.

Zut. Cette fois, c'était sûr, il allait être privé de câlins.

10

Russ jeta le poulet qu'il avait prévu de faire cuire deux mois plus tôt dans le grand sac-poubelle qu'il avait traîné devant le réfrigérateur. Ce devait être un véritable élevage de salmonelles, songea-t-il. D'ailleurs, il avait déjà débusqué des choses tellement périmées qu'elles auraient pu servir à des expériences scientifiques. Il était plus que temps de procéder à ce tri.

— Eh, Sean ! Tu n'as pas d'expérience à faire pour ton cours de sciences ? J'ai un bout de fromage qui a huit tons de vert différents et est entièrement poilu.

Il se retourna et montra l'emballage à son frère qui recula.

— Beurk ! Tu devrais prendre une femme de ménage.

— C'est ça, oui. Un flic qui aurait les moyens de se payer une femme de ménage. J'aimerais bien voir ça.

Sean cracha le cordon de la capuche de son sweat-shirt qu'il mâchouillait consciencieusement depuis le début de la conversation.

— Tu as de l'argent, je te rappelle, fit-il valoir. Tu te souviens que tu as vendu la maison des parents ?

De surprise, Russ se cogna la tête à la porte du réfrigérateur en se redressant.

— Qu'est-ce que tu veux dire ? Cet argent doit servir à payer tes études ; pas une femme de ménage.

Évidemment, les études de Sean ne seraient pas très longues si ses notes continuaient de baisser comme elles le faisaient ces derniers temps.

— Laisse tomber, lâcha son frère en se rendant dans le salon. On sonne à la porte.

— Sean !

Russ jeta le fromage moisi dans le sac et, frustré, assena un coup de pied au frigo. Il ne voulait pas laisser tomber. Il voulait remonter à la racine de ce qui perturbait Sean – ou plutôt de la multitude de choses qui le perturbaient.

Il avait vendu la maison de leurs parents très vite après leur mort parce qu'il ne parvenait à assumer ni les souvenirs, ni la taille de la maison et du jardin. La vieille bâtisse demandait un entretien considérable, et les fenêtres qui laissaient entrer les courants d'air faisaient grimper les notes de chauffage en hiver.

Russ n'avait ni le temps, ni l'argent, ni la patience de se charger de tout cela. Sa petite maison au minuscule jardin mangé presque entièrement par l'allée et la terrasse – si bien qu'il ne lui fallait pas plus de six minutes pour tondre la pelouse – lui convenait parfaitement.

Il tira du réfrigérateur un pot de crème périmée depuis cinq mois. Il ne se rappelait même pas avoir acheté de la crème. Curieux de voir à quoi elle ressemblait, il souleva le couvercle et fut saisi par une odeur épouvantable. Il bataillait pour refermer le pot de plastique gras et ne remarqua pas que Sean était revenu dans la cuisine.

— Hé, Russ ?

— Oui ?

Il renonça et laissa tomber le pot tel quel dans le sac en espérant que ce dernier tiendrait le coup.

— Tu as de la visite, annonça son frère.

— Hein ?

Il jeta un coup d'œil par-dessus son épaule. Bon sang ! C'était Laura qui se tenait derrière Sean.

— Laura !

Ô mon Dieu… Laura débarquait dans sa cuisine alors qu'il était dans les ordures jusqu'au cou. Il écarta le sac, le ferma pour limiter les odeurs et claqua la porte du réfrigérateur. Un rapide regard circulaire à la pièce confirma ses pires craintes.

Il y avait de la vaisselle sale dans l'évier et la table était couverte de vieux journaux. Le lino était craquelé, les portes des placards étaient entaillées et les charnières rouillées.

Il s'essuya les mains sur son jean.

— Je suis désolée si je tombe mal, s'excusa Laura qui se mordillait nerveusement la lèvre et jouait avec le bout de son écharpe.

Cette écharpe qui lui donnait des idées… Un de ces jours, il la prendrait et l'enroulerait autour des mains de Laura avant de la nouer à la tête de lit. L'idée suffit à l'exciter. Comme s'il avait besoin de cela !

— Non, non. Tout va bien, assura-t-il. Je faisais un peu de… de ménage.

Sean gloussa. Le sale gosse.

— Tu as fait la connaissance de mon frère Sean ? demanda Russ à Laura. Sean, voici Laura Wilkins, euh… une amie.

Sean lui jeta un regard incrédule. Russ haussa un sourcil en faisant un signe de tête en direction du sac-poubelle dans l'espoir que son frère comprendrait le message et l'aiderait.

— Elle s'est présentée, répondit-il.

Il lui fallut une longue seconde pour se décider à s'approcher du sac. Il le ramassa, ouvrit la porte de derrière et le jeta sur la terrasse. Pas vraiment près de la poubelle.

Au moins, ils étaient débarrassés de la source des mauvaises odeurs, songea Russ qui préféra ne pas entamer une dispute.

— Je suis désolée, Russ, dit Laura. Je pensais que l'inspecteur Anders allait t'appeler pour te prévenir que j'arrivais. C'est ce qu'il m'a dit qu'il ferait quand je lui ai parlé au commissariat.

Il en oublia l'état de sa cuisine.

— Quoi ? Qu'est-ce qui ne va pas ? Dean t'a fait du mal ?

Il traversa la pièce en deux enjambées et repoussa les cheveux de Laura en arrière pour examiner son visage.

Elle avait l'air inquiet, nota-t-il. Et c'est fou ce qu'elle était mignonne.

Il l'embrassa doucement. Elle le laissa faire et lui rendit même un timide baiser. Mais elle le repoussa vite, avec douceur, et jeta un rapide coup d'œil à Sean.

Depuis leur conversation de la veille, Russ ne voyait pas ce qui pourrait dépraver son petit frère. Il s'écarta tout de même, mais laissa les mains sur le bas de son dos.

— Dean m'a envoyé un e-mail, annonça-t-elle en enfonçant les mains dans les grandes poches de son manteau. Il veut qu'on se rencontre samedi, c'est tout ce qu'il dit dans son message.

C'était peut-être l'occasion qu'ils attendaient, espérait-il. Ils n'auraient qu'à s'organiser pour cueillir Dean là où il aurait rendez-vous avec Laura.

— C'est bien, lapin. C'est vraiment très bien.

— Je devais te prévenir avant de lui répondre, précisa-t-elle.

Cela semblait la rendre un peu amère, alors il effaça des lèvres les plis qui lui barraient le front, tout en lui caressant la taille sous son pull.

Le téléphone sonna. Il l'ignora.

— Merci, dit-il. Tu as fait ce qu'il fallait.

Il se remit en devoir de couvrir son visage de baisers. Elle poussa un doux soupir.

— Désolé d'interrompre votre séance de pelotage, mais c'est Jerry au téléphone.

Russ se retourna et jeta un regard noir à son frère, qui sourit en lui tendant le sans-fil. Il prit soin de s'éloigner pour parler à son coéquipier afin que Laura ne puisse pas lire sur ses lèvres.

— Nom d'un chien, Anders ! Merci de m'avoir prévenu que Laura arrivait ! J'étais en train de nettoyer le frigo. Il y avait de la bouffe pourrie partout.

Jerry s'étrangla – en se retenant de rire, sûrement.

— Désolé. Je comptais t'appeler mais j'ai été distrait. J'ai reçu les relevés de comptes de la dernière victime de Dean. Mlle Morgan a oublié de nous préciser qu'elle avait ajouté le nom de Dean à tous ses comptes il y a deux mois. Donc en réalité, ce fumier ne lui a pas volé un sou. Il avait la signature sur les comptes dont il a retiré les fameux vingt mille dollars.

— Oh, non. Tu plaisantes ? gémit Russ en se frottant les sourcils. Donc, qu'est-ce qu'on a contre lui ? Falsification de chèque il y a neuf mois, usurpation d'identité sans qu'il ait rien volé à la personne dont il utilise le nom, et sa parole contre celle de quatre ex qui l'accusent de leur avoir pris de l'argent. Cela ne pèsera pas lourd devant un juge.

— Non. Alors dis à Laura de gagner du temps. Nous ne pouvons pas encore le coincer.

— Ça ne me plaît pas. Laura ne sait vraiment pas mentir.

— Dicte-lui quoi dire, je ne sais pas. Il faut faire quelque chose. Il nous faut du temps pour continuer à chercher en espérant que quelque chose fasse surface.

— D'accord, répondit Russ. Merci. À plus.

En se retournant, il eut la surprise de découvrir qu'il était seul. Inquiet, il courut dans le salon. Laura et Sean s'apprêtaient à jouer aux cartes.

— Euh...

Quand il s'approcha d'eux, elle leva les yeux et lui sourit.

— Sean va m'apprendre à jouer au rami, expliqua-t-elle.

Bon. Sean battait les cartes et Russ ne savait trop que dire. Alors il tourna les talons et regagna la cuisine. Il emplit l'évier d'eau savonneuse en se demandant ce que cela faisait de voir Laura chez lui, assise sur son canapé, les pieds sur sa vilaine moquette grise, en train de jouer aux cartes avec son petit frère.

Il n'arrivait pas à définir s'il adorait ou s'il détestait cela.

Il en était à la moitié de la pile de vaisselle sale quand elle vint le rejoindre.

— Excuse-moi, murmura-t-elle en s'appuyant au comptoir à côté de l'évier. Je n'avais pas l'intention de m'imposer comme cela, mais je ne pouvais pas dire non à Sean. Il est adorable.

Voilà pourquoi il avait raison de croire qu'il faudrait enfermer Laura chez elle sous bonne garde pour qu'elle soit en sécurité. Si elle trouvait Sean adorable, elle était capable de croire n'importe quoi.

— Pas de problème, répliqua-t-il. Cela ne lui fait pas de mal d'avoir de la compagnie.

Il rinça une casserole et la posa sur le torchon qui servait d'égouttoir.

— Et moi, ajouta-t-il, j'avais besoin d'une bonne raison pour me forcer à faire la vaisselle.

Elle se mit à rire.

— Alors, que veux-tu que je dise à Dean ? Où dois-je lui donner rendez-vous ?

Russ coupa l'eau. Il allait devoir marcher sur des œufs. Bah, se reprit-il aussitôt, il était incapable de faire quoi que ce soit avec délicatesse, alors autant lui parler.

— Laura, il va falloir que tu lui dises non. Nous n'avons pas toutes les preuves qu'il nous faut contre Dean, alors tu ne dois pas le rencontrer tout de suite.

Elle avait ôté son manteau. Elle portait encore un col roulé moulant. Celui-ci était rouge avec des flocons de neige sur la poitrine. Il rêvait d'en attraper un du bout de la langue.

— C'est affreux ! s'exclama-t-elle. Qu'est-ce qu'il faut que je lui dise ?

— Dis-lui que tu es prise samedi – que tu travailles, ou ce que tu veux. Tu n'as qu'à lui proposer le samedi suivant, ou encore mieux celui d'après. Tu veux que je t'écrive le message ?

Elle leva les yeux au ciel.

— Je peux me débrouiller, assura-t-elle. De toute façon, tu ne parles pas du tout comme moi.

C'était vrai. Elle parlait toujours avec élégance et douceur tandis que lui… eh bien, lui, il parlait comme un flic célibataire.

Préférant ne pas relever, il s'essuya les mains sur son jean et toucha un flocon du pull de Laura. Celui qui était sur la pointe de son sein. Il le caressa et sentit le désir monter en lui.

— Russ ! s'écria-t-elle.

Dieu, que c'était bon… Vendredi lui paraissait dans une éternité.

— J'ai envie de toi, dit-il au cas où elle ne l'aurait pas remarqué. Je pourrais envoyer Sean chez les voisins…

Elle lui donna une tape sur le bras.

— Je pars, déclara-t-elle. Et toi, tu devrais avoir honte.

Il sourit en remarquant que si elle paraissait sincèrement outrée, elle tremblait et ne se détachait pas de son doigt.

— Je te préviendrai quand la honte me gagnera, promit-il, mais pour l'instant ce n'est pas du tout ce que je ressens.

Laura se mordilla la lèvre en frémissant et recula d'un pas.

— À vendredi.

Russ la regarda partir puis se remit à la vaisselle, encore tenaillé par le désir. Cela faisait bien longtemps qu'il n'avait pas eu envie d'une femme comme il avait envie de Laura. Peut-être cela ne lui était-il même jamais arrivé. Quoi qu'il en soit, s'il avait cru que coucher avec elle l'apaiserait, il s'était trompé. Toute la journée il avait pensé à elle, au drôle de petit bruit qu'elle faisait dans le plaisir, quand ses yeux s'agrandissaient et que ses lèvres se mettaient à trembler…

— J'aime bien ta nouvelle copine, déclara Sean, qui ne pouvait pas passer vingt minutes sans manger, en fouillant dans le congélateur.

Russ aussi l'aimait bien. Assez, en tout cas, pour fantasmer sur elle. Mais Laura n'était pas sa petite amie et ne le serait jamais.

— Merci, mais ce n'est pas ma copine, répondit-il. Nous nous voyons comme ça, c'est tout.

— Ah, fit Sean en sortant un *burrito*. Tu sors avec elle vendredi ?

— Oui, confirma-t-il en posant le dernier verre sur la pile branlante de vaisselle. Et toi, tu as le choix : soit tu vas à côté, soit je te dépose chez grand-mère.

— Quoi ? Tu déconnes ! Je pensais que je n'aurais plus à aller à côté.

Russ considéra le visage outragé de son frère. Un soupçon lui vint.

— Ah oui ? Alors tu veux dire que tu as fait ton petit numéro de don Juan à la noix à JoJo parce que tu pensais que, après, je ne te laisserais plus aller chez les Rodriguez ?

Sean rougit et s'absorba dans la contemplation de son *burrito*.

— Espèce de petit manipulateur ! s'écria Russ, fou de rage. Ne crois pas que ce genre de connerie marche avec moi. Et tu te demandes pourquoi je crois que tu as besoin d'une baby-sitter ?

Furieux, il se mit à aller et venir dans la cuisine. Il avait envie d'attraper son frère et de le secouer.

— Pas de télé pendant une semaine, compris ? Et tu iras présenter tes excuses à JoJo.

— Va te faire…

Sean sortit en tapant des pieds, alla se vautrer sur le canapé et prit la télécommande. Comme pour le défier, il alluma la télévision et monta le son au maximum. C'était assourdissant. Il reposa la télécommande et Russ vint la prendre.

Il se plaça entre son frère et la télévision qu'il éteignit. Il allait passer un savon à Sean, quand celui-ci se jeta sur lui pour tenter de reprendre la télécommande.

— Donne-la-moi, abruti !

— Ça suffit, Sean.

Il faisait passer le boîtier d'une main à l'autre, pour le garder hors de portée de son frère qui tournait autour de lui en poussant des grognements.

Russ se mit à rire, de frustration plutôt que d'amusement. Ce n'était pas très malin car aussitôt, Sean lui sauta sur le dos et tira sur la capuche de son sweat-shirt. Il tituba vers l'avant, déséquilibré par le poids de son frère, faisant levier d'une main sur son col. Le tissu lui entrait dans la peau et lui coupait le souffle.

— Rends-la-moi !

Il passa la télécommande dans sa ceinture pour libérer son autre main et essaya de désarçonner Sean sans lui faire mal.

— Bon sang, tu m'étrangles ! Lâche-moi, lui enjoignit-il.

S'il pouvait encore parler, cela signifiait qu'il ne l'étranglait pas vraiment. N'empêche que c'était très inconfortable.

Sean se laissa glisser à terre et lui passa un bras autour de la taille pour s'emparer du boîtier.

C'est alors que la porte d'entrée s'ouvrit à la volée et heurta le mur.

— Russ ! Sean !

C'était Laura. Elle semblait horrifiée.

— Qu'est-ce que vous fabriquez ?

Sean profita de cette diversion pour lui tordre le bras derrière le dos.

— Aïe ! Arrête, nom d'un chien…

Russ adressa un sourire contrit à Laura.

— Nous avions un désaccord, expliqua-t-il. Nous n'avons pas encore résolu tous les problèmes de notre relation.

— J'ai l'impression que c'est le moins que l'on puisse dire.

Rouge de colère, Sean jeta d'un ton venimeux :

— Russ, tu es un abruti, un crétin, un nase, un vrai connard.

On l'avait déjà injurié plus violemment, mais venant de son frère cela la touchait tout particulièrement. Et puis, il ne voulait pas que Laura lise ces mots sur les lèvres de Sean.

Il lui attrapa la nuque pour lui faire baisser la tête afin qu'elle ne voie pas ce qu'il disait. Son frère se débattit pour se redresser.

— Lâche-moi, enfoiré !

Tiens, c'était nouveau, ça.

— Je te lâcherai si tu promets de la fermer.

— C'est bon.

Faire confiance à Sean était sans doute une erreur, mais il ne pouvait pas le tenir ainsi toute la soirée. Quand il le libéra, son petit frère se redressa et arrangea ses cheveux. Ils étaient essoufflés, et Laura les regardait comme deux ivrognes en train d'uriner sur la voie publique.

Russ avait toujours su s'y prendre avec les femmes.

— Alors, demanda-t-il, quel bon vent te ramène aussi tôt ?

Il fourra la télécommande dans la poche de son sweat-shirt avec une désinvolture forcée. Laura ne fut pas dupe.

— J'ai oublié mon sac, répondit-elle. En reprenant l'allée, je vous ai vus par la fenêtre. J'ai cru que tu étais en train d'étouffer !

Étouffer ? Sean et Russ se regardèrent. Sean se mit à bouger les pieds en réprimant un sourire. Russ se gratta la joue. Ils se regardèrent de nouveau et cette fois, ils éclatèrent de rire. Ils avaient dû avoir l'air fins ! Sean lui donna une grande tape sur le bras.

— Désolé, vieux, s'excusa-t-il.

— Oui, moi aussi, fit Russ en l'ébouriffant affectueusement.

Peut-être avaient-ils franchi un cap, s'ils étaient de nouveau capables de rire ensemble.

Laura se balançait d'un pied sur l'autre, impatiente, en regardant Russ et Sean qui souriaient béatement. Qu'y avait-il de si drôle ? Ils s'étaient *battus !*

— Bon, eh bien, je vais reprendre mon sac.

Elle se dirigea vers la table basse où elle l'avait oublié tout à l'heure.

Sean lui toucha le bras.

— Hé, Laura, on allait sortir manger une pizza. Tu viens avec nous ?

Elle regarda Russ. Il semblait un peu crispé, mais il hocha la tête affirmativement.

— Viens avec nous, lui demanda-t-il. Je t'en prie. Comme cela, nous pourrons te prouver que nous savons nous tenir.

Parce qu'elle était curieuse de voir comment ils allaient se conduire, et parce que l'autre option était de dîner seule chez elle d'une salade, elle accepta.

— Avec plaisir. Merci de l'invitation.

Les deux frères – l'un superbe, et l'autre encore dégingandé mais qui promettait d'être tout aussi beau – lui sourirent.

À cet instant, elle sut qu'elle était un petit peu amoureuse des deux.

Dix minutes plus tard, ils étaient assis à une table de plastique. Sean et Russ avaient pris place en face d'elle pour qu'elle puisse lire sur leurs lèvres. Elle commença d'ôter son écharpe, mais Russ se pencha par-dessus la table et prit un bout sur lequel il tira jusqu'à ce que, complètement déroulée, elle lui tombe sur les genoux. Elle allait lui demander ce qu'il fabriquait quand Sean lui tapota le poignet.

— Alors, tu as toujours été sourde ?

Russ lui donna un coup de coude.

— Quoi ? grommela Sean, perplexe.

— Ne t'en fais pas, Russ, ça ne me dérange pas, intervint-elle. Je ne suis pas sourde de naissance, reprit-elle à l'adresse de Sean. J'ai eu une méningite à trois ans et quand la fièvre est retombée, je suis restée sourde.

— Quelle poisse.

— Je ne sais pas, dit-elle en haussant les épaules. Ce n'est pas si grave… Maintenant, être sourde fait partie de ma personnalité.

— Alors tu peux m'apprendre des gros mots en langue des signes ?

— À vrai dire, avoua-t-elle en riant, je crois que je n'en connais pas. Je n'ai appris la langue des signes qu'à dix ans, et encore, c'était une version simplifiée. À l'université, j'avais déjà beaucoup à faire pour apprendre la grammaire du langage des signes, suivre les cours et voir mes amis. Mais c'était il y a six ans déjà et si j'ai appris des jurons, je ne m'en souviens pas.

Sean jouait avec la paille de son soda.

— Dommage, commenta-t-il. J'espérais pouvoir envoyer promener les profs sans que ça me retombe dessus.

— Désolée.

— Et tu habites où ?

— Edgewater Drive, à Lakewood.

Le visage de Sean s'éclaira.

— Cool ! Avant, j'habitais près du lac, moi aussi. J'aurais dû aller au lycée de Lakewood l'année prochaine. Mais maintenant que je dois habiter avec lui, poursuivit-il en tournant le pouce vers Russ qui avait pâli, il va falloir que j'aille à John Marshall. Ça craint à mort.

Laura ne savait que dire. Mais Sean ne semblait pas attendre de réponse.

— Tu ne trouves pas que c'est merdique, chez Russ ? demanda-t-il. Euh, ajouta-t-il, mal à l'aise, je ne voulais pas dire merdique. Mais c'est bon pour la démolition, non ?

— Ce n'est pas si mal, rétorqua Russ, vexé. D'accord, la maison a besoin d'être un peu retapée, mais la structure est saine.

— Qu'est-ce que tu en penses, Laura ? insista Sean.

— Eh bien, fit-elle en optant pour une certaine diplomatie, un petit coup de jeune ne lui ferait pas de mal...

— Tu vois ? Un petit coup de jeune, répéta Russ en donnant un coup de coude à son frère. C'est tout.

— Elle veut dire que c'est pourri, mais elle est trop polie.

— Dis-moi la vérité, Laura. Je pourrai l'encaisser.

En se remémorant la moquette couleur de boue, les murs à la peinture craquelée, le canapé défoncé et l'absence générale du moindre effort de décoration, Laura se racla la gorge.

— Franchement ? Je crois que tu serais le candidat idéal pour une émission de téléréalité sur la décoration.

Sean éclata de rire en rejetant la tête en arrière.

Elle s'empressa de préciser :

— Ta maison n'a rien de mal, seulement elle n'est pas très chaleureuse ni personnelle. Elle ne me dit rien sur toi.

Heureusement, Russ eut l'air de s'amuser de son commentaire.

— Si ce n'est que je suis un cochon, précisa-t-il.

Il but une gorgée de sa bière et posa sur elle ses yeux sombres et pensifs qui lui rappelèrent le moment où, la veille au soir, il s'était glissé en elle avec lenteur et assurance.

Troublée, Laura se cacha derrière sa serviette.

— Tu n'es pas un cochon, rectifia-t-elle. Tu es seulement trop préoccupé pour te soucier du décor dans lequel tu vis.

— Bien dit, Laura, reconnut-il en riant.

Quelque chose passait entre eux. Quelque chose de brûlant et d'intime qui la mettait au supplice.

— Je peux avoir de l'argent pour les jeux vidéo ? demanda Sean en désignant la rangée de jeux à l'autre bout de la salle.

Russ fouilla dans la poche de son jean, offrant à Laura un bel aperçu de son biceps saillant.

— Ne te presse pas de revenir, dit-il à Sean en lui donnant dix dollars.

— Sans blague, répliqua ce dernier en levant les yeux au ciel. Mais je te préviens, je reviens dès que ma pizza est là.

Lorsque Sean se fut éloigné, Russ déplia les jambes contre les siennes.

— J'ai bien cru qu'il ne partirait jamais.

— Tu ne le penses pas vraiment, objecta-t-elle.

— Je suis content que vous vous entendiez bien. Et je suis content que Sean ne soit pas trop infernal, pour une fois. Mais j'ai vraiment envie d'être seul avec toi. Vendredi n'arrivera jamais assez vite pour mon goût, ni pour l'érection qui ne me quitte pas quand je te vois ou quand je pense à toi.

Cette révélation lui mit le feu aux joues. Elle imagina sous la table l'impressionnant renflement de son jean. Elle se passa la langue sur les lèvres.

Russ laissa échapper un grondement et changea de position sur la banquette.

— J'adore quand tu fais cela, confia-t-il. Quand tu as cet air doux et innocent et, en même temps, curieusement excité… Bon sang ! C'est gênant d'avoir autant envie de toi dans une pizzeria.

— Il n'y a que moi qui le sache.

— Tant que je ne me lève pas…

— Les femmes sont avantagées, dans ce domaine. Nous, nous pouvons cacher notre intérêt.

— Pas exactement, rectifia-t-il en regardant ses seins. Jolis flocons.

Ô mon Dieu…

Laura s'éventa et décida d'entraîner la conversation sur un terrain moins glissant.

— Cela fait combien de temps que tu es dans la police ?

Il but une longue gorgée de bière avant de répondre.

— Neuf ans déjà. J'ai eu trente ans en janvier. J'ai commencé comme îlotier à vingt et un ans et je suis passé inspecteur il y a deux ans. Notre service s'occupe de fraudes, d'escroqueries, de vols et de contrefaçons. Nous traitons un peu de criminalité en col blanc, mais nous avons surtout affaire à des imbéciles qui pensent qu'ils peuvent encaisser la paie de leur voisin.

— Tu aimes ton métier ?

Laura aurait déjà peur de tenir un revolver, alors elle ne s'imaginait vraiment pas prenant les risques que les policiers couraient tous les jours.

— Oui, répliqua-t-il après un court silence. Oui, j'aime beaucoup mon métier. J'ai l'impression de faire quelque chose d'utile, tu comprends ?

— Je vois ce que tu veux dire, assura-t-elle en s'appuyant au dossier de sa banquette. C'est ce que je voulais aussi. Je voulais devenir professeur dans une école de sourds.

— Pourquoi ne l'as-tu pas fait ?

— Parce que mon père est mort d'une crise cardiaque et que je suis revenue soutenir ma mère. Je ne suis jamais retournée à l'université, et je me suis toujours dit que c'était pour ma mère, que je me sentais coupable de la laisser seule. Mais tu sais, ajouta-t-elle en contemplant les bulles qui montaient dans son verre de soda, je crois que c'était une bonne excuse. L'année que j'ai passée à l'université, j'avais peur. Oh, c'était formidable, mais aussi terrifiant. J'avais peur de ne pas m'intégrer, d'être toujours cette fille prise entre les entendants et les sourds. J'avais peur de n'être capable de suivre les cours ni en langue des signes, ni en anglais. J'avais peur qu'on me prenne pour une poseuse qui ne savait rien.

Au lieu de se sentir mal, Laura éprouva un immense soulagement. Enfin, elle s'était avoué ce qu'elle avait toujours soupçonné.

— Bref, conclut-elle, je suis rentrée chez moi parce que mon père était mort, mais si je suis restée, c'est parce que j'avais peur. C'est lamentable, non ?

Il secoua la tête.

— Non. Absolument pas. Tout le monde sait ce que c'est que d'avoir peur. En ce moment, je suis terrifié à l'idée d'échouer avec Sean. Cela me paralyse comme ta peur à toi t'a paralysée.

— Je ne m'en serais jamais rendu compte, dit-elle.

Elle regarda Sean qui actionnait énergiquement le volant d'un jeu vidéo. Il y avait à l'évidence des problèmes entre Russ et lui, mais cela ne l'étonnait pas. Il n'avait dû être facile ni pour l'un, ni pour l'autre de passer d'une relation de frères à une relation parent/enfant.

— Je suis certaine que Sean va aller très bien. Et je n'ai plus envie d'avoir peur, Russ, ajouta-t-elle. Je veux essayer tout ce que j'ai eu envie de faire un jour. Et si je me ramasse, tant pis.

Russ lui adressa un sourire coquin.

— Je crois que tu as pris une excellente décision en choisissant d'avoir de nouveau des rapports sexuels. Et tu te révèles extrêmement douée.

Devant son air choqué, il se mit à rire. Elle prit son verre mais se ravisa, de crainte de s'étrangler, et se mit à tripoter sa serviette en papier. Elle ne pouvait pas le regarder, sinon elle serait tellement mortifiée qu'elle voudrait se cacher sous la table...

La serveuse apporta leurs pizzas, et Sean revint instantanément.

Laura fut heureuse de cette interruption. Avec Russ Evans, elle se sentait mise à nu. Elle avait l'impression qu'elle ne le devait pas. Elle risquait de trop s'attacher à lui et de se mettre à désirer quelque chose qu'elle ne pourrait avoir.

Les femmes libérées avaient des aventures passionnées qui duraient une semaine ou deux, puis elles s'éloignaient sans un regret, sans un regard en arrière.

Mais Laura n'avait jamais été une femme libérée. Et elle soupçonnait fort qu'il était trop tard pour changer.

11

En poussant la porte du magasin de bonbons où il devait passer prendre Laura pour leur rendez-vous, Russ fut accueilli par une incroyable odeur de sucre, de chocolat, d'arômes artificiels et de noix.

— Mmm... fit-il tout haut avant de se reprendre.

C'était un véritable paradis olfactif.

Il n'avait jamais vu autant de bonbons. Les dix allées de l'entrepôt étaient remplies du sol au plafond d'un arc-en-ciel de paquets de couleurs vives et de bonbons brillants. Au milieu de ces délices, dos à la porte, Laura disposait des sucettes en forme de cœur dans un vase. Elle était à sa place dans ce magasin, dans ce décor alléchant.

Elle se pencha en avant. Son jean se tendit sur ses fesses, soulignant leur courbe.

Le désir de Russ s'éveilla instantanément.

Il s'approcha d'elle, mais fut distrait momentanément par une vingtaine de boîtes d'oursons multicolores. Il faudrait qu'il en prenne avant de partir. Ce devait être fantastique de travailler là, songea-t-il. Peut-être avait-elle même droit à une réduction...

Il était presque arrivé au comptoir sur lequel elle arrangeait son bouquet de sucettes, et elle ne s'était pas encore retournée. Il n'aurait qu'à tendre la main pour caresser sa peau nue entre son tee-shirt et son jean. Il se retint, de crainte de lui faire peur.

— Je suis à toi dans une seconde, Russ.

Il s'arrêta net, les yeux rivés à son dos. Ses pensées érotiques s'étaient envolées. Comment savait-elle qu'il était là ?

Elle se tourna vers lui et sourit.

— J'ai presque fini. Tu veux bien attendre une seconde ?

— Bien sûr. Je vais faire un tour et choisir ce que je vais acheter. Tu as une réduction ?

— Trente pour cent.

— Super ! Il y a des Caddie ?

— Oui, répondit-elle en riant. Mais tu plaisantes, n'est-ce pas ?

— À moitié...

Elle était à un mètre de lui. Il n'y tint plus. Il s'assura qu'il n'y avait pas de clients dans les parages et l'attira à lui pour un rapide baiser.

— Comment as-tu su que c'était moi ?

Elle le repoussa en rosissant adorablement.

— Tu as le pas assez lourd. J'ai su qu'il y avait quelqu'un parce que le plancher a vibré sous mes pieds. Et quand tu t'es approché, j'ai senti ton odeur.

Quoi ? Mais il venait de prendre une douche... Devant son air horrifié, elle se mit à rire.

— Ce n'est pas ce que je voulais dire, assura-t-elle. Ce que je veux dire, c'est que tu as une odeur bien à toi, boisée et fraîche. Ça te paraît peut-être bizarre, mais je sais parfaitement ce que sent ta peau.

Ce n'était pas bizarre : c'était follement sexy. Il dut prendre sur lui pour résister à l'envie de la hisser sur le comptoir pour l'embrasser jusqu'à lui faire perdre la tête.

— Si quelqu'un peut connaître l'odeur de ma peau, c'est bien toi, murmura-t-il.

Elle prit une brusque inspiration. Du regard, elle semblait lui dire : « Oui ! encore ! Qu'est-ce qu'on fait, maintenant ? » Il avait l'impression qu'elle était prête à accepter tout ce qu'il avait envie de faire. Car Laura aimait que ce soit fort.

Il ne commettrait pas la même erreur ce soir. Cette fois, il suivrait ses envies sans retenue. Il la caresserait, il la goûterait, il lécherait chaque centimètre de sa peau comme il le désirait tant. Il l'entraînerait juste au bord du plaisir et au-delà, jusqu'à ce qu'elle se torde sous lui et le supplie...

Ils se regardaient, insensibles à ce qui pouvait se passer autour d'eux.

— Finis vite, lui demanda-t-il d'une voix rauque.

— Je me dépêche, promit-elle.

— Parfait.

Russ se détourna et tenta de se distraire en choisissant des bonbons.

— Oh, des têtes brûlées ! s'émerveilla-t-il en soulevant le couvercle d'un pot et en en sortant une poignée.

Il en gardait un souvenir ému. Il penchait la tête en arrière et gobait tout d'un coup...

Il avait résisté à la tentation de coucher Laura sur le comptoir et de lui remonter son pull pour la caresser ; cette fois, il craqua. Il pouvait bien manger une tête brûlée. Il ouvrit le sachet rouge d'un bonbon goût fraise et se versa la poudre dans la bouche. Le sucre explosa sur sa langue.

Nom d'un chien, quelle intensité ! Le sachet serré dans la main, il recueillit les dernières bribes de poudre du bout de la langue. C'était fou, ce goût. C'était tout le plaisir d'un bonbon, un concentré de sensations qui lui mettaient l'eau à la bouche. Il en voulait encore.

— Tu n'oublieras pas de payer ça... le taquina Laura qui le regardait, amusée, son manteau sur le bras.

— C'est combien ? Cinq cents le sachet ? demanda-t-il en essuyant la poudre qui lui restait sur les lèvres et en regardant le pot. Quoi ! Cinquante cents pièce ? C'est du vol !

— C'est l'inflation.

— Sans doute. Oh ! Il y a aussi des crocodiles… et des fraises ! des bananes, des bouteilles de cola… et même des oursons à la guimauve enrobée de chocolat. Des billes de chewing-gum. Des rouleaux de réglisse. C'est top, cet endroit.

Laura lui passa un panier de plastique pris sur la pile à l'entrée.

— Je ne crois pas avoir besoin d'un panier entier, protesta-t-il.

Dix minutes plus tard, il l'avait rempli. À la caisse, il prit une des sucettes en forme de cœur qu'elle disposait tout à l'heure et l'offrit à Laura. Il avait envie de dire quelque chose de poétique, de romantique, mais ce n'était pas vraiment son genre. Il ne trouva que :

— Tiens, mon petit cœur.

Elle ouvrit de grands yeux stupéfaits, tourna les talons et partit en courant, la sucette serrée contre sa poitrine.

Elle avait dû le trouver vraiment ridicule, conclut-il.

— Bon…

Il posa son panier sur le comptoir et se demanda ce qu'il était censé faire maintenant.

Perplexe, il prit une bande de pastilles, en détacha six roses et les enfourna d'un coup. Beurk. Elles avaient un goût de papier et de rouge à lèvres de vieille dame.

Il les détacha de sa langue en soupirant et en se demandant s'il devrait aller présenter des excuses à Laura. Mais de quoi s'excuserait-il ?

Ce n'était pas comme s'ils entamaient une relation sérieuse, après tout. Ils étaient ensemble pour passer de bons moments – au lit en particulier. Si elle espérait de jolies phrases et de belles déclarations, elle avait frappé à la mauvaise porte.

Il reposa les pastilles sur la bande de papier. Soudain, il en avait vraiment marre.

Comme une gourde, Laura traversa le magasin et claqua la porte de la réserve derrière elle. Elle s'arrêta pour reprendre son souffle. Adossée à une palette, elle serrait contre son cœur la sucette que Russ lui avait donnée. Dommage qu'elle ne connaisse pas de gros mots en langue des signes, parce que là, elle se serait volontiers injuriée.

Quelle idiote elle faisait !

Quand il lui avait tendu ce cœur enveloppé de papier rouge brillant en l'appelant « mon petit cœur », elle avait failli complètement craquer. Elle avait senti un mélange de tendresse et d'envie lui gonfler la poitrine. Alors elle s'était enfuie avant de dire quelque chose de stupide.

Zut, zut et re-zut ! Elle était en train de tomber amoureuse de lui.

Ce n'était pas possible.

Pourtant, c'était bien le cas, mais elle ne pouvait pas se le permettre. Si elle se mettait à avoir besoin de lui, à devenir collante, il prendrait ses jambes à son cou. Or elle ne voulait pas arrêter de le voir. Pas encore. Elle avait encore trop de choses à vivre et à apprendre avec lui dans le domaine du sexe.

Elle fut tirée de ses pensées en sentant une main sur son bras.

Elle sursauta et se retourna. Ouf ! Ce n'était pas Russ, mais Catherine qui la regardait avec inquiétude.

— Eh, ça va ? Tu n'as pas l'air de te sentir bien.

Génial. Laura prit une inspiration tremblante.

— Ça va, assura-t-elle. Je perds la tête, c'est tout.

— Bienvenue au club, repartit Catherine en remontant ses lunettes à monture noire. Il y a un type qui attend à la caisse, alors il faut que j'y retourne. Je voulais juste m'assurer que tu n'étais pas tombée dans les pommes dans la réserve.

— Merci, tout va bien. Au fait, le client qui attend à la caisse est avec moi. Tu peux lui faire ma réduction, s'il te plaît ?

Catherine haussa les sourcils.

— Avec toi ? C'est-à-dire ? Tu le présenterais comme ton cousin/ton oncle/ton presque frère ? Ou plutôt comme ton petit ami/ton mec/ton partenaire sexuel ?

— Dernière réponse.

— Non. Sans blague ? fit Catherine qui paraissait très impressionnée. Pas étonnant que tu sois de si bonne humeur. Bon, allons encaisser ton monsieur Muscles.

Laura la suivit, momentanément distraite par l'idée de dire à Russ qu'il passait pour un monsieur muscles. Elle avait le pressentiment qu'il n'en serait pas ravi.

Il faisait les cent pas devant la caisse. Qu'il était grand et musclé... Il portait encore une casquette de baseball, qu'il souleva pour repousser ses cheveux en arrière avant de la remettre.

Il était trop beau pour elle.

Trop sexy. Trop intrépide.

Elle n'était pas son genre, c'était sûr. Elle n'avait jamais participé à un concours de tee-shirts mouillés, ni bu une bière à la bouteille, ni fait l'amour dans les bois.

Bah, cela n'avait aucune importance puisqu'ils s'en tiendraient à une aventure physique.

Russ leva les yeux et la regarda si attentivement qu'elle ralentit. Elle avait peur de l'affronter. Elle avait peur que ce qu'elle ressentait soit inscrit sur son visage.

Catherine dut lui parler, car il se tourna vers elle et posa sa pile de bonbons sur le comptoir. Pendant que sa collègue commençait d'encaisser, Laura s'approcha de Russ et posa son sac à main à côté de son panier vide. Elle s'efforça de prendre un air détaché, de faire comme si elle ne s'était pas enfuie quelques instants plus tôt.

Il lui prit le menton et lui fit tourner la tête afin qu'elle voie ce qu'il disait.

— Ça va ? s'inquiéta-t-il. Elle m'a dit que tu avais failli te trouver mal, expliqua-t-il en faisant référence à Catherine.

C'était un peu mentir, mais elle hocha la tête.

— C'est mon ventre qui...

Elle se laissa un instant distraire par sa bouche si proche de la sienne, par ses lèvres si chaudes et habiles.

— Je crois que j'ai faim, expliqua-t-elle.

Cette fois, elle mentait vraiment. Mais cela valait mieux que de lui dire la vérité, à savoir qu'elle craquait tellement pour lui qu'elle en avait presque la nausée.

— Tu aurais dû m'en parler, répliqua-t-il en lui caressant la joue. Dire que j'ai perdu du temps à acheter ces cochonneries alors que tu mourais de faim...

— Non, non, assura-t-elle. Ça m'a prise d'un coup.

Elle posa sa sucette en forme de cœur sur le comptoir et baissa les yeux pour qu'il ne lise pas sur son visage qu'elle ne disait pas la vérité.

Il lui lâcha le menton mais l'attira contre lui, l'enlaça et lui déposa un léger baiser sur la tête.

— Mange un peu de chocolat, suggéra-t-il. Ça t'aidera à tenir le coup.

Il déballa un bonbon qu'il lui mit dans la bouche. Il laissa le doigt entre ses lèvres jusqu'à ce qu'elle se recule un petit peu. Les yeux de Russ s'assombrirent. Elle serra les lèvres, le cœur battant, et détourna le regard. Elle tomba sur Catherine, ce qui ne valait guère mieux.

Sa collègue restait bouche bée, à jouer avec l'anneau qu'elle portait au pouce. Elle souriait niaisement.

— Alors vous êtes un ami de Laura ? dit-elle à Russ. Je ne vous avais jamais vu ici, je crois...

Tout en mâchant brutalement le chocolat, Laura lui jeta un regard noir en espérant qu'elle comprendrait le message et se tairait. Malgré sa curiosité, elle s'interdit de regarder la réponse de Russ. Peu importait ce qu'il pouvait penser d'elle.

D'ailleurs, elle n'avait aucune envie non plus de voir ce que Catherine pouvait dire de gênant, alors elle s'occupa en enfilant son manteau et en nouant son écharpe autour de son cou. Le temps que Russ paie, elle avait remis ses gants, boutonné son manteau et passé son sac en bandoulière.

Elle fit au revoir de la main à sa collègue et se dirigea vers la porte, soulagée. Le vent glacial s'infiltra sous son manteau et la fit frissonner. La voiture de Russ était garée tout près. Il lui ouvrit la portière. Quand il sauta côté conducteur, elle écarta les cheveux de son visage en se demandant que dire.

Russ fut plus rapide.

— Tu comptes vraiment sortir en boîte avec cette fille ? s'enquit-il en fronçant les sourcils. Elle a l'air d'avoir perdu le contrôle de son agrafeuse, tant elle a de piercings.

— Catherine est gentille, protesta-t-elle. Elle essaie seulement de choquer un peu par son apparence.

— Elle m'a dit que vous deviez aller en boîte ensemble. Tu es sûre que ce soit une bonne idée ? Tu es déjà allée dans ce genre d'endroit ? La clientèle doit être assez rude.

La confusion, la colère et la faim lui nouèrent l'estomac. D'un côté, la sollicitude de Russ lui faisait plaisir. Mais d'un autre, elle lui en voulait de s'inquiéter pour elle, car cela signifiait qu'il l'estimait incapable de se prendre en charge.

— Ce n'est qu'une boîte de nuit, rappela-t-elle. Cela ne doit pas être si rude que cela.

Sans répondre, il démarra.

— Où allons-nous ? questionna-t-elle.

S'il dit quelque chose, elle ne le vit pas. Elle poussa un soupir et appuya le front à la vitre. Peut-être devrait-elle lui demander de la ramener chez elle. Peut-être devraient-ils tout simplement annuler leur soirée.

Avant qu'elle ne fasse une grosse bêtise. Tomber amoureuse de lui, par exemple.

Russ ne savait même pas où il allait. Quand il avait proposé qu'ils passent cette soirée ensemble, il avait imaginé qu'ils pourraient manger un morceau en vitesse, peut-être louer un film, s'installer sur le canapé de sa chambre... et se déshabiller.

Maintenant, tout ce qu'il parvenait à penser, c'était qu'une femme comme Laura méritait mieux que cela. Elle devait avoir l'habitude de fréquenter de bons restaurants, avec des nappes et des serviettes de tissu, des bouteilles de vin avec un vrai bouchon de liège et non un bouchon à vis. Il devrait l'emmener à l'opéra ou dans un musée – enfin, ce ne serait pas une bonne idée non plus. Il ne portait pas grand intérêt à la danse, et s'il devait rester pendant plus de trente secondes devant une toile, il s'endormirait debout.

Dîner dans un bon restaurant était exclu car il portait comme toujours un jean, un tee-shirt et une casquette de base-ball. S'il repassait chez lui se changer, ils ne dîneraient pas avant une heure et demie, or Laura était au bord de la crise d'hypoglycémie.

Seigneur... Il entra dans une station-service et se gara. Il était en colère contre lui-même.

— Laura, tu as envie de dîner dans un restaurant chic et d'aller au musée ensuite ?

Elle cligna des yeux.

— Pas particulièrement. Et toi ? demanda-t-elle d'un air sceptique.

Il fit non de la tête.

Elle sourit, de son sourire effronté de jeune fille sage devenue coquine.

— Je me disais que nous pourrions prendre des sandwichs et rentrer chez moi, précisa-t-elle.

Apparemment, ils avaient au moins un point commun : la force du désir qu'ils éprouvaient l'un pour l'autre. Cela suffisait amplement pour l'instant.

— Bon plan, lapin.

Il lui toucha le bout du nez et redémarra. Il roulait bien au-dessus de la vitesse autorisée, mais tant pis. Il était prêt à sortir sa plaque si on l'arrêtait.

Il s'agissait d'une urgence.

Il fallait qu'il prenne Laura dans ses bras très vite, qu'il lui fasse l'amour. Sinon, il en mourrait.

Russ mordait dans son sandwich en la dévorant des yeux.

Heureusement qu'ils avaient décidé de manger sur place. Sinon, elle se doutait que leurs sandwichs auraient été gaspillés. Et puis, si elle avait menti sur son prétendu malaise, il fallait tout de même qu'elle se nourrisse à intervalles réguliers.

En s'efforçant d'ignorer les regards brûlants qu'il lui lançait, elle prit une lanière de salade qu'elle croqua.

— Tu ne m'as même pas demandé si j'avais des nouvelles de Dean, remarqua-t-elle.

— Je me fiche pas mal de Dean, pour l'instant.

Elle le croyait volontiers. Il savait beaucoup mieux qu'elle compartimenter les choses. Toute la semaine, elle avait pensé à Russ et à ce qu'elle avait éprouvé en le sentant en elle. Elle s'était aussi un peu inquiétée au sujet de Trevor Dean. Et s'il se mettait en colère parce qu'elle avait annulé leurs projets ? Le tout couronné du souci qu'elle se faisait pour Sean, le petit frère de Russ, et de l'hostilité qui semblait ne jamais le quitter.

Russ, lui, n'avait pas l'air de se poser autant de questions. Il paraissait seulement avoir envie d'elle. Dans une prochaine vie, elle aimerait bien être un garçon.

— Je crois qu'il n'a pas vraiment apprécié que j'annule, lui apprit-elle. Il a mis longtemps à répondre et quand il l'a fait, je l'ai trouvé un peu hargneux.

— Hargneux ? répéta-t-il en reprenant une bouchée de son sandwich.

— Oui. Il a dit que notre rendez-vous était antérieur, mais qu'il comprenait.

— Un escroc qui devient hargneux... C'est une première. J'ai vraiment hâte de le rencontrer.

— Il faut que je le fasse patienter encore combien de temps ?

— Le temps que nous réunissions d'autres preuves. Mais si tu as l'impression que cela devient trop difficile, arrête de lui répondre. De toute façon, cela ne me plaît pas tellement que tu correspondes avec lui.

— Ne t'en fais pas, tout va bien, assura-t-elle.

Elle protestait parce qu'il lui semblait qu'elle devait le faire. Cela la hérissait quand Russ laissait entendre qu'elle n'était pas capable d'échanger quelques e-mails avec un escroc.

Il dit quelque chose qu'elle ne comprit pas, car il mordit dans son sandwich en même temps. Cela valait sans doute mieux, car cela ne lui aurait sans doute pas plu, devina-t-elle.

— Au fait, s'enquit-elle, où est Sean ce soir ?

En réalité, ce qu'elle cherchait à savoir, c'était combien de temps il resterait avec elle. Pourvu qu'il ait toute la nuit !

— Il a appelé un de ses copains d'avant : il dort chez lui.

Génial !

— Je me suis rendu compte que je n'aurais pas dû le couper de ses anciens amis. Quand il est venu habiter chez moi, j'ai voulu qu'il s'en fasse d'autres, qu'il se glisse dans sa nouvelle vie. Mais cela n'a pas marché. Il ne s'est pas fait un seul copain, et même si cela va un peu compliquer la vie de le conduire chez ses anciens amis, j'ai compris que c'était important.

Elle eut envie de l'embrasser sur-le-champ pour le féliciter d'être un aussi bon frère, un homme aussi bien.

— Je trouve que c'est une idée formidable, Russ, le complimenta-t-elle.

— Et maintenant, décida-t-il, filons d'ici.

Encore mieux.

12

Quand ils eurent traversé le garage de Laura et se retrouvèrent dans le vestiaire attenant à la cuisine, Russ n'y tint plus. Incapable de patienter plus longtemps, il saisit la jeune femme par les revers de son manteau et fit taire son cri de surprise en un baiser dans lequel il mit toute la passion et la frustration qu'il ressentait.

Aussitôt, elle se laissa aller contre lui et lui rendit son baiser avec fougue tout en caressant sa taille, alimentant le désir brûlant qui palpitait dans tout son corps. Il l'embrassa de plus belle, voracement.

Elle était délicieuse. Plus délicieuse qu'un bonbon.

Il passa la langue sur sa lèvre inférieure bien charnue, puis la mordilla. Le petit soupir approbateur qu'elle poussa l'enchanta. Il fit glisser de ses épaules son manteau qui tomba à terre.

— Merci d'avoir mis un chemisier avec des boutons...

Elle portait un pendentif en forme de L niché juste au-dessus des seins. Ses seins qu'il entraperçut lorsqu'elle mit les mains sur les hanches.

Son chemisier blanc n'avait rien d'exceptionnel. Pourtant, ce soupçon de décolleté, ce collier qui se balançait de façon si attrayante au rythme de ses mouvements, ces boutons qui résistaient et se tendaient un peu quand elle bougeait le troublaient autant que si elle lui avait fait un strip-tease.

Enfin, pas exactement, rectifia-t-il *in petto*. Il manqua défaillir en se représentant Laura en train de tournoyer, vêtue uniquement de lingerie et d'escarpins à talons hauts. N'empêche qu'il avait très, très envie de déboutonner son chemisier.

Toutefois, il enfouit d'abord la tête dans son cou pour respirer son léger parfum et lécher sa courbe gracieuse. Il la sentit frissonner. Puis il descendit plus bas, encore plus bas, en dessous de son collier, et défit le premier bouton du chemisier pour baiser la naissance de ses seins.

Elle referma les doigts sur la ceinture du jean de Russ.

— Tu ne veux pas qu'on monte ?

— Dans une minute, répondit-il, sans qu'elle puisse le voir puisqu'il parlait contre son sein.

Il suça sa peau au-dessus du soutien-gorge et ouvrit un deuxième bouton. Il passa les lèvres sur le tissu transparent du soutien-gorge qui laissait voir ses aréoles plus sombres.

Mon Dieu, elle était magnifique… Les mots lui manquaient pour dire combien elle avait la peau douce, combien elle était belle, délicieuse. Elle était comme… comme un cadeau. Il n'était pas sûr de la mériter, mais il était incroyablement heureux qu'elle s'offre à lui.

Il acheva de déboutonner son chemisier qu'il ouvrit. Puis il défit l'agrafe devant son soutien-gorge. Il prit ses deux seins dans ses mains. Elle poussa un petit cri de détresse.

— Russ, je t'en prie. Je n'ai pas envie de… dans le vestiaire…

Il avait oublié où ils se trouvaient. Des chaussures étaient alignées sur un tapis galonné, un lave-linge, un sèche-linge et une planche à repasser. Un petit banc avec un coussin orange était posé le long du mur. Il se redressa et resserra les pans de son chemisier.

— Excuse-moi, dit-il, excuse-moi. Mais tu es si belle... c'est si bon de te toucher.

Il se passa les mains dans les cheveux. Quand le chemisier de Laura se rouvrit, il referma le bouton du milieu, les doigts tremblants.

— Ce n'est pas grave, assura-t-elle. Mais je ne sais pas combien de temps je vais encore tenir et je n'ai pas envie de... enfin, tu sais... dans le vestiaire.

Elle parlait d'une voix mal articulée, les yeux mi-clos.

Russ laissa tomber sa veste à terre, ôta ses bottes et prit la main de Laura. Cédant à une impulsion, il ramassa aussi son sac de bonbons.

Laura se mit à rire.

— Pourquoi as-tu besoin de tes bonbons ?

— Il y a des gens qui fument une cigarette, après ; moi, je préfère manger des bonbons. Bon, où est l'escalier ?

Elle lui montra vers la gauche l'escalier qui partait de la cuisine et qu'ils avaient déjà emprunté la fois précédente. Russ, qui reconnaissait le chemin, monta en courant, l'entraînant à sa suite. Il allait si vite que lorsqu'ils atteignirent la porte de sa chambre, ils riaient, à bout de souffle.

Il se pencha vers elle. Son intention était de lui donner un rapide baiser mais elle noua les bras autour de son cou, enroula une jambe autour de ses cuisses et lui fit une étonnante caresse sur les lèvres du bout de la langue. Il laissa échapper un grondement de plaisir et se détacha d'elle.

— Holà ! Doucement, lapin. Commençons par le commencement. Où est Ferris ? demanda-t-il en balayant la chambre du regard en quête de fourrure rousse.

— Je ne sais pas, répondit-elle en se tournant vers le canapé. En général, il est sur le canapé ou sur mon lit, quand je ne suis pas là.

Russ avisa le chat qui avançait sournoisement le long du bureau de Laura. Il se dirigeait vers le lit sous lequel, c'était sûr, il voulait se cacher pour attaquer ensuite au plus mauvais moment. D'un mouvement rapide, il plongea sur l'animal, l'attrapa de justesse par l'arrière-train et le souleva. Il avait le poil doux et bien toiletté, mais il pesait son poids.

— Il est plutôt lourd pour un chat, non ? remarqua-t-il.

Il n'était pas très facile à porter, d'autant qu'il se débattait et lui donnait des coups avec ses pattes arrière.

— C'est vrai qu'il est un peu trop gros, concéda-t-elle.

Russ la regarda en haussant un sourcil incrédule. Ses doigts s'enfonçaient dans les bourrelets de Ferris.

— Un peu ? ironisa-t-il. Il est obèse, oui.

— Il souffre de troubles du comportement alimentaire, expliqua-t-elle en jouant avec ses cheveux.

Il n'en croyait pas ses oreilles. Elle devait se ficher de lui.

Bon, il ne lui restait qu'à descendre le chat au rez-de-chaussée et l'enfermer dans les toilettes ou le garde-manger. Mais l'animal fut trop rapide. Il lui griffa le poignet, lui échappa et fila dans le couloir. Russ claqua la porte de la chambre en espérant qu'il ne reviendrait pas de sitôt.

— Comment se fait-il qu'un chat ait des troubles du comportement alimentaire ? questionna-t-il. Qu'as-tu fait pour le soigner ? Tu l'as emmené voir un psy pour chats ?

— Quand il était petit, nous l'avons trouvé coincé dans un fossé de drainage. Il mourait de faim, il était terrifié. Cela devait faire environ une semaine qu'il y était. De retour à la maison, il a contracté un intérêt obsessionnel pour la nourriture, à la suite de sa terrible expérience.

Tout compte fait, il regrettait de lui avoir posé la question…

— Peut-être devrait-il faire un peu plus d'exercice, avança-t-il.

— Et comment fait-on faire de l'exercice à un chat ? rétorqua-t-elle. En lui mettant un DVD de gym-tonic ?

Russ éclata de rire.

— Non, petite maligne, ce n'est pas ce que je veux dire.

Peu lui importait ce qu'il voulait dire. Il se fichait pas mal du chat.

Il glissa un doigt dans le bouton de son chemisier qu'il avait refermé et tira dessus à petites saccades.

— Dis-moi… ta chambre est un endroit mieux choisi pour… enfin, tu sais… ?

Elle rougit en l'entendant répéter ses propres mots.

— Oui, c'est un endroit bien mieux choisi pour… enfin, tu sais.

Elle se passa la langue sur les lèvres avant d'ajouter, dans un murmure :

— C'est l'endroit idéal pour jouir.

Russ sentit l'impact de cette déclaration follement sexy dans son corps chauffé à blanc par le désir. Il replia le doigt et tira plus fort jusqu'à ce que le bouton cède. Son chemisier s'ouvrit, de même que son adorable petite bouche quand elle comprit qu'il avait arraché le bouton.

Elle n'avait pas rattaché son soutien-gorge. Il découvrit ses seins nus, ronds et lisses, dont les pointes durcies semblaient faites pour le tenter. Il se retint tout juste de lui sauter dessus. Au lieu de cela, il se pencha en avant et prit un mamelon chaud et ferme entre ses lèvres pour le sucer.

Elle lui saisit les deux bras et les serra. Il promena la langue jusqu'à son autre sein. Il voulait la goûter et la sentir tout entière. Il fit glisser son chemisier et les bretelles du soutien-gorge le long de ses bras. Ils s'arrêtèrent à ses poignets, mais elle dégagea vite ses mains et sortit le tee-shirt de Russ de son jean d'un geste impatient.

— Vas-y, ma belle, dit-il, émerveillé, en déposant des baisers sur son épaule.

Il adorait le corps des femmes, sa douceur, le fait qu'il soit l'exact opposé du sien.

Celui de Laura était particulièrement lisse et doux. Chaque fois qu'il faisait glisser la main ou la bouche sur sa peau satinée, il se rappelait qu'un seul homme l'avait précédé, l'avait touchée aussi intimement, et que cela faisait si longtemps que ce n'était pour elle qu'un lointain souvenir.

Maintenant, c'était lui qui la touchait. Lui seul. Il était le seul à lui donner du plaisir, à faire remonter à la surface cette passion enfouie. Il était le seul à profiter de ce qu'elle avait à offrir.

Il déboutonna son jean. Il l'embrassa dans le cou et suça le point où palpitait son pouls, puis il glissa la main dans son pantalon et la posa sur son mont de Vénus brûlant à travers sa petite culotte. Le tissu satiné rose pâle lui fit penser à de la barbe à papa. Il sentit sa chair céder sous la pression de ses doigts.

— Mmm... c'est si bon, fit-il en la caressant du pouce.

Elle était chaude, nota-t-il en se mettant à explorer l'intérieur de ses cuisses. Il entendit son propre souffle précipité par l'excitation et sentit son désir enfler encore.

Laura lui caressa le torse, le ventre. Elle enfonça ses doigts agiles dans ses poils et tira dessus par réflexe, en réaction aux siens qu'il glissa dans sa petite culotte.

Il s'autorisa à frôler le centre gonflé de son plaisir, puis à plonger le majeur en elle pour s'assurer qu'elle était prête, humide, palpitante, avant de retirer sa main.

Elle eut beau gémir une protestation et tenter de l'attirer contre elle, il ne la toucha pas. Il la voulait nue. Il voulait voir, toucher, goûter tout son corps. Et en particulier le secret de sa féminité.

Il recula, ôta son tee-shirt et aida Laura à enlever son jean sur lequel il tira à brusques à-coups impatients.

Il était pressé, maintenant. Il avait envie d'elle avec un désespoir nouveau pour lui.

Elle s'assit sur le lit et battit des jambes pour achever de se débarrasser de son jean. Il s'agenouilla entre ses jambes et tira sur la ceinture pour le lui enlever. Il lui ôta ensuite ses chaussettes. Il ne se souciait plus de l'explorer lentement. Il voulait la déshabiller au plus vite pour venir sur elle, en elle.

— Oh, Laura. Que tu es belle…

Il allait se dévêtir à son tour ; il avait déjà les doigts sur le bouton de sa braguette. Mais la façon dont elle était assise, les pointes de ses seins tendues vers lui, les cheveux libres sur les épaules, les genoux ouverts, le regard brillant et enthousiaste, le fit s'arrêter.

Et pendant qu'il la contemplait, admiratif, elle fit quelque chose qui le stupéfia.

Elle souleva les hanches du lit et, à quelques centimètres du regard très excité de Russ, elle fit glisser son slip sur ses cuisses, révélant ses boucles blond cendré et sa peau claire et soyeuse.

— Oh oui, ma chérie… c'est magnifique.

Il aurait voulu la toucher mais il resta figé, incapable même de respirer.

Puis Laura fit encore mieux. Elle continua de baisser sa petite culotte, en dessous des genoux. Dans ce mouvement, elle se haussa encore et amena le centre délectable de son être à un souffle de sa bouche. Il n'y tint plus. Il la saisit par les hanches et la maintint fermement immobile.

— Qu'est-ce que tu fais ? s'étonna-t-elle en s'efforçant de redescendre sur le lit.

En guise de réponse, Russ enfouit la bouche dans sa chair moite et brûlante.

L'extase emporta le corps de Laura, étouffant le choc et la gêne que lui avait d'abord procurés le geste de Russ, le premier contact de sa langue. Elle n'était pas complètement naïve – elle regardait même *Sex and the City*. N'empêche que, jusqu'à maintenant, elle n'avait jamais vraiment bien compris ce qu'était la passion physique, la sensualité incontrôlable.

Russ lui tenait fermement les fesses tandis que de sa langue, il prodiguait les caresses les plus merveilleuses et les plus incroyables à son clitoris, aux replis de sa chair. Elle le regardait, elle regardait bouger sa tête au rythme de son baiser. Et soudain, elle sentit le plaisir déferler en elle, lui faire contracter les muscles, crisper les poings, serrer les dents, fermer les yeux.

Elle avait l'impression que tout se resserrait, que ses hanches se soulevaient d'elles-mêmes pour accentuer la pression de la bouche de Russ sur elle, jusqu'à ce qu'elle se brise, qu'elle explose, qu'elle vole en éclats.

Oui, oui, oui ! se répétait-elle mentalement sans se soucier de savoir si elle parlait à haute voix.

L'orgasme qui l'emporta fut brûlant, dur et rapide. Excitant, à couper le souffle comme la descente de montagnes russes.

Ses jambes s'affaissèrent et malgré le soutien de Russ, elle n'eut bientôt plus la force de continuer à soulever les hanches. Elle retomba sur le lit, le cœur battant violemment, la tête tournée de côté. Elle ne pouvait pas le regarder. Elle ne pouvait pas voir entre ses cuisses ses yeux sombres braqués sur elle. Elle ne pouvait pas voir ses cheveux couleur de caramel qui retombaient sur son front.

C'était trop. Trop intense, trop intime. Lorsqu'elle lui avait dit vouloir une aventure, elle n'avait pas imaginé combien leurs corps seraient proches, combien ils s'enflammeraient. Elle n'avait pas imaginé combien elle adorerait ce lien créé par un accord physique si parfait. Elle n'avait pas prévu que son cœur et son esprit la trahiraient, et retireraient trop de plaisir de ce qui ne devait être qu'une aventure amusante et fugace.

Elle avala difficilement sa salive et frissonna quand Russ recula et qu'elle sentit l'air frais entre ses cuisses. Son désir renaissait déjà, son corps en demandait davantage.

Un instant plus tard, Russ lui fit tourner la tête pour la forcer à le regarder. Son geste n'avait rien de doux. Il était rude, autoritaire. Puis il lui écarta les jambes de ses genoux insistants. Elle ressentit un sursaut d'excitation, mais aussi une certaine appréhension.

— Regarde-moi pendant que je te prends, lui demanda Russ en la pénétrant d'un coup de reins puissant.

Le plaisir claqua comme un fouet, et Laura se cramponna à la couette. Cette fois, Russ n'avait pas défait son lit. Dans l'urgence de la passion, ils s'étaient couchés sur la couette, nus. Il allait et venait en elle avec force, impérieusement. Cela n'avait rien à voir avec la première fois, lorsqu'il s'était efforcé de se maîtriser pour elle.

Elle regardait son visage contracté, ses yeux plissés. Elle voyait la tension de ses épaules augmenter à mesure que son rythme accélérait. Elle lâcha la couette et leva les jambes pour les nouer autour de Russ. Puis elle se mit à onduler avec lui.

Quand elle vint à sa rencontre pour la première fois, sa chair la plus intime heurta la sienne et elle laissa échapper un gémissement. C'était absolument incroyable. C'était dix fois, cent fois plus intense, plus extraordinaire que ce dont elle avait pu rêver.

Il prononça son nom. À l'instant où elle leva les yeux vers son visage, elle le vit l'articuler avec violence alors qu'il explosait en elle. Instinctivement, elle se resserra autour de lui et le tint tandis qu'il palpitait. Puis elle bascula à son tour dans le plaisir.

Cette fois, son orgasme fut plus relâché, plus long, plus langoureux. Elle se laissa porter en se pressant contre Russ, les ongles enfoncés dans son dos.

Il ne retomba pas sur elle, mais roula sur le côté en l'entraînant avec lui pour qu'ils restent unis. Il respirait fort.

— Oh, Laura... fit-il en secouant la tête. J'essaie toujours de prendre sur moi, de me retenir, et quand tu me regardes je perds tout contrôle. Te voir jouir comme cela, c'est superbe.

— Quelle fois ? demanda-t-elle, la tête sur l'oreiller, en lui caressant les fesses.

Il avait des fesses magnifiques ; fermes et musclées.

— Les deux fois, répondit-il en riant.

— Tu sais, avant toi, je n'avais jamais vraiment eu d'orgasme pendant...

Elle laissa sa phrase en suspens mais l'acheva en langue des signes.

Russ regarda ses mains.

— Qu'est-ce que ça veut dire ?

Elle se mordilla la lèvre et se sentit piquer un fard. Elle remua un peu les hanches pour s'assurer qu'il était toujours en elle.

— Cela veut dire « rapport sexuel ».

— Remontre-moi, lui dit-il.

Cette fois, comme elle était allongée sur le côté et donc un peu déséquilibrée, ses signes furent un peu moins nets, mais il les imita avec une grande précision.

Mon Dieu... Le voir s'exprimer en langue des signes était déjà très sexy, mais si l'on ajoutait ce sourire, et ce qu'il disait, c'était carrément irrésistible. Une délicieuse chaleur l'envahit et elle sentit des picotements dans tout le corps. Elle faillit crier lorsqu'il se retira d'elle.

— Voilà une bonne chose à savoir, remarqua-t-il. Le jour où je te supplierai de coucher avec moi, ce signe m'aidera peut-être à te conquérir.

Comme s'il risquait d'avoir un jour à la supplier... Sans avoir le temps de réfléchir aux conséquences, elle lui caressa la joue et dit :

— Tu m'as déjà conquise.

Étendu sur le côté, Russ regardait l'émerveillement et la chaleur sur le visage de Laura. Il se sentait bien. Mieux que bien. Il aimait être avec elle. Elle lui offrait un délicieux répit dans sa vie. Elle était douce et rassurante. Et sexy.

Elle pourrait le faire jouir rien qu'en lui lançant ce regard à la fois un peu timide et chargé de désir qui le rendait fou.

Les mots lui manquaient pour décrire ce qu'il ressentait, alors au lieu de parler, il baisa ses lèvres renflées et la prit dans ses bras. Puis il roula sur le dos, sans la lâcher, pour l'allonger sur lui et sentir la délicieuse pression de son corps souple et doux sur le sien.

Elle se tortilla un peu pour s'installer plus confortablement et posa la tête sur son épaule. Il recula jusqu'à la tête de lit et se laissa retomber sur les oreillers en poussant un soupir de bien-être.

Mais il heurta quelque chose de dur.

— Aïe ! Laura, qu'est-ce qu'il y a sous ton oreiller ?

— Hmm ?

Elle le regarda tandis qu'il passait la main sous l'oreiller de dentelle et commençait de chercher à tâtons.

— Qu'est-ce qu'il y a sous ton oreiller ? J'ai failli m'assommer.

— Oh, c'est mon vibrateur.

Il arrêta de palper le matelas.

— Ton *quoi* ?

Nom d'un chien ! Elle en avait un sous son oreiller ? C'était un peu choquant... et surtout follement érotique. Il l'imagina seule dans son lit, les doigts entre les cuisses, en train de se caresser jusqu'à ce qu'elle soit bien prête, puis d'osciller sur un vibromasseur...

— Mon vibrateur, répéta-t-elle. Attends, je vais te montrer.

Mouais. Il n'était pas sûr d'avoir vraiment besoin de le voir. Dans certains cas, le fantasme valait mieux que la réalité. Il risquait de devenir jaloux du petit instrument.

— Ça va, je t'assure. Je...

Elle tira de sous l'oreiller un objet rectangulaire qui ne ressemblait en rien aux vibromasseurs qu'il avait pu voir. Enfin, il n'en avait jamais vu de près. Seulement dans un film ou deux, quand il était plus jeune. Toutefois, il ne voyait pas comment ce qu'elle avait dans la main pourrait fonctionner sur un corps humain.

Elle reposa la tête sur l'épaule de Russ et alluma l'appareil. Il faillit sauter du lit. Il n'avait aucune envie de se servir de ce *machin !*

— Tu vois, c'est mon réveil, expliqua-t-elle. Il vibre au lieu de sonner.

Russ se laissa retomber sur l'oreiller en riant. Mon Dieu ! Quel pervers il faisait. C'était de son réveil qu'elle lui parlait. D'ailleurs elle avait dit *vibrateur*, pas vibromasseur. En sentant son bourdonnement insistant sur son épaule, il devina qu'il le tirerait aisément du sommeil le plus profond.

— Qu'est-ce qu'il y a de si drôle ? demanda Laura, l'air perplexe, en éteignant le vibrateur.

— Je pensais que tu parlais d'un vibromasseur, avoua-t-il. Le genre qu'on achète dans des magasins réservés aux adultes...

Elle resta un instant bouche bée avant de s'exclamer :
— Oh… oh !
— Des images extrêmement intéressantes défilaient dans ma tête…
C'était toujours le cas, d'ailleurs. Il glissa les mains jusqu'à ses fesses, qu'il caressa de frôlements taquins.
— Je n'ai pas de vibromasseur ! s'indigna-t-elle en évitant son regard et en rougissant si fort qu'il devina qu'elle ne disait pas la vérité.
— Dommage. J'aimais bien t'imaginer ici, en train de te donner du plaisir.
À vrai dire, il sentait déjà son désir renaître.
— Où le caches-tu, Laura ?
Il tendit la main vers la table de nuit et fit mine d'ouvrir le tiroir.
— Là ?
— Non !
Elle lui saisit le bras avec plus de force qu'il ne s'y attendait.
Elle lutta avec lui. Il trouvait cela amusant, mais quelque peu surprenant. Quand il fit mine de résister et ne la laissa pas lui écarter le bras, elle enfonça plus fort les doigts dans sa peau. Elle se pencha et tira plus fort, comme désespérée. Le livre posé sur la table de chevet tomba bruyamment sur le plancher.
— Je t'en prie, non… le supplia-t-elle dans un souffle.
Russ laissa son bras se détendre, désolé de l'avoir affolée à ce point alors que ce n'était pour lui qu'un jeu.
— D'accord. Ce n'était que pour te taquiner, lapin, assura-t-il en lui plantant un baiser sur le menton, la seule partie de son corps à sa portée.
Bon. Elle n'était pas prête pour les jouets sexuels. Lui non plus. Il la voulait simplement telle qu'elle était. À lui, toute chaude, enthousiaste.
Et saupoudrée de sucre.
Elle lui lâcha la main.

— Où ai-je laissé les bonbons, Laura ? demanda-t-il.

— Près de la porte, répondit-elle en le regardant comme s'il avait perdu la tête. Tu as vraiment envie de manger des bonbons maintenant ?

— J'ai faim, mentit-il. Et j'ai brûlé pas mal de calories. J'ai besoin de sucre.

Il lui donna une tape sur les fesses pour qu'elle se pousse et qu'il puisse aller chercher le sac.

— J'y vais, dit-elle.

Elle se leva et traversa la chambre, les bras repliés sur la poitrine comme si elle avait froid ou si elle était pudique. Les deux, peut-être. Russ ne détourna pas les yeux. Il ne pouvait pas. Elle avait une jolie chambre féminine garnie de meubles blancs. Même s'il y avait beaucoup trop de fleurs à son goût, il l'aimait bien. Les fenêtres, des lucarnes ménagées dans le toit mansardé puisque la pièce se trouvait au dernier étage de la maison, étaient cachées par des volets intérieurs blancs fermés. Une seule lampe allumée offrait une douce clarté. L'ordinateur ronronnait sur le bureau.

Cette chambre faisait comme un écrin à Laura. Elle lui ressemblait.

La jeune femme y était parfaitement à sa place.

Elle avait un corps superbe avec juste ce qu'il fallait de courbes, juste ce qu'il fallait de muscles, et une grâce naturelle qui rendait ses mouvements fluides et saisissants dans leur complexité, comme lorsqu'elle s'exprimait en langage des signes.

Russ passa le bras derrière la tête et émit un sifflement admiratif quand elle se pencha, lui offrant une vue prodigieuse.

— Tu n'as aucune idée de ta beauté, n'est-ce pas ? devina-t-il tout haut alors qu'elle ne le regardait pas.

Elle arrondissait le dos et tendait le derrière, lui offrant un aperçu douloureusement tentateur de la jonction de ses cuisses. Il aurait juré qu'il apercevait même ses boucles blondes.

Elle se redressa, le sac de plastique à la main, et revint vers lui. De face, elle était encore plus belle que de dos. Les pointes de ses seins se durcissaient sous son regard scrutateur et elle ondulait des hanches. Il avait envie d'écarter les replis de sa chair cachés sous sa toison pour voir si elle était encore humide, si elle avait encore envie de lui.

Elle remonta sur le lit et se glissa sous la couette en posant le sac de bonbons entre eux.

— Tu as froid ? demanda-t-il.

Elle fit oui de la tête.

— Je devrais peut-être me rhabiller, suggéra-t-elle.

Oh, non… pas cela !

Il la rejoignit sous les couvertures et l'attira contre lui pour la réchauffer. Lui n'avait pas froid.

Il vida le sac de bonbons sur la couette. Dans l'étalage de bonbons brillants et multicolores, il choisit une tête brûlée. Une rose, car la couleur lui faisait penser à Laura.

Elle le considérait, amusée. Manifestement, elle n'avait aucune idée de ce qu'il s'apprêtait à faire.

Il prit la tête brûlée entre ses dents et déchira le sachet.

Puis il le retourna et versa la poudre sur son mamelon, sur lequel il adhéra tel un glaçage.

Un glaçage qu'il mourait d'envie de lécher.

13

Laura regarda sa poitrine, sous le choc. Elle avait cru que Russ allait avaler le bonbon d'un coup, comme dans le magasin. Pas qu'il allait l'étaler sur son corps nu et… mon Dieu ! le *lécher*.

Il lui donnait de petits coups du bout de la langue, soulevant des miettes de sucre de sa peau. Il humecta son sein. Laura s'agrippa au lit et tenta de se dérober aux assauts de sa bouche, mais il résista et la tint immobile.

Ce n'était pas que cela l'ennuyait, ni qu'elle ne trouvait pas cela bon. Non, le problème était plutôt que c'était trop bon, si troublant, si intime, si audacieux que tout son corps devenait sensible à l'extrême, qu'elle était incroyablement excitée. Et aussi un peu gênée.

Les autres gens s'enduisaient peut-être régulièrement de sucre pour se lécher mais, pour sa part, elle n'avait aucune expérience de ce genre de chose.

Et ma foi, cela lui plaisait plutôt.

Maintenant que la poudre était humide, elle s'amalgamait en perles cristallisées qui la picotaient et tiraillaient sa peau. Russ prit son sein dans sa bouche. Elle gémit. Le parfum de fraise chimique l'assaillit.

Puis il s'écarta et la regarda, un sourire satisfait aux lèvres.

— Mmm… fit-il, les roses sont vraiment bonnes.

De la langue, il traça un dernier cercle autour de son mamelon.

Laura retint son souffle. Son sein humide se tendait vers sa bouche. Ses cuisses s'agitaient comme malgré elle sous la couette. Russ attendait sa réponse. Selon ce qu'elle dirait, soit il reviendrait à des modes de séduction plus traditionnels, soit elle l'autoriserait à continuer d'improviser en suivant ses désirs.

Elle n'hésita qu'une fraction de seconde. Elle faisait confiance à Russ. Elle avait envie de lui.

— Tu es sûr que ce sont les roses tes préférées ? lui demanda-t-elle en roulant sur le dos de façon à lui offrir ses deux seins.

À la façon dont ses narines palpitèrent, elle devina comment il allait réagir.

— Je ne sais pas si j'ai un parfum préféré, admit-il. Il faut que je goûte. Voyons…

Il tendit la main vers le tas de bonbons et saisit une poignée de têtes brûlées.

— Une jaune, annonça-t-il.

Il ouvrit le sachet et se mit en devoir de lécher son autre sein.

— Elle adhérera mieux si je mouille ton sein avant, expliqua-t-il en versant lentement la poudre sur sa peau humide.

Il répéta l'opération jusqu'à avoir couvert ses deux tétons de sucre de toutes les couleurs. Laura ne savait plus si elle devait rire ou exploser de plaisir.

— Russ… murmura-t-elle.

Il donna un petit coup de langue sur chaque couleur, si vite qu'elle le sentit à peine.

— Mmm… j'ai vraiment du mal à me décider, Laura. Tu veux bien que je recommence ?

Elle fit oui de la tête et ferma les yeux, dans l'attente des légers frôlements du bout de sa langue.

Au lieu de cela, cette fois, il la suça, la mordilla sans retenue, mélangeant les parfums et les poudres jusqu'à ce qu'elle ait la peau luisante et collante, et qu'un parfum sucré de fruits et de cola lui mette l'eau à la bouche. Haletante, elle se tendait vers lui chaque fois que les lèvres de Russ la quittaient.

Elle entrouvrit les yeux et le vit qui contemplait l'éclat brillant de sa peau. Il tendit les doigts vers son mamelon avec lequel il se mit à jouer. Elle aimait le sentir sur elle, au-dessus d'elle, en appui sur ses bras musclés. Elle se sentait en sécurité, désirée.

L'air pensif, il cueillit un grain de sucre à la commissure de ses lèvres.

— Je les aime tous, Laura, conclut-il. Tous les parfums. Jusqu'à la dernière miette.

En parlant, il tendit la main gauche vers les bonbons.

Laura se sentit devenir humide d'excitation et rougit aussitôt de sa réaction.

Il n'avait pris qu'une bande de papier sur laquelle étaient collées des pastilles multicolores et elle, elle se mettait à imaginer les choses les plus torrides, les plus folles…

Il se fourra une pastille dans la bouche.

Voilà. Cela prouvait bien qu'elle était ridicule. Il avait faim, c'est tout. Que connaissait-elle au sexe, franchement ?

Puis Russ colla la pastille sur la pointe de son sein.

Elle tressaillit de surprise.

— Qu'est-ce que tu fais ?

— Je joue avec les seins les plus canon que j'aie jamais vus.

Continue, alors, le supplia-t-elle *in petto*. Elle se cambra en s'efforçant de ne pas songer combien elle devait avoir l'air bizarre dans cette position, et décida de cesser de poser des questions idiotes. Elle allait profiter pleinement de tout ce qu'il lui faisait.

Si elle n'était pas certaine d'avoir des seins si « canon » que cela, elle se savait bien faite. Se montrer nue devant lui ne la gênait pas. Le fait que cela plût à Russ lui faisait plaisir.

Il l'embrassa sur la bouche en un baiser à la fois langoureux, caressant et espiègle au goût de sucre aromatisé. Quand il détacha les lèvres des siennes, il se pencha sur elle, tendit les lèvres et aspira la pastille collée à son sein pour la croquer.

Elle rit de son air satisfait.

— Tu as fini ? demanda-t-elle.

Elle allait devoir prendre une douche pour laver le sucre brillant qui lui collait à la peau.

— Non, répondit-il en se remettant à la caresser. Ferme les yeux.

Excitée et un peu inquiète, elle obtempéra. Elle sentait ses mains sur elle, sur ses seins, plus bas, qui repoussaient la couette jusqu'à ce qu'elle soit dénudée jusqu'aux cuisses. Il promena le pouce sur son mont de Vénus, lentement, puis le retira vivement comme en proie à une lutte intérieure.

Elle se cambra. Elle avait envie de lui comme jamais. Elle avait envie de le sentir au fond d'elle, encore et encore. Elle avait envie qu'il la fasse bouger sur le lit, qu'il la fasse se sentir féminine, puissante, désirable.

Elle écarta les jambes pour l'inviter, mais il les lui referma. Elle soupira, un peu déçue. Cependant, elle devinait qu'il avait prévu quelque chose et elle attendait avec impatience de découvrir quoi.

Ce ne fut rien de ce à quoi elle aurait pu s'attendre. Il lui appuya à plusieurs reprises sur le ventre, autour de son nombril. D'après ce qu'elle sentait, il devait être en train de coller d'autres pastilles. Puis son doigt remonta un peu jusqu'à trouver une surface plane entre son ventre et ses seins. Lentement, il forma un cercle. Un O. Puis il se souleva et dessina autre chose sur sa peau.

Russ était en train d'écrire un mot, comprit-elle avec un sursaut. *O-U-V-R-E*. Ouvre. Il voulait qu'elle ouvre les yeux. Il avait trouvé un moyen de communiquer avec elle en silence, sans parler.

Elle obtempéra vivement. Son cœur battait la chamade. Elle était envahie par un flot d'émotions contradictoires, si rapides, si troublantes qu'elle ne savait plus ce qu'elle ressentait.

Puis elle baissa les yeux dans la direction que Russ lui indiquait d'un signe de tête. Et elle vit qu'il avait dessiné un cœur de petites pastilles roses autour de son nombril.

Ô mon Dieu… Son cœur se serra, et elle sentit ses lèvres trembler. Il n'était pas censé faire cela. Il n'était pas censé être gentil, drôle, attentionné. Il était censé être un flic parfaitement décontracté, efficace, expérimenté sexuellement, venu faire une partie de jambes en l'air avec elle avant de passer son chemin.

Le problème, c'était que s'il se conduisait ainsi, elle allait avoir du mal à tenir la bride à son cœur. D'ailleurs, c'était sans doute déjà trop tard. Tout se bousculait en elle, et elle éprouvait une chose qu'elle ne devrait pas éprouver pour cet homme.

Elle se figea, les larmes aux yeux, la poitrine oppressée. Elle ne dit rien. Si elle essayait de parler, elle risquait de se mettre à sangloter.

Il haussa un sourcil surpris.

— Ça ne te plaît pas ? s'inquiéta-t-il.

Comprenant qu'elle lui donnait une fausse impression, elle fit oui de la tête et chercha comment lui communiquer ce qu'elle ressentait. Combien elle lui était reconnaissante de faire comme si elle comptait pour lui, ne fût-ce que pour un soir.

Russ se pencha sur elle et balaya le cœur qu'il avait dessiné. Il avait les joues un peu rouges, comme s'il était gêné. Elle lui posa la main sur l'épaule.

— Russ… dit-elle.

Il leva la tête.

— Zut ! s'exclama-t-il. J'en ai fait tomber une dans ton nombril.

Elle n'aurait jamais imaginé qu'il dirait cela. Elle le regarda et éclata de rire, soulagée que ce moment grave et sérieux soit passé.

— Tu plaisantes, répondit-elle.

Avec un sourire un peu tremblant, il mit l'index dans son nombril.

— Non.

— Tu ne vas faire qu'aggraver la situation, le mit-elle en garde en lui saisissant le poignet.

Russ la laissa écarter sa main mais, au lieu de s'éloigner et de la laisser faire, il plongea la langue dans son nombril en quête de la petite pastille. Elle faillit protester, mais se rendit compte que c'était quelque peu troublant. Sensuel. C'était la réplique exacte d'une autre chose qu'il lui avait faite.

Elle sentit son corps se réchauffer et rejeta la tête en arrière en gémissant.

Il la saisit par les hanches et la plaqua sur le matelas. Puis il se plaça entre ses cuisses qu'il ouvrit, avant de continuer de lui lécher le ventre, de plus en plus bas. Elle sentait son érection contre sa jambe.

Elle avait envie de faire à nouveau l'amour avec lui, de le sentir loin en elle, d'être rivée au lit par ses coups de reins puissants.

Mais elle avait aussi envie de le toucher, de le goûter, de lui montrer combien elle appréciait la délicatesse dont il faisait preuve.

— Tu as réussi à la sortir ? demanda-t-elle alors qu'elle savait que ce n'était pas le cas.

— Non. Je crois qu'il faut que tu te mettes sur le ventre et que tu la fasses tomber.

Au lieu de cela, elle s'assit, repoussa un petit peu Russ pour se donner de la place et, d'un geste rapide de l'index, fit sortir la pastille.

— Ça a quel goût, au fait ? s'enquit-elle.

Elle en détacha une bleue de la bande de papier et la fit rouler entre ses doigts.

— Ce n'est pas terrible, reconnut-il.

Il était étendu sur le côté, appuyé sur un coude, la couette repoussée jusqu'au haut des cuisses. Son désir se tendait toujours vers elle. Elle prit une profonde inspiration et le fixa, hésitante.

Russ lui toucha le bout du nez.

— Qu'est-ce que tu regardes, ma puce ?

— Ton...

Elle renonça à essayer de parler et colla le bonbon sur son sexe.

— Qu'est-ce que tu fais, Laura ? demanda-t-il, visiblement surpris.

Cependant, cela n'avait pas l'air de lui déplaire, notat-elle. Elle se trompait peut-être, mais elle aurait juré que son érection grandissait encore.

— Je vais goûter ce bonbon, expliqua-t-elle en passant rapidement la langue sur la pastille bleue et sur sa peau en dessous.

Russ faillit perdre la tête instantanément.

De sa vie, il n'avait rien vu d'aussi sexy.

L'enthousiasme de Laura compensait largement son inexpérience. Elle jouait avec la pastille, la léchait, traçait des cercles autour du bout de la langue. Finalement, elle referma les lèvres autour de lui et détacha le bonbon.

Il retomba sur le dos et laissa échapper un grondement désespéré. Les cheveux blonds de Laura lui chatouillaient le ventre. Il regardait ses lèvres cerise monter et descendre le long de son sexe. Les yeux miclos, elle respirait à petits coups rapides. Elle saisit son sexe assez bas et le caressa, sans détacher les lèvres de lui. Elle le rendait fou.

— Oh oui, mon cœur. Comme ça...

Tout le corps de Russ se tendait. Il ne savait plus s'il devait se retenir ou exploser dans sa bouche. Il ne faisait jamais cela. Il avait l'impression que lorsqu'un homme avait joui dans la bouche d'une femme, il lui devait quelque chose. Et il n'avait jamais voulu se lier de cette façon.

Mais en regardant Laura aller et venir sur sa chair brûlante, il se demanda s'il n'allait pas changer d'avis.

Avec elle, c'était différent. Plus doux, plus sensuel et, par certains côtés, plus simple. Il se sentait bien avec elle. Et il avait envie de conserver cela, de continuer, de voir où cela les mènerait.

Mais pour l'instant, il fallait qu'il l'arrête avant de mettre son drap en pièces. Il lui caressa doucement les cheveux pour ne pas la surprendre. Elle murmura quelque chose qui ressemblait à « Mmm... bon... » et le prit plus profondément. Ô mon Dieu... Il lui saisit la tête à deux mains et voulut la relever, mais elle résista.

Russ céda en gémissant. C'était si bon de la sentir glisser sur lui en le caressant. Il la tint plus fort. Puis, presque malgré lui, il la relaya. Il se mit à aller et venir dans sa bouche avec force.

Elle parut d'abord choquée. Elle ouvrit de grands yeux et tenta de le freiner de sa bouche. Il aurait dû s'arrêter, il le savait. Il aurait dû la laisser respirer. Mais c'était si bon... Tout son corps désespérément tendu se concentrait sur le plaisir incroyable qu'elle lui procurait avec ses lèvres, sa langue, et il se laissa aller à gémir son approbation.

Il alla ainsi presque jusqu'au point de non-retour. À la dernière seconde, il se retira d'elle et chercha à tâtons les préservatifs qu'il avait laissés quelque part sur le lit. Haletante, Laura essuya ses lèvres humides. Elle avait les joues rosies, les pointes des seins durcies. Russ sentait son sexe palpiter, au bord de la délivrance.

Les mains tremblantes, il enfila le préservatif. À genoux sur le lit, Laura repoussait ses cheveux en arrière en l'attendant.

— Couche-toi, lui ordonna-t-il avant de la plaquer sur le lit de tout le poids de ses quatre-vingts kilos.

— Non, répondit-elle.

— Non ? répéta-t-il. Pourquoi ? Je vais mourir, Laura !

— Toi, couche-toi, dit-elle en le poussant par les épaules, une lueur pas si innocente que cela dans les yeux.

Ah. Elle voulait prendre l'initiative ? Parfait. Cela lui convenait à merveille.

— Puisque tu me le demandes si gentiment…

Il se laissa tomber sur le dos, les mains derrière la tête, et regarda son érection se tendre encore. Laura aussi s'en rendit compte puisqu'elle le contemplait d'un air effronté. Elle se passait la langue sur les lèvres et semblait si ardente qu'il faillit bien la saisir et la retourner sur le dos.

Elle s'installa à califourchon sur Russ, la jonction de ses cuisses au-dessus de son désir dressé. La tentation de son ouverture humide et chaude lui fit perdre toute modération. Il la saisit par les hanches, prêt à la faire descendre sur lui.

Mais elle secoua la tête.

— Non. Pas encore.

Sur quoi, elle se mit en devoir de le rendre fou en glissant sur lui d'avant en arrière, son sexe entre les replis de sa chair.

— Oh ! la la… fit-elle dans un souffle. Que c'est bon…

Il serra les dents. Bon sang ! Elle s'y entendait à le tourmenter.

Manifestement, elle se tourmentait aussi. Car sans prévenir elle explosa, le dos cambré, la tête projetée en avant. Elle avait la respiration saccadée, son corps frémissait sur le sien. Elle prit appui de ses mains sur la taille de Russ.

C'était absolument magnifique de la voir ainsi sous le choc, emportée par le plaisir. Quand, à la fin, ses épaules retombèrent, il la souleva un peu et la posa sur lui.

Ils gémirent ensemble tandis qu'il l'emplissait profondément. En elle, il resta immobile, certain que s'il bougeait ce serait fini. Il avala sa salive avec difficulté et lui maintint les jambes, comme si elle risquait de s'en aller s'il la lâchait. Apparemment, elle ne comprenait pas la difficulté de sa situation car, timidement d'abord, puis avec de plus en plus d'aplomb, elle se mit à bouger sur lui.

Elle allait et venait de haut en bas en resserrant ses muscles autour de lui alors que ses seins tressautaient et qu'elle retenait son souffle.

Les cheveux dans les yeux, la peau luisante, elle le chevauchait avec force. Russ cessa de résister.

Le plaisir le secoua violemment et lui arracha un grognement.

Quelque chose tomba bruyamment sur le plancher ; il ne s'en soucia pas. Tant qu'on ne leur tirerait pas dessus ou qu'il n'y aurait pas le feu à la maison, il ne bougerait pas. Il songea même que s'il mourait dans la seconde, il partirait heureux.

C'était extraordinaire. Fabuleux.

— Waouh... fit Laura dans un soupir en s'affalant sur son torse moite de sueur.

Waouh. C'était exactement cela. Il lui baisa le front sans rien dire, car il savait qu'elle ne voyait pas ses lèvres. Il pourrait rester allongé ainsi toute la vie, enfoui dans Laura. Mais elle roula à côté de lui, dans la pile de bonbons. Puis elle se leva et traversa la pièce.

— Il faut que j'ouvre à Ferris, sinon il va gratter à la porte et te réveiller.

Russ se fichait pas mal du chat. Il ne se souciait que de l'arrondi des seins de Laura, du renflement de ses lèvres, de l'ondulation de ses cheveux sur son dos nu.

Puis il laissa ses yeux dériver jusqu'à la courbe du bas de ses reins, admirant paresseusement la vue. Et il éclata de rire.

Elle avait trois bonbons collés sur les fesses.

— Qu'est-ce qu'il y a de si drôle ? demanda-t-elle en revenant se coucher avec lui.

Il se pencha sur elle, détacha les bonbons de son derrière et lui en montra un. Elle rougit.

— Il faudrait que je prenne une douche, dit-elle.

— Plus tard. Reste là avec moi une minute, la pria-t-il.

Il l'attira contre lui et l'embrassa. En la tenant toujours enlacée, il ferma les yeux, satisfait.

Et il s'endormit.

14

Russ se réveilla en sursaut. La pression sur sa poitrine était si forte qu'il crut suffoquer. Il vit la pente du plafond mansardé, la lampe qu'ils avaient laissée allumée qui éclairait doucement la chambre. Il se souvint qu'ils s'étaient endormis après avoir partagé un orgasme si intense qu'il l'avait mis en orbite.

Le poids qu'il sentait sur son torse devait être celui de Laura, décontractée dans le sommeil. Sauf que nulle part elle n'avait ces poils aussi épais, cette… fourrure.

Il baissa les yeux et rencontra le regard de Ferris, qui ne cilla pas. Le chat était vautré sur lui, sur sa poitrine, son ventre, son bras gauche ; sa queue lui chatouillait la hanche.

— Descends de là, lui ordonna-t-il.

Ferris leva une patte pour la lécher.

— Dégage, boule de poils.

Il tenta de se soulever pour faire tomber Ferris, mais ce dernier ne bougea pas : il se contenta de le regarder d'un air parfaitement détaché.

— Laura…

Il tourna la tête et essaya d'attirer son attention en promenant les doigts sur sa cuisse. Elle ne bougea même pas dans son sommeil, et son souffle paisible resta parfaitement régulier.

Il avait le bras engourdi, les poumons compressés. Il ne voulait pas faire de mal à son chat, mais il était temps que quelqu'un fasse preuve d'un peu de sévérité envers l'animal. Ferris n'avait pas besoin d'un psy. Il avait besoin que quelqu'un de ferme le regarde dans les yeux et lui précise un certain nombre de règles élémentaires de conduite.

— Écoute, Ferris, je vais t'expliquer quelque chose. Je compte bien rester dans les parages, que cela te plaise ou non. Alors tu ferais bien de t'y habituer. Et sache que je ne suis pas comme Laura : je ne me laisserai pas prendre à ton petit numéro de chat traumatisé et boulimique.

L'animal leva la tête et ferma à demi ses yeux vert clair.

— Donc, tu fais peut-être tourner Laura en bourrique, mais moi, je ne me laisserai pas faire. Nous pourrons nous entendre, nous pourrons même être amis, mais à condition que tu comprennes la règle du jeu. Et ça commence par : enlève-toi de moi, gros poilu. Compris ?

Il appuya sa tirade du regard dont il gratifiait les voyous qui faisaient les malins.

Le chat cligna des yeux, puis se leva et s'étira en appuyant les pattes de tout son poids sur le torse de Russ. Il sauta à terre avec une agilité qui contrastait avec sa masse.

Russ prit une profonde inspiration.

— Bon, je crois qu'on s'est compris.

Il se leva dans l'intention de se rendre dans la salle de bains, au lieu de quoi il se surprit à contempler Laura dans son sommeil. Éveillée, elle était belle. Endormie, elle semblait éthérée ; blottie dans son lit, les mains jointes sous la joue, ses cheveux blonds comme un halo sur l'oreiller, on aurait dit un ange ou une fée. Elle avait une jambe au-dessus de la couette, mais sa hanche masquait le triangle de sa toison et son bras dissimulait presque entièrement ses seins. Elle était terriblement attirante et, dans le même temps, fragile et intouchable.

Russ secoua la tête. Elle le rendait idiot, décidément. Avec elle, il se sentait tomber dans quelque chose qu'il ne savait comment gérer, qu'il ne voulait pas avoir à gérer. Pourtant, il était incapable de garder ses distances.

Il y avait des bonbons partout, l'emballage vide d'un préservatif et le sucre d'une tête brûlée éclatée. La scène était fort séduisante – et satisfaisante.

En balayant de la main les bonbons et les papiers sur le sol, il heurta quelque chose de dur de l'orteil. Il se pencha et découvrit que l'une des planches qui soutenaient le sommier était tombée. Il sourit. Ils avaient même cassé son lit...

Il remonta la couette sur Laura et la borda. Il ne résista pas à l'envie de déposer un baiser au creux de son épaule.

En se rendant dans la salle de bains, il s'arrêta devant l'ordinateur. Il aurait bien voulu voir les e-mails de Dean, lire ce que Laura et lui se disaient exactement. Maintenant, et avant qu'elle sache que c'était un escroc. Mais il ne connaissait rien aux ordinateurs. Il n'arriverait sûrement pas à accéder à sa messagerie. De toute façon, il faisait confiance à la jeune femme. Il était certain qu'elle lui disait tout.

Elle n'était pas du genre à mentir, ni même à dissimuler une partie de la vérité.

C'était précisément pour cette raison que l'enquête l'inquiétait. Il voulait la garder en dehors de tout cela. Il ne voulait pas qu'elle s'approche de Dean. Certes, il avait très envie d'attraper cette ordure, mais il était encore plus important à ses yeux que Laura soit en sécurité.

Alors il allait falloir qu'ils se débrouillent pour attraper l'arnaqueur sans sa contribution.

En sortant de la salle de bains, il remit son caleçon et se tapa la cuisse.

— Viens, Ferris. Descendons chercher quelque chose à boire.

À sa grande surprise, le chat sauta du canapé et lui emboîta le pas.

— Très bien, mon vieux, dit-il en souriant à l'animal. Tu n'es pas si nul, tout compte fait. Tu crois que je pourrais te dresser à aller me chercher une bière ?

Ferris lui jeta un regard chargé de dédain tandis qu'ils descendaient l'escalier. Seul le tic-tac de la grande horloge au rez-de-chaussée troublait le silence de la grande maison.

— N'exagère pas, quand même, lança Russ en riant.

Quand le chat de Laura se frotta contre sa jambe, il renonça pour de bon à l'idée de l'étrangler.

— Tu es vraiment sûre ? demanda Laura en considérant son reflet dans le miroir et en s'efforçant de ne pas céder à la panique.

— Oui ! Si tu te changes, je n'accepterai plus jamais d'échanger d'horaires avec toi au magasin, la menaça Catherine qui ressemblait étrangement à Johnny Depp dans *Edward aux mains d'argent*.

Les cheveux en bataille, les vêtements déchirés, les ongles démesurément longs : rien ne manquait. Cat arborait en outre des mèches blondes dans ses cheveux noirs, et un tatouage représentant une rose et une plante grimpante juste au-dessus du pubis, à l'endroit où sa chemise était déchirée et que son pantalon taille basse ne couvrait pas.

Cela lui allait bien. Elle avait l'air sûre d'elle, sexy.

Laura, elle, se sentait dans la peau d'une collégienne dévergondée. C'était d'ailleurs le look que Catherine avait cherché à lui donner, devina-t-elle.

— Écoute, fit valoir sa collègue et amie, on ne peut pas te transformer complètement. Ça ne marcherait pas. Il faut que tu sois fidèle à ce que tu es, en en rajoutant un peu. En temps normal, tu as l'air d'une gentille fille sage ; maintenant, tu es une gentille fille sage qui pourrait se laisser convaincre de faire des bêtises.

Voilà qui décrivait parfaitement la façon dont elle se conduisait ces derniers temps, songea-t-elle. Elle rougissait encore quand elle se revoyait se réveillant ce matin, encore poisseuse à cause des bonbons, un doigt de Russ en elle en train de la caresser. Cela lui avait beaucoup plu.

Elle avait voulu se lâcher, eh bien elle y était.

Elle portait un kilt court, un collant noir, des chaussures à barrette à talons hauts et un débardeur noir moulant recouvert d'un autre débardeur blanc qui lui arrivaient près de dix centimètres au-dessus de la taille. Il lui semblait un peu ridicule de montrer son nombril quand il faisait moins dix, et surtout, elle se sentait à moitié nue.

— Tu es sûre que la coiffure, ce n'est pas un peu trop ? s'inquiéta-t-elle.

Catherine lui avait fait des couettes !

— On dirait que je cherche à attirer un pédophile, ajouta-t-elle.

— Non, repartit Cat en riant, grâce aux chaînes sur ta jupe et ton bracelet de cuir, tu ne donnes pas du tout cette impression. Crois-moi.

Comme Laura n'avait aucune idée de la façon dont il fallait s'habiller pour sortir en boîte de nuit, il fallait bien qu'elle fasse confiance à Catherine. En revanche, elle n'était pas certaine de se faire confiance pour ne pas se conduire comme une idiote.

— J'ai apporté une bouteille de vin, annonça Cat en vérifiant sa coiffure dans le miroir et en étirant une mèche vers le haut. Allons en boire un verre avant de partir.

— Bonne idée, répondit Laura en tournant le dos à leur reflet pour prendre son écharpe.

Cat lui toucha le bras et fit non de la tête en haussant les sourcils.

— Laisse l'écharpe, Laura.

— Tu es sûre ?

Elle allait geler, avec le cou à l'air comme cela. En plus, il y avait une épidémie de grippe.

— Absolument.

Cat était si affirmative qu'elle jeta l'écharpe sur son lit et sortit de sa chambre. Le vin et les quatre cents coups l'attendaient. Elle ne chancelait qu'un tout petit peu sur ses talons.

Trevor baissa sa cigarette pour que la braise ne soit pas visible lorsque Laura entra dans la cuisine et alluma la lumière.

Alors, c'était ce qu'elle avait de plus important à faire que le rencontrer. Se déguiser en putain et sortir avec sa copine gothique. De là où il se trouvait, dehors, à côté du bow-window, il n'entendait pas ce qu'elles disaient. En tout cas, elles ouvraient une bouteille de vin et elles riaient.

Il n'aimait pas qu'on le repousse. Il n'aimait pas qu'une femme refuse ses avances.

Pourtant, en temps normal, il ne se tracassait pas pour ce genre de chose. Les rares fois où une femme l'avait accueilli sans enthousiasme, il s'était contenté de passer à la suivante, à une qui le regarderait avec désir et adoration. Allons, il devrait oublier Laura Wilkins.

C'était ce qu'il y avait de plus intelligent à faire.

S'il ne s'intéressait pas à elle, il ne serait pas dehors par moins quinze à s'énerver.

Mais Laura avait quelque chose de plus que les autres. Il y avait son argent, bien sûr, et sa maison. Et puis il y avait ses airs de poupée Barbie, toute en courbes, gaie, innocente. Tout le monde savait bien que malgré son sourire angélique, Barbie était une traînée. Selon Trevor, Laura était pareille.

Et la tenue qu'elle portait ce soir ne faisait que confirmer ses soupçons.

Il était venu là parce qu'il était perturbé par ses derniers e-mails, qui étaient différents des premiers. Il avait l'impression qu'elle changeait de ton. Il y décelait une assurance, un amusement peut-être, qui n'y étaient pas avant qu'il lui pose un lapin au café. Il voulait savoir ce qui avait changé. Il aurait presque pu se croire démasqué. Sauf que c'était impossible.

À voir la façon dont son derrière se balançait sous cette petite jupe courte, une autre hypothèse lui venait. Laura couchait avec quelqu'un. Cela ne lui plaisait pas. Car il avait l'intention de la séduire pour qu'elle lui donne tout ce qu'elle avait.

La vie n'avait pas fait de cadeau à Trevor. Il avait toujours été pauvre, lui, l'enfant non désiré d'une junkie et l'un de ses nombreux amants. Alors il s'était dit que s'il voulait arriver à quelque chose, s'il ne voulait plus dormir dans une caravane ou dans un foyer, il devait se prendre en charge. À douze ans, il avait laissé sa mère en prison, en train de redescendre d'un trip au cours duquel elle avait attaqué son petit ami du moment. À partir de là, il s'était débrouillé seul.

Il s'en était plutôt bien tiré, estimait-il. Il était capable d'arnaquer n'importe qui, de faire croire ce qu'il voulait à qui il voulait. Il savait se faire passer pour respectable, s'inventer un beau passé et une vraie famille.

Mais cela ne suffisait pas.

Son mobile vibra dans sa poche. Il le sortit, sûr que personne ne pouvait le voir. Il n'y avait que des arbres et le lac derrière lui.

— Allô ?

— Salut, c'est moi.

C'était Jill qui voulait prendre de ses nouvelles. Il avait su qu'elle le ferait. Cela lui plaisait qu'elle s'inquiète de lui.

— Salut, ma chérie, répondit-il. Qu'est-ce que tu fais ?

— Rien. Je regarde la télé. Cela ne fait qu'une semaine que tu habites ici et j'ai l'impression que l'appartement est vide, sans toi.

Elle laissa échapper un petit rire, comme si elle plaisantait. Il ne fut pas dupe : elle était sincère.

Laura sirotait son vin devant lui en jouant avec sa ceinture. La bande de peau nue entre son débardeur et sa jupe semblait le narguer.

— Tu me manques, assura-t-il à Jill. C'est la galère, de voyager pour le boulot.

Il tira sur sa cigarette et changea de position pour mieux voir dans la cuisine, et pour soulager son genou qui supportait tout son poids depuis qu'il était caché là, penché.

— Je trouve ça nul que tes patrons te traitent aussi mal, ces derniers temps.

— Ils me donnent de quoi payer les factures, Jill, alors je ne peux pas me plaindre.

— Tu rentres demain ?

— Dès que mon avion aura atterri. J'espère qu'il ne neigera pas ici, à Chicago.

Il avait réservé une chambre dans un motel du centre-ville de Cleveland pour la nuit. Il voulait un peu de place pour respirer, un thermostat réglable ; et puis cela l'amusait de maintenir Jill dans l'incertitude.

— Oh, je n'avais pas pensé à cela... Mon Dieu ! Tu pourrais rester coincé là-bas des jours, s'il y avait un blizzard !

— Cela n'arrivera sans doute pas. Mais je te manquerais ? demanda-t-il en écrasant sa cigarette tandis que Laura vidait son verre de vin. Tu serais excitée ? Tu aurais envie de moi ?

— Pete !

— Alors ? J'ai besoin de te l'entendre dire, insista-t-il d'un ton enjôleur.

— Oui, tu me manquerais, répondit-elle. Oui, j'aurais envie de toi. J'ai déjà envie de toi, précisa-t-elle après une pause.

— Oh, c'est vrai ?

Il imaginait Jill dans son pantalon de flanelle si large qu'on aurait pu y tailler une tente, avec son visage ordinaire qu'elle ne maquillait même pas, sa queue-de-cheval ébouriffée...

— Moi aussi, assura-t-il. Je t'imagine couchée sous moi, mon doigt en toi, ma bouche sur ton sein.

— Oh, Pete... fit-elle dans un soupir tremblant.

— Touche-toi, Jill. Comme ça, je ne serai pas gêné d'être le seul à le faire.

— Tu te touches ?

Elle semblait à la fois scandalisée et excitée.

Trevor cala le téléphone entre son épaule et son oreille et tapota la poche de son blouson de cuir en quête de son paquet de cigarettes. Il faisait trop froid pour ne pas fumer, et il n'était pas encore prêt à partir.

— Je n'y peux rien... ça me chauffe trop de penser à toi.

— Je t'entends respirer fort, remarqua-t-elle.

— Je ne vais pas jouir, je te promets. Je vais juste me toucher un petit peu. Touche-toi, Jill, je t'en prie.

— D'accord.

En allumant sa cigarette, il entendit un bruissement de tissu et sentit l'excitation grandissante de Jill qui respirait de plus en plus vite, de plus en plus fort.

Il l'accompagna de paroles câlines et de soupirs simulés. Une minute plus tard, alors qu'elle gémissait dans le plaisir, Trevor regardait Laura Wilkins.

Il la regardait seulement. Pour l'instant.

15

— Bon sang ! s'exclama Russ en entrant dans le parking de la 6e Rue Ouest. Ça coûte dix dollars de se garer. Tu y crois, Anders ?

Il paya malgré tout et descendit de voiture. Le vent glacé qui lui gifla le visage lui fit froncer les sourcils.

— Tu sais, le prévint Anders en descendant à son tour et en claquant sa portière, Pam va me tuer si elle apprend ça.

— Eh bien tu n'as qu'à ne pas le lui dire, répliqua Russ en balayant les environs du regard.

C'était mal éclairé. Il n'aimait pas cela.

— Tu n'as vraiment aucune idée de ce que c'est que d'avoir une copine, rétorqua Russ en rentrant la tête dans les épaules. Les femmes finissent toujours par découvrir ce que tu ne leur dis pas. C'est comme si elles avaient un sixième sens. Alors il vaut mieux prendre les devants et avouer. Comme ça, on est seulement privé de sexe pendant deux jours au lieu de quatre.

Devant le sérieux de son coéquipier, Russ s'arrêta.

— Écoute, dit-il, si cela doit créer des problèmes entre Pam et toi, tu n'es pas obligé de venir. Je peux y aller seul.

Parfois, il se demandait si la relation entre Jerry et Pam était vraiment saine. Ils avaient toujours l'air furieux l'un après l'autre. Mais que connaissait-il aux relations ?

Jusqu'à maintenant, sa liaison la plus longue avait duré six mois – sans doute parce que sa petite amie, qui était hôtesse de l'air, volait au moins trois jours par semaine.

Anders balaya sa suggestion d'un haussement d'épaules.

— Théoriquement, nous sommes séparés. J'ai dit un truc idiot qui a tourné à la grosse dispute et... enfin, qu'est-ce que ça peut faire ? Pam est toujours en colère après moi. À l'en croire, je ne fais jamais rien comme il faut. Je commence à en avoir marre.

— Désolé, vieux. Je ne savais pas que vous aviez rompu.

— Pas bien grave, assura Jerry en enfonçant les mains dans ses poches. À un moment, j'ai pu croire que Pam était la femme de ma vie, mais ce n'est plus le cas. Alors n'écoute pas mes jérémiades. De toute façon, je ne peux pas te laisser te conduire comme un imbécile tout seul.

— Je ne vais pas me conduire comme un imbécile.

Il souffla dans ses mains en surveillant d'un œil soupçonneux un type qui rôdait autour de l'entrée du club. Il avait pour ainsi dire la ceinture de son pantalon autour des genoux. Cette mode ridicule n'était-elle donc pas passée ? Il ne la supportait pas.

— Quand la femme avec qui tu couches te dit qu'elle sort en boîte avec une copine et que tu te pointes « par hasard » dans la boîte en question, je peux te dire que tu cherches les ennuis, mon vieux, affirma Jerry.

— Je jette juste un œil pour m'assurer que ça ne craint rien, dit-il en se remettant à marcher. Laura n'est pas une grande habituée de la vie nocturne. Quand j'aurai vérifié qu'elle ne risque rien, je partirai.

— Pff... Tu vas la mettre en colère. D'ailleurs, comment as-tu réussi à lui faire dire où elle allait sans éveiller ses soupçons ?

Russ hésita. Il s'était peut-être montré un peu retors, mais c'était pour une bonne cause. Pour assurer la sécurité de Laura.

— Je lui ai posé la question ce matin, au réveil.

Juste après l'avoir fait jouir dans un demi-sommeil, ajouta-t-il *in petto*.

— Ah, l'avoir par surprise pendant qu'elle n'a pas encore les idées claires... Un vieux truc. Eh bien, tu es fichu. J'espère que c'était bien, de coucher avec elle, parce que tu n'es pas près de recommencer.

— Laura n'est pas comme cela. Elle ne m'en voudra pas.

Il ouvrit la porte de la boîte et fut assailli par une musique hurlante.

— Je suis sûr qu'elle a envie qu'on vienne à son secours, ajouta-t-il. Je parie qu'elle est tapie dans un coin dans ses vêtements d'institutrice. Elle sera contente de me voir.

Ils scrutèrent la salle, mais ne virent que des corps qui bougeaient en rythme et des lumières stroboscopiques.

Soudain, Jerry fit un geste du pouce vers la gauche.

— Euh, Evans, je crois que tu te trompes sur ce coup-là. Désolé, dit-il en lui donnant une claque sur l'épaule.

Russ tourna la tête pour suivre la direction du regard de son coéquipier. Le spectacle qu'il découvrit lui fit comme un voile rouge de surprise et de colère devant les yeux.

Laura dansait au milieu d'un groupe de punks, un énorme verre à la main.

— Je ne crois pas qu'elle ait très envie d'être secourue, observa Anders.

Russ l'entendit à peine. Il traversait déjà la pièce. Il regrettait presque de ne pas avoir pris son arme.

Laura avait vite compris que c'était sur la piste qu'il fallait être. Il n'était pas nécessaire de parler lorsqu'on dansait. Enfin, elle ne dansait pas vraiment. En temps normal, déjà, elle ne savait pas bien danser. Ce soir, après un verre de vin et quatre gorgées du verre que lui avait apporté Catherine, elle ne faisait guère plus que se trémousser.

Quoi qu'il en soit, même si personne ne comprenait un mot de ce qu'elle disait dans le bruit de la boîte de nuit, les amis de Catherine étaient très agréables. Elle avait la chance de lire ce qu'ils disaient sur leurs lèvres. Et la musique était si forte qu'elle sentait le rythme.

Malgré les difficultés de communication, tout le monde était gentil avec elle, lui souriait, voulait lui offrir à boire. En ce moment, trois garçons dansaient à côté d'elle. À tour de rôle, ils venaient faire une sorte de shimmy devant elle. Ils avaient l'air un peu bizarres et n'étaient pas son genre avec leurs piercings et leurs tatouages, mais elle savait qu'il ne fallait pas juger selon les apparences. Et puis, il aurait été mal élevé de s'éloigner d'eux.

Alors elle leur rendait leurs sourires et s'efforça de ne pas s'inquiéter quand l'un d'eux – elle croyait avoir compris qu'il s'appelait Shane – lui passa un bras bariolé autour de la taille, dangereusement près de ses fesses. Par chance, son verre lui donnait une excuse pour ne pas l'enlacer en retour. Elle le tenait entre eux comme un bouclier, même si elle ne buvait plus depuis que le garçon au crâne rasé en avait pris une bonne gorgée.

Avec cette épidémie de grippe, elle ne voulait pas prendre de risques.

— Tu es vraiment canon, lui dit-il en baissant encore le bras et en suivant du bout des doigts la ceinture de sa jupe.

Qu'était-elle censée répondre à cela ? « Tu dis ça parce que tu as bu » ? « Toi aussi, tu es canon » ?

— Merci, dit-elle simplement en se forçant à sourire.

Un peu nerveuse, maintenant, elle tenta de reprendre ses distances. Elle était venue ici pour s'amuser, pas pour lever des garçons. Le seul qui l'intéressât ne viendrait pas dans un endroit pareil pour tout l'or du monde, devinait-elle.

En cherchant Catherine du regard pour l'appeler à la rescousse, elle étudia les épines qui ornaient le cou de Shane. Ouille ! Tatouage ou pas, elles avaient l'air affreusement sinistres et douloureuses.

Sa curiosité l'emporta ; comme elle était coincée dans ses bras, pourquoi ne pas poser la question qui lui passait par la tête chaque fois qu'elle regardait tous ces tatouages ?

— Tu n'as pas peur d'attraper une maladie, dans un salon de tatouage ? Par l'aiguille, je veux dire. Comment sais-tu qu'un salon est sérieux ?

Il dut comprendre suffisamment ce qu'elle disait, car il lui répondit.

— En voyant le tatoueur sortir une aiguille neuve de son paquet.

— Ah. Pour toi, c'est une forme d'art ? demanda-t-elle en désignant le dessin très compliqué sur son avant-bras qui représentait une femme en train d'avoir un rapport sexuel avec Satan.

Il hocha la tête en riant et la lâcha, le temps de plier le bras. Lorsqu'il fit ce geste, le sexe de Satan pénétra la femme.

— Oh, fit-elle en clignant des yeux. Très ingénieux.

Il lui sourit de nouveau et la serra plus étroitement contre lui.

— Tu es vraiment mignonne, tu sais ? Différente.

Elle ne trouva pas cela très flatteur. Certes, elle n'avait pas envie de ressembler aux amis de Catherine, mais elle ne voulait pas non plus trop se singulariser.

Elle n'eut pas le temps de répondre. Le garçon la lâcha sans crier gare et se déplaça vers la gauche. Il la poussa brusquement de son bras tendu derrière lui. Son verre se renversa à moitié sur son débardeur blanc, en plein sur son sein.

— Eh ! protesta-t-elle.

Qu'est-ce qui lui prenait ? Zut. En regardant par-dessus l'épaule de Shane, elle faillit laisser tomber son verre.

— Russ !

Mon Dieu ! Qu'est-ce qu'il faisait là ? Il semblait prêt à mettre l'autre garçon en pièces et à le donner à manger à Ferris.

Non sans surveiller Russ d'un œil prudent, Shane se retourna vers elle.

— Tu connais ce type ?

Elle hocha la tête. Russ était son… Son quoi, au fait ? Le garçon avec qui elle sortait, son partenaire, l'homme avec qui elle avait une liaison, l'homme qui lui donnait du plaisir, son… son amant. Son amour. Elle soupira. Elle commençait de penser qu'elle était vraiment en train de tomber amoureuse.

Du mignon, de l'adorable, du sexy, du bon, du merveilleux Russ.

Et elle commençait de penser qu'elle avait un peu trop bu.

Elle ne vit pas ce qui se passa entre Russ et Shane, mais ce dernier la regarda d'un air de regret avant de s'éloigner. Russ braqua les yeux sur elle et l'examina de haut en bas. Ses narines palpitaient curieusement ; elle devinait la tension de ses épaules sous sa veste.

— Salut, dit-elle. Quelle coïncidence.

Elle comprit soudain que cela n'avait rien d'une coïncidence, puisqu'il savait qu'elle devait venir ici. Elle le lui avait dit alors qu'elle était encore dans les brumes du plaisir, quand il lui avait demandé où Catherine et elle prévoyaient d'aller. Elle se rendit compte qu'il était venu la rejoindre sur la piste de danse et avait chassé le garçon avec lequel elle dansait, sans même prendre la peine de lui dire bonjour avant de jouer à l'homme des cavernes.

Et maintenant, il voulait lui prendre son verre. Elle résista.

— Donne-moi ça, Laura.

— Non ! Je l'ai payé neuf dollars, il est à moi.

Elle comptait bien le boire jusqu'à la dernière goutte. Du moins en avait-elle eu l'intention avant que le garçon au crâne rasé y plonge les lèvres. Ce qu'elle ne comptait pas révéler à Russ.

— Ce connard avec qui tu dansais a mis quelque chose dedans, dit-il en tirant plus fort et en se servant de son autre main pour desserrer les doigts de Laura. Je l'ai vu.

Elle n'en revenait pas qu'il ose lui faire cette scène sur la piste de danse d'une boîte très branchée, alors qu'elle essayait de se fondre dans la foule et, pour une fois, de ne pas passer pour la nulle de service.

— Ce n'est pas vrai ! contra-t-elle. Lâche-moi. Je ne peux pas croire que tu débarques ici comme cela. Tu ne me crois même pas capable de sortir sans m'attirer des ennuis ?

— Et j'ai raison, on dirait. Je te trouve ivre, dans les bras d'un autre homme, sur le point de boire ton cocktail dans lequel il a mis de la drogue. Dans une heure, il t'aurait emmenée dans son appartement, évanouie, et demain tu te serais réveillée nue, victime d'un viol collectif.

Elle ouvrit la bouche, mais ne dit rien. Elle se sentit rougir de gêne et de colère.

— Tu réagis de façon excessive, finit-elle par répliquer. Et je n'aime pas que tu me surveilles comme un enfant de deux ans qui joue pour la première fois dans le bac à sable du parc.

— Dommage.

Il la laissa garder son verre, mais la prit par la main pour lui faire quitter la piste de danse. Laura se braqua.

— Arrête, Russ. Si j'ai envie de danser, si j'ai envie de boire, il me semble que j'en ai le droit.

Elle ne savait pas trop pourquoi elle protestait avec autant de véhémence. Elle n'avait même pas vraiment envie de rester. Elle ne s'amusait pas tant que cela.

Shane lui faisait un peu peur, et Catherine restait invisible. Mais elle détestait que Russ la prenne pour une idiote, une naïve incapable de sortir sans baby-sitter. Son attitude n'était pas attentionnée : elle était autoritaire.

L'autorité ne semblait pas poser de problème à Russ. Il la prit par la taille et la jeta sur son épaule. Elle poussa un cri de protestation quand il lui plaqua une main sur les fesses pour la maintenir en équilibre tandis qu'il traversait la boîte en direction de la sortie. La moitié du verre de Laura se renversa sur son épaule. C'était bien fait pour lui, jugea-t-elle.

Elle lui aurait bien donné des coups de pied, mais elle avait beau lui en vouloir, elle ne souhaitait pas lui faire de mal. Ni attirer l'attention encore plus qu'ils ne le faisaient déjà, à en juger par la quinzaine de gens qui les regardaient. Alors elle appuya les coudes sur son omoplate et s'efforça de conserver un air digne, comme une pharaonne portée par son esclave.

Shane lui adressa un petit signe de main avant que la porte s'ouvre et que le froid lui fouette le visage.

Jerry regarda Russ balancer Laura sur son épaule et la faire sortir de force. Selon lui, ce n'était jamais une chose à faire…

— Ô mon Dieu ! s'exclama la copine de Laura en lui tapant sur le bras. Tu as vu ça ? C'est scandaleux, barbare, inhumain ! Tu ne vas pas l'arrêter ?

Jerry leva les yeux au ciel. Russ avait peut-être fait une erreur, mais cela ne justifiait pas ce genre de réaction. L'indignation de la jeune femme lui tapait sur les nerfs, tout comme les dix-huit nuances de blond et de brun de ses cheveux et la chaînette qui lui reliait le nez à l'oreille comme une corde à linge.

— Je vais leur laisser quelques minutes pour régler leurs problèmes avant de sortir les rejoindre.

Il devait bien avoir au moins le temps de boire une bière. Il fit signe à une serveuse.

— Qu'est-ce qu'il y a à régler ? Ce type est un abruti, point final.

Ah non. Personne n'avait le droit de traiter Evans d'abruti – à part lui.

— Il s'est occupé d'elle, protesta-t-il. Visiblement, elle avait des problèmes.

— Quoi ? Laura est majeure et vaccinée. Elle peut se débrouiller seule. Ce n'est pas le rôle de ton copain de faire une descente et de sauver la situation. C'est une conduite dépassée, archaïque.

Il grommela. Il aurait dû renoncer à sa bière et sortir tout de suite, regretta-t-il.

— Toi, tu es une féministe intégriste, pas vrai ?

— Et toi, tu es un de ces hommes étroits d'esprit qui se sentent menacés par l'égalité entre hommes et femmes.

Ses bijoux cliquetèrent quand elle tressaillit, outrée.

Jerry vit arriver sa bière avec bonheur, même si elle lui coûta six dollars. Il en avait vraiment besoin. Ces derniers temps, il avait l'impression que tout ce qu'il disait était retenu contre lui. Du moins quand il s'adressait à des femmes.

Il envisageait sérieusement de renoncer aux femmes pour le Carême. Sauf qu'on n'était que fin janvier. Il allait peut-être commencer en avance, cette année.

— Je suis totalement pour l'égalité, d'accord ? se défendit-il. Je trouve qu'un bon couple repose sur un partenariat et tout ce que tu veux. Mais tu ne peux pas me dire qu'il n'existe pas de différences entre les hommes et les femmes. Et je ne parle pas des différences physiques.

— C'est parce qu'on bourre le crâne des enfants pour qu'ils ne voient que ces différences.

Jerry lorgna vers la porte avec envie et vida la moitié de sa bière d'un trait.

— Si tu le dis...

— Ne fais pas ça ! s'insurgea-t-elle en le regardant dans les yeux, le visage à quelques centimètres du sien. Ne me prends pas de haut.

Elle était folle, par-dessus le marché.

— Je ne te prends pas de haut, assura-t-il. J'essaie seulement d'éviter une dispute que nous ne pourrons gagner ni l'un ni l'autre. Nous ne changerons jamais d'avis, nous ne serons jamais d'accord. Et nous ne nous apprécierons jamais.

Lui, en tout cas, n'apprécierait jamais cette fille.

— Je devrais peut-être aller voir si Russ a besoin d'un coup de main, ajouta-t-il.

Il se leva, but une dernière gorgée de sa bière et tâta sa poche pour s'assurer que son portefeuille y était toujours.

— Je viens avec toi, annonça-t-elle.

Il soupira. Génial. Maintenant, il allait se trimballer cette fille gothique pendant Dieu sait combien de temps. Evans aurait une sacrée dette envers lui. Oui, une sacrée dette.

16

Russ marchait dans la rue, Laura toujours sur son épaule. Il essayait d'y voir plus clair.

L'air froid lui faisait du bien, après la boîte de nuit bondée et enfumée. Il était si soulagé de l'avoir tirée de là qu'il avait presque les jambes en coton. Quand il avait vu ce salaud mettre une pilule dans son verre, il avait été envahi par une peur qu'il n'avait jamais connue, une rage si violente qu'il avait dû faire un énorme effort pour ne pas lui casser la figure.

Laura et lui ne resteraient peut-être pas ensemble à long terme, mais pour l'instant, tant qu'ils couchaient ensemble, il se sentait responsable d'elle. L'idée de ce qui aurait pu lui arriver le rendait littéralement malade.

Elle lui donna un coup de poing dans le dos. Manifestement, les pensées de la jeune femme n'avaient pas suivi le même chemin que les siennes.

— Pose-moi, Russ ! Où m'emmènes-tu ?

Il ne prit pas la peine de lui répondre puisque, dans la position où elle se trouvait, elle ne voyait pas ses lèvres. En arrivant à sa voiture, il déverrouilla les portières et la posa prudemment sur ses pieds.

Elle chancela un peu. Elle tenait toujours ce fichu verre serré contre elle. Il le lui prit et vida le contenu dans le caniveau sans cérémonie. Elle lui reprit le verre vide.

— Tu n'avais pas le droit... commença-t-elle en lui plantant sur la poitrine l'ongle de son index, qu'elle avait verni d'un violet très différent du rose qu'elle utilisait d'habitude.

— Si, j'avais le droit, la coupa-t-il avec impatience. Tu m'avais promis, Laura. Il ne devait pas y avoir d'autres hommes tant que nous nous verrions. Pas d'autres hommes.

Qu'est-ce qui lui avait pris de dire cela ? Mon Dieu, s'inquiéta-t-il, serait-il jaloux ? Il n'avait pas vraiment cru que Laura s'intéressait à ces crétins. Mais cette seule idée lui faisait horreur. Il ne voulait pas qu'un autre la touche, et c'est justement ce que ce type était en train de faire quand il était arrivé. Il avait la main sur sa taille, sur sa peau nue.

— Je ne... protesta Laura qui semblait soudain moins en colère. D'accord, c'était peut-être l'impression que cela donnait, mais je t'assure que nous ne faisions rien de mal. Ils étaient gentils avec moi, c'est tout.

Bien sûr, oui.

— Ils étaient gentils avec toi parce qu'ils avaient envie de t'enlever cette jupe très courte que tu portes.

Il n'en revenait toujours pas de la tenue dans laquelle il la voyait. Cela lui ressemblait si peu, et en même temps c'était si sexy... Il avait envie de la déshabiller, de lui ôter un à un ces vêtements coquins.

Elle rougit.

— Peut-être, concéda-t-elle. Mais cela ne te donnait pas le droit de m'emmener comme cela. Je m'en serais sortie seule.

Il ne put retenir un grondement sarcastique.

— Oh, je t'en prie, lapin ! Ne dis pas n'importe quoi.

Les yeux de Laura lancèrent des éclairs, et il se rendit compte qu'il venait d'attiser sa colère à son égard. Elle frissonna. Elle ne portait pas de manteau et avait le ventre nu.

— Monte dans la voiture, ordonna-t-il en lui tenant la porte et en la poussant doucement dans la bonne direction.

Elle soupira, exaspérée, mais obéit et prit place côté passager.

— Je ne monte dans cette voiture que parce que j'ai froid, précisa-t-elle. Sinon, je t'enverrais balader.

— Compris, assura-t-il en la rejoignant.

— Je suis très en colère contre toi, déclara-t-elle en posant son verre sur le tableau de bord pour se frotter les bras.

Il ôta son blouson et le lui donna, puis il mit le contact pour réchauffer la voiture.

— Je sais. Et moi, je suis très en colère contre toi pour avoir pris de tels risques.

— Donc nous sommes tous les deux en colère, conclut-elle en posant son blouson sur elle comme une couverture.

— Oui. On dirait.

Il ne céderait pas sur ce point. Il n'était pas en tort, bon sang. Laura n'avait pas la débrouillardise qu'il fallait pour sortir en boîte avec ces punks. Point final. Bon, peut-être que cela ne le regardait pas si elle avait envie de flirter avec d'autres hommes. Danser et flirter, ce n'était pas comme rentrer avec un homme et coucher avec lui. Ce n'était pas vraiment manquer à l'unique promesse qu'ils s'étaient faite.

Il lui avait dit que, entre eux, ce n'était pas sérieux, qu'il ne recherchait pas de relation. Et c'était sincère. Pourtant, il ne parvenait pas à se défaire du sentiment qu'il avait envie de l'enfermer dans sa chambre pour qu'aucun autre homme ne puisse plus jamais la regarder.

Force lui était d'admettre que cela était peu rationnel.

— Alors que faut-il faire, si nous sommes tous les deux en colère ?

Elle lui jeta un regard noir. Ses couettes frôlèrent le col du blouson de Russ.

Il savait ce qu'il avait envie de faire, en tout cas.

— On se dit qu'on est désolés, suggéra-t-il, et puis on s'embrasse pour faire la paix ?

Elle accueillit cette proposition, qui lui paraissait pourtant excellente, avec un reniflement de mépris.

— Ce n'est pas aussi simple, Russ. Il y a une question de confiance en jeu.

— J'ai confiance en toi, Laura, affirma-t-il. C'est dans les autres que je n'ai pas confiance, quand il s'agit de toi.

Que cela lui plaise ou non, c'était ce qu'il ressentait.

L'expression de son visage s'adoucit et elle laissa retomber les mains sur ses genoux. Son blouson glissa un peu. Il avait peut-être marqué un point en se montrant honnête, espéra-t-il.

— Russ…

Elle le regarda d'un air suppliant dont il ne comprit pas le sens.

Alors il se mit à jouer avec sa couette gauche, puis suivit du doigt le contour de ses lèvres en respirant son parfum. La voiture se réchauffait. Les vitres s'embuaient. Il ne voulait pas la ramener chez elle en colère, alors il l'embrassa sur le front, enjôleur, gentiment insistant.

Elle soupira.

— Ce type m'a dit que j'étais canon, avoua-t-elle.

Il sentit son corps se raidir de nouveau. Bon sang ! Fallait-il vraiment qu'elle lui révèle ce genre de chose ?

Il posa la main sur son sein moulé par l'étroit débardeur en un geste assez grossier mais surtout possessif. Il ne pouvait pas s'en empêcher.

Elle se pencha en avant pour accentuer la pression de sa main. L'estomac de Russ se noua. Elle était tellement incroyable…

— Mais tu es canon, assura-t-il. Vraiment très, très canon. Pourquoi crois-tu que je sois aussi jaloux ?

— Tu es jaloux ?

Ce n'était pas le genre d'aveu qu'il faisait facilement, alors il espérait qu'elle allait l'apprécier à sa juste valeur.

— Oui, confirma-t-il. Je veux que personne d'autre ne te touche.

— Tu n'as aucune raison d'être jaloux, lui promit-elle en posant la main sur la sienne.

— Non ?

Il se mit à lui caresser le sein, à jouer avec son mamelon.

Soudain, l'atmosphère de la voiture devenait tropicale.

— Non, répondit-elle.

— Tu es à moi ?

— Toute à toi, confirma-t-elle dans un souffle.

Ô mon Dieu... Il lui pinça doucement la pointe du sein. Elle poussa un cri de plaisir. Déjà, il remontait ses débardeurs et tirait son soutien-gorge vers le bas. Cela l'amusa de découvrir qu'elle en portait un. La plupart des femmes qui mettaient un haut aussi moulant pour se rendre dans une boîte de nuit ne se donnaient pas cette peine. Mais c'était Laura tout craché.

Elle n'était pas aussi délurée qu'elle l'aurait voulu. À ses yeux, toutefois, elle était parfaite. Elle était gentille et douce, bien élevée, et pourtant lorsqu'il la déshabillait, elle se révélait une amante enthousiaste et sans inhibition.

Il baissa le dossier de son siège pour être plus à l'aise. Elle se cramponnait à lui, enfonçait les doigts dans ses cheveux, se penchait vers lui. Son blouson faisait une barrière entre la peau nue de Laura et son érection qui croissait rapidement.

Il l'embrassa avec force pour lui montrer ce qu'il ressentait, pour lui faire comprendre qu'il ne supportait pas l'idée d'un autre que lui. Les mots, le romantisme, lui manquaient pour lui promettre autre chose que l'instant présent. Il n'en était pas capable. Mais en cet instant il avait envie d'elle, et il voulait que ce soit bon.

Alors qu'il glissait la main sous sa jupe, il se rappela qu'ils étaient dans une voiture. Une voiture garée devant un bâtiment sans fenêtres sur un parking mal éclairé, mais un parking tout de même.

— Laura.

Il se détacha d'elle, essoufflé, et se força à ôter la main de son sein.

— Nous ne devrions pas faire cela, dit-il. Tu as trop bu.

Elle lui jeta un regard indigné. Avec ses couettes et son débardeur remonté jusqu'aux aisselles, ce n'était pas facile – mais elle y parvint.

— Non, protesta-t-elle. Je n'ai bu qu'un verre de vin et trois gorgées de mon cocktail. À Noël, j'ai bu trois verres de vin et je n'étais pas ivre.

— N'empêche que nous devrions au moins aller chez toi... non ?

Là. Il avait fait son devoir. Maintenant, la balle était dans son camp.

Il était prêt à faire l'amour avec elle dans la voiture. Toutefois, il voulait être certain que cela ne lui pose pas de problème.

— Je n'ai pas envie d'attendre aussi longtemps, répondit-elle en se soulevant du siège pour faire descendre son collant noir le long de ses jambes.

En la regardant, Russ laissa échapper un grondement incohérent. Il ouvrit sa braguette et sortit son sexe. Il était prêt.

Laura ouvrit de grands yeux surpris.

— C'est plus facile pour toi que pour moi, remarqua-t-elle.

Il fut bien forcé d'acquiescer : elle était toujours penchée, en train de déboucler ses chaussures. Mais il n'avait pas envie d'attendre. Il se hâta de mettre un préservatif et souleva Laura, la fit passer au-dessus du levier de vitesses et l'installa sur ses genoux.

Son collant aux chevilles, elle parvenait à écarter les jambes juste ce qu'il fallait. Suffisamment pour qu'il glisse la main entre ses cuisses afin de sentir sa moiteur intime et caresser les replis gonflés de sa chair. Elle avait dû baisser sa petite culotte en même temps que son collant, la coquine.

— Mmm... fit-il. C'est bien... Tu t'es promenée mouillée dans cette boîte toute la soirée, Laura ?

Elle se tenait à ses épaules, les seins près de sa bouche, provocants. Elle lui adressa un petit sourire aguicheur.

— Non, répliqua-t-elle. Seulement depuis que tu m'as jetée sur ton épaule et que tu m'as emmenée.

Il tressaillit et souleva un peu les hanches, mais elle recula sur ses cuisses.

— Je croyais que cela ne t'avait pas plu que je t'éloigne de ton nouveau copain tatoué.

— Cela ne m'a pas plu, confirma-t-elle. N'empêche que c'était très sexy.

Elle lui passa un doigt sur les lèvres, puis se pencha en avant et le suça.

Il avait envie de tout son être d'avancer un peu, de franchir la distance qui les séparait, d'entrer en elle. Mais il voulait que ce soit Laura qui fasse le dernier pas pour les unir d'une façon qui, il le savait, serait explosive.

— C'est comme ta tenue, repartit-il quand elle se recula. Elle ne me plaît pas, mais elle est très érotique. Tes couettes aussi.

— Et ma jupe ?

Il baissa les yeux. Elle était si courte qu'elle couvrait à peine son pubis, maintenant qu'elle avait baissé son collant. Il sentait son derrière chaud sur ses cuisses, le centre de son être délicieusement pressé contre la base de son sexe : c'était très excitant. Il sentait tout, mais tout était caché par la petite bande de tissu écossais.

— À vrai dire, j'aime bien cette jupe. Tu devrais la porter en privé rien que pour moi. Souvent.

Elle émit un rire de gorge qui s'acheva dans un petit cri lorsque, du pouce, il lui caressa le clitoris.

Laura n'était pas ivre, elle en était certaine, mais elle avait un petit peu bu. Assez pour n'avoir pas de réticence à faire l'amour dans une voiture. Cependant, alors qu'elle oscillait contre Russ et frôlait de ses seins le coton de sa chemise, elle eut la présence d'esprit de lui demander :

— Si nous nous faisons surprendre, tu risques d'avoir des ennuis ?

Qu'arriverait-il à un policier se rendant coupable d'attentat à la pudeur ?

Il tira sur ses débardeurs de façon à lui recouvrir les seins.

— Que faisons-nous de mal ? rétorqua-t-il avec une innocence feinte. Tu es assise sur mes genoux. Ce n'est pas interdit.

Évidemment, vu sous cet angle…

Elle se souleva et vint sur lui en fermant les yeux tandis que son membre durci l'emplissait, l'étirait. Elle retint son souffle, se cramponna à ses épaules et se força à rouvrir les yeux et à redresser la tête.

— Je suis toujours assise sur tes genoux, dit-elle. Ce n'est pas grave, si ?

Les lèvres de Russ ne bougèrent pas car il serrait les dents, mais elle eut l'impression qu'il répondait :

— Pas grave.

Elle bougea un peu en se demandant comment faire. Elle se souleva et redescendit. Son collant entravait ses mouvements, le levier de vitesses la gênait. Elle n'avait pas tellement l'habitude de faire l'amour dans une voiture.

Cependant, c'était si bon de le sentir ainsi immobile en elle qu'elle ne s'inquiéta guère de la suite.

Sauf que Russ ne semblait pas avoir envie de rester sans bouger. Il donna un puissant coup de reins vers le haut. Il savait qu'elle aimait cela. Et soudain, elle eut du mal à le suivre, à l'accueillir en elle. Dans le même temps elle en voulait encore, elle voulait tout.

Il l'embrassa avec exigence. Sa barbe naissante lui râpait la joue. Leurs dents s'entrechoquaient.

Elle écarta plus grand les jambes et se pressa contre lui. Elle sentait le doux parfum de sa peau, de sa sueur. Elle plaqua la main sur la vitre pour conserver son équilibre et se mordit la lèvre tandis qu'elle sentait monter en elle une spirale de plaisir incontrôlable qui l'entraînait de plus en plus haut. Chaque poussée, chaque caresse la rapprochaient de l'extase.

— Russ, je t'en prie…

Elle ne savait pas pourquoi elle le suppliait ainsi, alors qu'il lui donnait déjà tant. Mais elle souffrait, elle brûlait, elle se tordait sur lui.

Il y eut un instant merveilleux où le temps resta suspendu. Puis elle bascula dans le plaisir, un plaisir explosif qu'elle suivit. Elle se croyait au bout lorsque Russ la rejoignit et que l'expression de son visage alimenta ses derniers spasmes.

Quand elle se laissa aller contre lui, il déposa un baiser sur son front. Puis il recula la tête et lui toucha le bras pour attirer son attention.

— Tu devrais t'asseoir sur mes genoux plus souvent, lui suggéra-t-il.

En riant, elle repoussa les mèches humides de sueur qui lui collaient aux tempes.

— Ça doit pouvoir se faire...

Jerry regarda sous le drap.

Oui, il était toujours nu.

Il tourna la tête sur le côté et eut confirmation qu'il n'était pas seul. Il ne rêvait pas non plus, hélas.

Bon sang !

Il se frotta les yeux et s'efforça de ne pas bouger. Quelle idiotie ! Qu'est-ce qui lui avait pris de faire une chose pareille ?

Il avait couché avec la fille gothique.

Non seulement il avait fichu en l'air le peu de chances qui lui restaient de se réconcilier avec Pam, mais il n'aimait pas la fille couchée à son côté, qui serrait le drap sur son sein à demi nu. D'accord, elle avait de beaux seins, concéda-t-il. Mais c'était la fille gothique !

Tout était la faute de Russ. Lorsque Jerry était sorti de cette fichue boîte, il avait découvert que son coéquipier était parti sans lui. Il avait disparu. Et lui se retrouvait à pied. Alors quand la fille lui avait proposé de passer chez elle, à deux rues du club, pour appeler un taxi, il avait accepté – pour Dieu sait quelle raison perverse.

Une dispute animée s'était ensuivie, puis une bouteille de tequila, et voilà où il en était.

Il ne se rappelait même pas son prénom. Cela lui donnait mauvaise conscience. En principe, il ne faisait plus ce genre de chose. En principe.

Il avait mal à la tête. Lorsqu'il avala sa salive, il eut l'impression que sa langue avait doublé de volume. Elle dormait toujours à côté de lui, mais elle commençait de bouger un peu. Le drap glissa, découvrant ses deux seins et le trèfle tatoué sur le gauche.

Il se revit en train de lécher le trèfle. Malgré lui, il sentit son désir renaître. Arrête, s'ordonna-t-il. Ç'avait été une erreur. Une erreur qu'il ne répéterait pas.

Sauf que tout lui revint d'un coup, en une vague sensuelle. Avec cette femme, il avait vécu une expérience sexuelle extraordinaire. Créative. Très longue. Audacieuse.

Oh non, gémit-il intérieurement. Non, non et non ! Il devait se tromper. Il fallait qu'il se trompe. C'était sûrement l'alcool qui lui embrumait la mémoire.

Ce ne pouvait pas être avec elle qu'il avait fait l'amour comme jamais. Ce ne pouvait pas être elle qui lui avait donné du plaisir comme personne.

Elle souleva lentement les paupières, se figea un instant et ouvrit grand les yeux. Elle chercha à tâtons sur la table de chevet, trouva ses lunettes et les chaussa à la hâte. Puis elle hurla, resserrant le drap autour de ses seins.

— Qu'est-ce que tu fais là ?

C'était la question à un million de dollars.

— La même chose que toi, répondit-il. Je me réveille avec la gueule de bois, après une nuit de sexe.

Inutile de tourner autour du pot. D'autant qu'un rapide regard au reste de la chambre ne lui permit pas de dénicher ses vêtements.

— Non ! gémit-elle en se plaquant les deux mains sur les oreilles. Ne dis pas ça !

Jerry commençait à s'amuser un peu plus. Au moins, il n'était pas le seul à être mortifié par ce qui était arrivé. C'était plutôt divertissant de la voir perdre l'assurance agressive qui ne l'avait pour ainsi dire pas quittée la veille au soir. Ses cheveux retombaient et son maquillage avait coulé durant la nuit. Elle avait l'air presque normal. Elle était même plutôt mignonne, dans son genre coriace et teigneux.

— Si tu ne veux pas en parler, nous ne sommes pas obligés de le faire, dit-il en repoussant le drap et en lui offrant une vue imprenable sur son anatomie. Aide-moi seulement à retrouver mes vêtements et je sauterai dans un taxi ou un bus pour rentrer chez moi.

Elle cria de nouveau.

— Ô mon Dieu ! Couvre-toi.

Elle enfouit le visage dans ses mains et émit un grognement désespéré.

— Je ne fais jamais ça, assura-t-elle. Jamais. Je ne couche pas avec des inconnus. Je n'ai que des rapports sans risque, quand je n'ai pas bu et que je suis dans une relation stable. Et je ne couche jamais, jamais avec des phallocrates primaires !

— Voilà qui explique sans doute pourquoi tu es aussi refoulée, repartit-il.

Elle le frappa avec son oreiller, ce qui fit glisser le drap et exposa de nouveau ses seins.

— Sors de mon lit avant que j'appelle les flics.

Jerry se mit à rire. Il s'amusait bien, maintenant.

— Désolé, ma vieille, mais je suis flic. Inspecteur Jerry Anders. Et tu peux appeler mes collègues si tu veux, mais je ne fais rien d'illégal.

Il se leva et fit la grimace lorsque ses muscles endoloris protestèrent.

Bon sang, qu'est-ce qu'elle lui avait fait ? Il croyait se rappeler qu'ils avaient fait ça debout contre la commode en face du lit. Entre autres.

— Ne t'en fais pas. Je pars dès que j'ai retrouvé mon pantalon, promit-il.

À condition qu'il parvienne à y faire rentrer son érection.

Elle parut se reprendre. Elle enroula le drap bien serré autour d'elle et se leva.

— Tes affaires sont peut-être dans l'autre pièce. Tu as intérêt à être parti quand je ressortirai.

Sur quoi, elle se rendit en sautillant dans la salle de bains attenante à sa chambre et claqua la porte derrière elle.

Il s'étrangla de rire.

— Monstre, lança-t-il sans vraiment le penser.

En cherchant ses vêtements par terre, il découvrit quatre emballages de préservatifs vides, un gobelet en plastique et un citron vert. Une combinaison détonante.

Il débusqua son jean sous le lit et l'enfila sans son caleçon qui demeurait introuvable. Sur la table de nuit, il avisa de l'argent, un bâton de rouge à lèvres, un permis de conduire et un petit sac vide comme si on l'avait retourné pour y chercher quelque chose. Les préservatifs, sans doute.

Un rapide coup d'œil au permis de conduire lui apprit qu'elle s'appelait Catherine Renney et qu'elle avait vingt-huit ans.

Il remit ses chaussures sans ses chaussettes et passa son sweat-shirt. Il était temps qu'il fiche le camp d'ici.

— Je pars, annonça-t-il à la porte fermée ornée d'une peinture représentant une forme floue sans tête.

Il inclina la tête sur le côté. Était-ce censé représenter un chien ?

— Merci pour la bonne soirée, Catherine, ajouta-t-il. On pourra peut-être recommencer, à l'occasion.

Elle lui répondit un « va te faire voir » étouffé, mais tout à fait distinct.

Jerry se mit à rire. Dieu, qu'elle était agressive !

Finalement, cela ne lui déplaisait pas.

17

— Vous allez rester C et C toute la soirée, ou on peut commander quelque chose à manger ? demanda Sean en s'appuyant à l'encadrement de la porte et en les regardant avec un mélange d'amusement et de dégoût.

Russ lâcha Laura qui tentait de se dégager et s'accouda au comptoir de la cuisine.

— Qu'est-ce que ça veut dire, C et C ?

— Chauds et collés, répondit Sean en faisant le signe correspondant à « chaud » avant de se tourner vers Laura. Comment dit-on « collés » ?

Elle le lui montra, les joues rosies par ce que Russ estima être à la fois de la gêne et du plaisir. Cela faisait trois semaines que Laura et lui se voyaient régulièrement, et elle s'entendait à merveille avec son petit frère. Il lui demandait sans arrêt de lui apprendre la langue des signes. Cela semblait faire plaisir à la jeune femme et en plus, elle avait un effet très positif sur ses devoirs et ses résultats scolaires. Le professeur de maths de Sean lui avait même écrit un mot pour lui dire combien il était satisfait des progrès de ce dernier.

S'il était heureux de voir son frère s'atteler au travail, force lui était de reconnaître qu'il était un peu ennuyé que Laura en soit la cause, et non lui. Sans elle, il se doutait que Sean en serait encore à regarder la télé sans rien faire et à jurer. Cela lui donnait l'impression d'être vraiment nul.

Cependant, il était prêt à mettre son orgueil de côté pour l'instant.

— Tu as fini tes devoirs ? demanda Laura à Sean. Viens me montrer ça. Et si tu as fini, on pourra dîner. Ça te va, Russ ? ajouta-t-elle avec un temps de retard.

— Bien sûr.

Il ne voyait aucune raison de dire non. N'empêche qu'il éprouvait un malaise de plus en plus tenace.

Pendant trois semaines, il avait vu Laura presque tous les jours d'une façon ou d'une autre. Parce qu'il en avait envie. Il appréciait sa compagnie. Peut-être même était-il en train de tomber amoureux d'elle. Cependant, il n'avait pas l'habitude de ce genre de relation et parfois, cela lui semblait terriblement étranger, étouffant.

La plupart du temps, c'était génial et il se sentait bien. Ils déjeunaient ou dînaient ensemble, passaient du temps avec Sean ou rien que tous les deux. Ils allaient au cinéma, au bowling ou à des concerts de jazz. Il y avait eu aussi beaucoup de soirées torrides où ils faisaient l'amour comme des fous. Ils n'avaient pas passé toute une nuit ensemble depuis l'épisode des bonbons, mais c'était uniquement à cause de Sean.

Tout était parfait. Pourtant, quelque chose n'allait pas et il n'arrivait pas à définir quoi.

Ils n'avaient pas prévu de se voir aussi longtemps. Ils n'avaient pas prévu d'aller faire des courses ensemble, de prendre des repas ensemble, de refaire la décoration de sa cuisine ensemble. Pourtant, ils faisaient tout cela et ni l'un ni l'autre ne prenait l'initiative d'en parler.

Russ ne disait rien parce qu'il ne savait que dire. Il ne savait pas ce qu'il voulait qu'il advienne de leur relation ; il ne savait pas ce qui pouvait en advenir.

Sean alla chercher ses cahiers, et Russ se mit en devoir de ranger les échantillons de bois que Laura et lui avaient regardés. Il ne savait pas très bien comment c'était arrivé, mais il avait décidé de refaire sa cuisine et elle l'aidait à choisir des placards, des plans de travail, un nouveau lino. Ou plutôt, c'était elle qui choisissait et il validait ou refusait ses choix.

Ce qu'il y avait, c'était qu'elle avait beau lui choisir une jolie cuisine, il n'en demeurait pas moins Russ Evans, un flic de Cleveland qui vivait dans une maison modeste et n'avait que des aspirations modestes. Il n'attendait pas grand-chose de la vie. Il voulait un toit au-dessus de sa tête, que son frère devienne un homme heureux et responsable, et mettre quelques criminels en prison.

Il ne pensait pas que cette vie convienne à Laura, ni qu'elle suffise à la rendre heureuse.

— Qu'est-ce qu'il y a ? lui demanda-t-elle en glissant une mèche derrière son oreille.

Il la regarda. C'était fou ce qu'elle était belle. Il était idiot de mettre en doute les instants qu'il passait avec elle. Il ferait mieux de profiter de toutes ces choses merveilleuses et de cesser de s'inquiéter de l'avenir.

— Rien, répondit-il. Absolument rien.

— Tiens, dit Catherine en fourrant un sac dans les mains de Laura.

Elles étaient dans le coin de la pièce du fond, où il y avait les casiers des employés et une table pour déjeuner.

Cat jeta un coup d'œil nerveux à John, le nouvel employé qui lisait un magazine en fumant une cigarette.

— Qu'est-ce que c'est ? s'enquit Laura en soupesant le sac de plastique.

Son amie évitait son regard. Elle jouait nerveusement avec la fermeture Éclair de son sweat-shirt noir à capuche et promenait le piercing de sa langue sur ses lèvres.

— Donne ça à Russ, la pria-t-elle. Il saura quoi en faire.

— Qu'est-ce que c'est ? répéta Laura, perplexe. De la drogue ?

Elle plaisantait, bien sûr. Toutefois elle secoua le sac, un peu inquiète. D'ordinaire si calme et maîtresse d'elle-même, Catherine semblait étrangement nerveuse.

— Ce n'est pas de la drogue ! Je ne sais même pas où on en achète. Je n'ai aucune expérience en la matière.

— D'accord, d'accord. Alors qu'est-ce que c'est ?

Elle céda à la curiosité et dénoua le sac.

— Non ! s'écria Catherine en lui prenant le poignet pour l'en empêcher.

John les regarda avec curiosité.

Mais Laura se dégagea de la main de Catherine. Elle n'était pas d'humeur à être discrète. Elle avait vu une drôle de lueur dans le regard de son amie et voulait savoir de quoi il retournait exactement.

— Mais... c'est un caleçon ! s'exclama-t-elle. Et des chaussettes.

Elle la regarda, scandalisée. Pourquoi Cat voulait-elle donner un caleçon d'homme à Russ ?

— Chut ! Pas si fort, la reprit sa collègue en se rongeant les ongles et en l'entraînant vers la porte, loin de John. Je suis désolée, Laura. C'est affreux.

— Tu as couché avec mon... Russ ?

Laura sentit la tête lui tourner. Elle avait l'impression que le sol bougeait. Elle avait la nausée.

— Non ! Ô mon Dieu ! Non, bien sûr que non. Il n'aurait jamais... je n'aurais jamais... C'est bien pire que cela, précisa-t-elle en lui prenant les deux bras. J'ai couché avec Jerry.

— Jerry ? répéta Laura. Jerry Anders ? Le coéquipier de Russ ?

Elle devait avoir mal compris. Cat et Jerry ? Ce n'était pas possible. On ne pouvait imaginer deux êtres plus mal assortis.

— Oui, confirma pourtant Catherine. Jerry. Le soir où nous sommes sortis en boîte et où Russ est parti en laissant Jerry en plan. Je lui ai proposé de passer chez moi pour téléphoner à un taxi et, une chose en entraînant une autre, nous avons descendu une bouteille de tequila et je me suis réveillée nue. À côté de *lui*, conclut-elle en frissonnant.

Laura se plaqua la main sur la bouche. Elle était horrifiée et en même temps, elle se sentait sur le point d'éclater d'un rire hystérique.

— Ô mon Dieu...

— Quand nous nous sommes réveillés, poursuivit Cat, j'étais si gênée que je l'ai fichu à la porte. Deux jours plus tard, en passant l'aspirateur, j'ai retrouvé son caleçon derrière la corbeille et ses chaussettes sous mon lit. Je ne savais pas quoi en faire. Je me suis dit que ça ne se faisait pas de les jeter, mais je ne peux pas non plus les garder. Ils me rendent folle. J'ai l'impression qu'ils se moquent de moi. Ils me rappellent combien j'ai été stupide. Un caleçon, soupira Cat en remontant ses lunettes. Tu te rends compte ? Beurk.

Laura renoua le sac. Elle n'avait pas envie non plus de voir le caleçon de Jerry.

— Alors il ne t'a pas appelée ni rien ? demanda-t-elle.

— Non, Dieu merci. Il a dû se rendre compte comme moi que c'était une terrible erreur. Une erreur que j'espère que personne n'apprendra jamais.

— Jerry est un garçon bien, Cat, assura-t-elle. Je suis sûre que tu peux lui faire confiance : il ne parlera pas.

Laura ne le connaissait pas si bien que cela, mais elle savait que Russ avait entière confiance en lui. Et elle avait entière confiance en Russ.

En tout cas, elle était incroyablement soulagée que ce ne soit pas à lui que Catherine rende un caleçon. Elle avait cru que son cœur allait s'arrêter quand elle avait cru qu'il avait couché avec une autre femme.

Ils ne parlaient pas d'avenir, et elle vivait leur relation au jour le jour. Mais si elle avait toujours été sûre d'une chose, c'était que Russ ne voyait pas d'autres femmes. Elle en avait douté à peine un instant et cela avait été épouvantable.

— Il y a quelqu'un, annonça Catherine. Il faut que j'y aille.

Elle se rendit dans la boutique et revint deux secondes plus tard. Laura n'avait pas eu le temps d'ouvrir son casier qu'elle lui tapa sur l'épaule. Elle était livide.

— Il est là, Laura ! Russ et… l'autre personne sont dans la boutique.

Comme Catherine semblait n'avoir aucune envie de les servir, Laura conclut que c'était à elle de le faire. Elle n'eut pas besoin de demander qui était « l'autre personne » et ne fut pas surprise de voir Jerry penché sur un présentoir de caramels. Russ avait déjà pris une poignée de têtes brûlées et regardait les anneaux de bonbons.

Elle ralentit, traversée par un frisson de désir. Elle le revit en train de lécher la poudre sucrée sur ses seins. L'estomac noué, elle avait soudain du mal à respirer. Il plongea les yeux dans les siens et lui adressa un lent sourire sensuel qui acheva de la troubler.

Il se mit à jouer avec l'anneau de bonbons négligemment, de façon suggestive. Elle rougit. Elle ignorait ce qu'il pourrait faire avec cela, mais à l'évidence il avait des idées. Il inclina la tête sur le côté et fit un petit signe en direction du bonbon comme pour lui demander la permission.

Elle hocha la tête affirmativement et se détourna, le cœur battant, pour ne pas trahir tout à fait ses émotions.

Elle alla trouver Jerry.

— Bonjour, Jerry, dit-elle en lui touchant le bras.

— Salut, Laura. Russ voulait savoir si tu pouvais déjeuner avec lui. Je dois te prévenir que si tu acceptes, il faudra que tu me supportes aussi. Je meurs de faim.

— Bonne idée, répondit-elle en lui donnant le sac en plastique, ridiculement gênée d'avoir à faire cette commission. Catherine m'a demandé de te passer ça, expliqua-t-elle.

— Ah bon ? Qu'est-ce que c'est ? s'enquit-il en laissant tomber le caramel qu'il avait choisi pour prendre le sac.

— Je crois que c'est quelque chose que tu as… oublié chez elle, bredouilla-t-elle en reculant.

Pourvu qu'il n'ouvre pas le sac ici !

Hélas, c'est justement ce qu'il fit. Il la regarda en souriant.

— Merci, dit-il. Elle est là ? J'aimerais bien lui parler.

— Eh bien…

Elle ne pouvait pas lui répondre : « Oui, mais elle se cache, elle ne veut pas te voir. »

— Elle se cache, c'est ça ? devina-t-il.

— Hmm…

— Elle doit avoir du mal à admettre qu'un type qu'elle ne peut pas supporter l'ait emmenée au septième ciel quatre fois.

— Quatre fois ? répéta Laura en ouvrant de grands yeux.

Elle comprenait pourquoi Catherine avait l'air sur les nerfs.

— Oui, confirma-t-il fièrement. Quatre fois.

Il tourna les yeux vers la gauche. Laura sentit et vit Catherine arriver à côté d'elle. Elle devait avoir parlé à

Jerry, car son air satisfait s'était dissipé et il fronçait les sourcils.

— Si tu le dis, fille gothique, grommela-t-il.

Cat lui frappa le bras. Laura s'éclipsa pour les laisser discuter, espérant qu'ils n'en viendraient pas aux mains. Sinon, elle parierait sur une victoire de Catherine.

Russ venait vers elle.

— Qu'est-ce que tu as envie de faire, ce soir ?

En souriant, elle lui fit le signe qui signifiait « sexe » et se mit à rire devant son air choqué.

— Laura !

Il regarda autour de lui comme si elle avait annoncé cela à la cantonade. Puis il lui prit les deux mains et les garda dans les siennes, comme si elle risquait de se mettre à dire des cochonneries.

Elle rit de plus belle et lui donna un rapide baiser.

— C'est toi qui m'as posé la question, rappela-t-elle.

— Je voulais te demander si tu avais envie de voir un film, par exemple.

Elle l'avait bien compris, mais c'était tellement plus drôle de le choquer un peu…

D'ailleurs, il avait l'air choqué mais surtout excité. Ses yeux avaient pris ce ton de chocolat noir qui signifiait qu'il avait très envie d'elle.

— On peut aller au cinéma aussi, dit-elle. Je te laisse choisir par quoi tu veux commencer.

— Tu es trop gentille.

— Je suis une très gentille fille, repartit-elle.

Une gentille fille qui se sentait plutôt d'humeur coquine. Dommage qu'elle soit à son travail et ne puisse pas le lui montrer…

Russ semblait prêt à oublier ce détail ; il l'embrassa. Mais il se détacha vite d'elle pour se tourner vers Catherine et Jerry.

— Je devrais peut-être intervenir avant qu'elle lui prenne son revolver et le braque sur lui, dit-il.

Laura se retourna et vit Cat frapper Jerry avec le sac en plastique.

— Oh ! Elle ne risque pas d'être poursuivie pour violences sur un agent de la force publique ? s'inquiéta-t-elle.

Elle n'avait pas envie que son amie ait des ennuis avec la police.

Russ, lui, ne semblait pas inquiet, à en juger par son sourire.

— Il me semble que cela rentre plutôt dans le cadre des violences domestiques, corrigea-t-il. Mais qu'est-ce qu'il lui a fait pour qu'elle soit aussi en colère ?

— Il lui a donné quatre orgasmes.

— Ah. Je comprends qu'elle soit dans tous ses états.

18

Russ se gara dans l'allée qui menait à la maison de Laura et sortit de sa voiture, une brosse à dents de voyage dans la poche intérieure de son blouson. Sean avait été invité à assister à un match de hockey et à dormir chez un copain de Lakewood. Il pouvait donc passer toute la nuit chez Laura, à condition d'être rentré chez lui à neuf heures demain matin.

Il avait l'intention de faire marcher la jeune femme. Il allait d'abord l'emmener au cinéma et ensuite, il lui ferait croire qu'il était en retard et devait rentrer chez lui. Il avait envie de voir sa déception, de voir combien elle avait envie de lui, avant de révéler qu'il pouvait passer la nuit avec elle.

Il se dirigea vers le garage. Comme il avait encore neigé ce matin, il sonnerait à la porte de la cuisine pour ne pas laisser des traces de pas et de la neige sale dans les pièces de réception.

Lorsqu'il lui avait demandé qui s'occupait de l'entretien de la maison, elle l'avait regardé bizarrement et avait répondu que sa mère faisait venir des gens pour faire ce qu'il y avait à faire. Vu l'âge et la taille de la maison, ce ne devait pas être une mince affaire.

Il avait déjà remarqué qu'un service de déblaiement avait dégagé la neige de l'allée.

Cela l'ennuyait que Laura soit issue d'un milieu aussi différent du sien. Parce que parfois, dans un coin de sa tête, il leur imaginait un avenir commun. Mais alors, il entrait dans son grand jardin, il voyait sa belle maison de brique et comprenait que ce n'était pas possible. Il ne pouvait lui demander de quitter tout cela, cette vie dorée, pour venir habiter dans son pavillon avec son petit frère grognon.

Il avait un bon métier, un toit qui en plus lui appartenait, et quelques économies. Lui, cela lui convenait ; il était satisfait de sa vie. Mais comment pourrait-elle jamais suffire à Laura ?

Arrivé au bout de l'allée, il regarda le jardin. Le patio de brique disparaissait sous la neige, et ces masses informes devaient être des meubles de jardin recouverts de neige. Il se sentait bien dans son jardin, à regarder l'eau à demi gelée du lac, tout comme il se sentait bien dans la jolie chambre cosy de Laura au deuxième étage. Le reste de la maison était moins à son goût. Elle la lui avait fait visiter deux semaines plus tôt et il n'avait pas sorti les mains de ses poches, de peur de faire tomber un vase ou un bibelot.

Son souffle formait un nuage éphémère devant sa bouche, comme la fumée d'une cigarette. À l'instant où cette pensée se forma dans sa tête, il aurait juré qu'il sentait une odeur de tabac. Les sourcils froncés, il monta sur le patio et regarda la maison.

Il voyait la fenêtre de la cuisine, devant laquelle la table était posée. La curiosité fit place à la suspicion. Son instinct affûté par neuf ans de service dans la police lui souffla que quelque chose clochait. Mais quoi ?

Laura apparut dans son champ de vision. Elle portait ce pantalon noir en stretch qu'il aimait tant, parce qu'il moulait joliment son petit derrière. Elle tenait un livre de poche et un verre de lait dont elle but une gorgée en s'asseyant.

Russ s'approcha de la fenêtre. Il faisait nuit dehors et la lumière de la cuisine était allumée, donc elle ne pouvait pas le voir. Il serait facile de rester là, à observer ses allées et venues et ses gestes innocents dans la cuisine alors qu'elle se croyait seule.

Lui n'avait pas besoin de l'espionner puisqu'il pouvait être avec elle quand il voulait. Ils sortaient ensemble, que le mot lui plaise ou non. Elle le connaissait, elle tenait à lui, elle lui faisait confiance.

Mais si ce n'était pas le cas ?

Il fouilla le jardin des yeux, puis regarda sous la fenêtre. Ce qu'il découvrit lui confirma ce qu'il soupçonnait.

Des mégots de cigarettes étaient écrasés sur le sol, véritables cartes de visite de quelqu'un qui était sûr de ne jamais se faire prendre. Des traces de pas et des mégots. Onze mégots.

La rage le prit. Ce salaud avait observé Laura suffisamment souvent, suffisamment longtemps pour fumer onze cigarettes !

Un mouvement à sa droite attira son attention. Sans hésiter, il se mit à courir vers le bosquet. Il avait beau faire nuit, le clair de lune et la neige qui réfléchissait la lumière lui permirent d'apercevoir un homme qui courait entre les arbres vers la rue.

Dean. Russ reconnut ses cheveux blonds et ses épaules étroites, grâce à la description qu'avait faite de lui une de ses victimes. Même sans cela, il aurait su que c'était lui. Il le sentait.

Il accéléra. L'air glacé lui brûlait les poumons. Il avait du mal à respirer, mais il voulait rattraper ce fumier. Il voulait le plaquer au sol, lui casser la figure pour avoir eu l'audace de regarder Laura. *Sa* Laura.

Il n'était pas facile de courir dans la neige. Elle collait à ses chaussures, le ralentissait, le faisait glisser. Mais il était en meilleure forme physique que Dean et gagnait du terrain. C'est alors qu'il entendit claquer une portière de voiture. Quand il déboucha dans la rue, Dean démarrait déjà au volant d'une Honda Civic bleue.

— Merde !

Il s'arrêta en glissant un peu et se pencha pour reprendre son souffle. Il était prêt à parier que la voiture n'appartenait pas à Dean. Il nota tout de même le numéro d'immatriculation pour s'en assurer.

Il caressa l'idée de reprendre sa voiture et de le suivre, mais il était trop tard pour le rattraper. Et puis, l'idée de laisser Laura seule sans la prévenir de ce qui se passait lui répugnait.

En retraversant le bosquet, il sortit son téléphone mobile et appela Anders.

— Allô ?

— Salut, c'est Russ. Je suis chez Laura. J'ai trouvé Dean qui traînait dans son jardin. Il la matait, Jerry.

Il entendit la colère qui faisait trembler sa propre voix et se massa le front. Il avait envie de tuer Dean. Il fallait qu'il se reprenne.

— Sans blague ? Voilà que notre oiseau change de méthode.

— Oui. Et ça ne me plaît pas, précisa-t-il en tapant du pied dans une branche cassée.

— Je m'en doute.

— Écoute, j'ai son immatriculation. Je veux qu'on l'arrête pour violation de propriété.

C'était tout ce qu'ils avaient contre lui pour l'instant, mais c'était déjà quelque chose, un exutoire pour sa frustration.

— On ne peut pas faire ça, Evans, rétorqua Anders. Il s'en tirera avec une amende de cinquante dollars et ressortira tout de suite. Mais il saura que nous sommes sur sa piste.

Il détestait que ce soit Jerry qui le ramène à la raison.

— Nous n'avons rien, vieux, insista son coéquipier. Il va falloir laisser ça mûrir.

— Maintenant, il a fait en sorte que cette affaire prenne un tour personnel, Jerry.

Auparavant, Russ voulait attraper Dean parce que c'était une ordure qui abusait de la confiance des femmes. Désormais, il voulait l'attraper parce qu'il ne supportait pas l'idée qu'il regarde Laura de ses petits yeux froids, calculateurs et sans âme.

— Il ne le sait pas, fit valoir Anders. Il ne sait pas que Laura est ta petite amie. D'ailleurs, quand il a commencé à lui tourner autour, vous ne vous connaissiez même pas.

Russ s'arrêta devant le garage et regarda autour de lui pour s'assurer que tout était normal.

— Je ne sais pas ce qu'il sait, répondit-il. C'est ça qui me fait peur.

— Ne t'en fais pas, va. Ce n'est qu'un petit arnaqueur. Et un trouillard. Il n'a jamais fait de mal à aucune des femmes.

— Ce qui est sûr, c'est qu'il n'en fera pas à Laura, parce que je ne la quitterai pas des yeux tant qu'il ne sera pas derrière les barreaux. Elle va venir habiter chez moi.

Anders laissa échapper un rire moqueur.

— Écoute, il faut que j'y aille. Mais tu me raconteras demain comment Laura a réagi à ta proposition.

Russ raccrocha en se demandant ce que Jerry pouvait bien vouloir dire par là. Laura était une jeune femme raisonnable. Elle se rendrait compte qu'il ne pensait qu'à sa sécurité et accepterait certainement de se passer une quinzaine de jours de son petit confort et de sa baignoire à bulles. C'était la vie.

Et selon lui, la vie valait mieux que la mort.

Laura regardait Russ, bouche bée. Elle devrait peut-être lui demander de noter cela par écrit.

— Va faire ton sac. Tu viens habiter chez moi.

Voilà. Il l'avait répété. La main serrée sur son verre de lait, elle essaya de se forcer à parler. Mais elle ne pouvait qu'articuler en silence. Il proposait qu'ils habitent ensemble...

Russ se dirigeait déjà vers l'escalier.

Elle le retint par le bras avant qu'il puisse s'échapper.

— Pourquoi ? s'enquit-elle.

Il se passa la main dans les cheveux. Le front plissé, la bouche sévère et déterminée, il avait l'air soucieux. Elle n'avait pas l'impression de vivre un moment très romantique.

— Dean était assis sous la fenêtre de la cuisine à te regarder, lâcha-t-il.

Effectivement, ce n'était pas romantique du tout.

— Quoi ? Ce soir ? demanda-t-elle, troublée, en regardant le bow-window.

Elle ne voyait que la nuit noire et son propre reflet dans la vitre.

— Oui, ce soir. Et Dieu sait combien de fois auparavant, le pervers

Un muscle de la joue de Russ tressautait. Elle voyait l'effort qu'il faisait pour contenir sa rage. Elle posa lentement son verre. Son cœur faisait des bonds dans sa poitrine.

— Comment le sais-tu ?

L'idée que quelqu'un ait pu l'observer la rendait malade. Savoir que c'était Trevor Dean la rassurait presque. Elle n'avait pas peur de cet escroc, dont les méthodes reposaient exclusivement sur la séduction.

Elle ne risquait rien car elle était insensible à toute séduction, hormis celle de Russ. En revanche, ces anonymes qui grimpaient aux fenêtres des maisons, attachaient les femmes et les violaient – oui, ceux-là lui faisaient peur.

— Je l'ai vu, répondit Russ. J'ai fait le tour de la maison parce que j'ai senti une odeur de cigarette et j'ai trouvé des mégots sous ta fenêtre. Ensuite, je l'ai vu courir dans le bosquet, ce minable lâche.

— C'est vraiment bizarre, remarqua-t-elle. J'ai essayé de continuer à correspondre avec lui par e-mail, tu sais, au cas où il me proposerait un autre rendez-vous. Mais il m'a plus ou moins repoussée.

— Parce qu'il n'avait plus besoin d'échanger de gentils messages avec toi : il était assis sous ta fenêtre.

Aux yeux de Laura, ce n'était pas logique. Mais elle ne connaissait rien au fonctionnement mental des criminels. Peut-être avait-il pris un malin plaisir à lire les courriels où elle feignait l'inquiétude et lui demandait ce qui n'allait pas.

— Vous pouvez l'arrêter, maintenant ?

— Seulement pour violation de propriété ; il serait relâché au bout de quelques heures, expliqua-t-il en frappant du poing sur le mur. Bon sang ! Ça me rend dingue ! Je vais te donner des cours d'autodéfense dès demain. Allez viens. On va faire ton sac et prendre Ferris. Il a une caisse de transport ?

C'était incroyable qu'il soit disposé à emmener son chat chez lui. Néanmoins, elle chercha un moyen de se dérober. Il ne lui semblait pas très malin d'aller s'installer chez Russ pour une période indéterminée. Il y avait d'abord la difficile question de la durée de son séjour. Il pourrait s'écouler des mois avant que la police réunisse les preuves nécessaires à l'arrestation de Dean – arrestation qui pourrait aussi ne jamais avoir lieu. Russ ne pouvait pas escompter qu'elle habite chez lui éternellement.

Ce qui conduisait au second obstacle. Elle avait envie de vivre avec Russ. Elle avait envie de se réveiller à son côté tous les matins, de lui préparer son petit déjeuner, de forcer Sean à manger autre chose que des barres chocolatées et des chips, d'arracher cette affreuse moquette marron. Elle voulait être avec Russ en permanence parce qu'elle était amoureuse de lui.

Mais ce n'était pas cela qu'il lui proposait. Il lui demandait de venir chez lui pour pouvoir la protéger, parce qu'il la croyait totalement dépourvue de bon sens.

— Et Sean ? fit-elle valoir. Il ne me semble pas très opportun de venir habiter chez toi alors qu'il est là.

— Nous n'aurons qu'à lui expliquer pourquoi. Il a presque quatorze ans. Ce n'est pas comme s'il ne se doutait pas que nous couchons ensemble.

— Qu'il le sache est une chose, que nous en fassions étalage en est une autre.

Il fronça les sourcils.

— Tu veux que je dorme sur le canapé du salon ?

Laura choisit ses mots soigneusement, pour tenter d'exprimer des sentiments dont elle n'était même pas tout à fait certaine. Ce dont elle était sûre, par contre, c'était qu'elle ne voulait pas s'infiltrer dans la maison de Russ sous prétexte de se mettre à l'abri. Car cela entamerait son assurance et son indépendance, et cela projetterait leur relation dans un faux avenir très inconfortable.

— Non, dit-elle. Je veux rester chez moi et que tu restes chez toi. Je veux que nous continuions à nous voir comme jusqu'à maintenant.

— C'est parce que ma maison est nulle ? Je sais que je ne suis pas riche, que je n'ai pas de meubles anciens ni rien. Mais qu'est-ce que ça peut faire, quand on est en danger ?

Cette tirade la stupéfia.

— Ta maison n'est pas nulle, contra-t-elle. Et je n'ai pas besoin de meubles anciens pour être bien ! Je ne suis pas une princesse qui a besoin d'être dorlotée en permanence, figure-toi, et je t'en veux de laisser entendre le contraire.

— Tu es habituée aux jolies choses, admets-le.

C'était injuste. Cela lui faisait de la peine qu'il la croie aussi superficielle.

— Tout le monde aime les jolies choses, répliqua-t-elle. Mais je te rappelle que je travaille dans un magasin de bonbons : je ne suis pas, n'ai jamais été et ne serai jamais snob. Si tu as une si piètre opinion de moi, je me demande pourquoi tu veux que je vive avec toi.

— Bon sang ! gronda-t-il en roulant des yeux excédés. Ne fais pas ça. Je ne te crois pas snob : tu sors avec moi, non ? Je pense seulement qu'une fille comme toi peut trouver mieux que ce que j'ai à offrir. Mais je m'inquiète pour toi. Je veux que tu sois en sécurité. Que tu ne coures aucun danger. Voilà pourquoi je veux que tu viennes chez moi.

Pas parce qu'il l'aimait. Ni parce qu'il ne supportait pas d'être loin d'elle. Parce qu'il voulait la protéger. Elle aurait dû être heureuse qu'il se soucie d'elle, qu'il se montre attentionné, qu'il soit un policier aussi zélé.

Non. Cela la mettait en colère.

— Quel danger ? Un type me regarde par la fenêtre. La belle affaire. Je vais faire mettre des projecteurs à l'extérieur et des volets à la fenêtre de la cuisine. Je brancherai l'alarme en permanence. Dean en veut à mon argent, il ne l'aura pas. Et il ne me chassera pas de chez moi non plus.

— Ne sois pas ridicule. Tu ne peux pas te protéger toute seule ! Cette maison est immense ! Réfléchis, Laura. Ce type pourrait être dans ta maison, tu ne le saurais même pas parce que tu ne l'entendrais pas.

Sous le choc, elle ne sut que répondre. Mais les larmes lui montèrent aux yeux sans qu'elle puisse les retenir. Jusque-là, Russ n'avait jamais traité sa surdité comme un handicap. Le voir y recourir pour la forcer à adopter son point de vue la fit souffrir indiciblement. Elle se détourna et plaqua les deux mains sur sa bouche pour retenir ses sanglots.

Russ vit Laura bloquer sa respiration et reculer comme s'il l'avait giflée. Il vit les larmes rouler silencieusement sur ses joues.

Il sentit son estomac se nouer. La panique, le regret, la peur l'étouffaient presque. Il tendit la main vers elle.

— Laura… Ce n'est pas ce que je voulais dire. Ce qu'il y a, c'est que d'un point de vue strictement pratique, il est plus difficile de se protéger si l'on n'entend pas.

— Je sais ce que tu voulais dire.

Il attendit qu'elle crie, qu'elle hurle, qu'elle tempête contre lui, qu'elle le traite d'imbécile et d'insensible, qu'elle lui rappelle qu'il n'avait aucune idée de ce qu'elle voulait – elle ne le fit pas. Son visage se décomposa, ses épaules s'affaissèrent, elle replia les bras autour de la taille comme pour se protéger. Ses cheveux qui retombaient en avant ne cachaient pas tout à fait l'infinie tristesse de ses yeux.

Russ ne s'était pas senti aussi mal depuis le jour où il était resté debout au bord de la tombe de ses parents, tandis que le pasteur débitait des paroles de réconfort insignifiantes.

— Laura, ma chérie, je veux seulement qu'il ne t'arrive rien…

Il lui prit la main, qu'il trouva molle et sans réaction. Il réprima l'angoisse qui le gagnait. Ce n'était pas très grave. Il n'avait rien voulu dire d'autre que l'évidente vérité. Elle n'entendait pas. Cela ne signifiait pas que ce soit un problème pour lui, quelle que soit l'impression que ce constat lui ait donnée.

— Je t'en prie, dis-moi que tu comprends cela.

— Je comprends, fit-elle en le regardant dans les yeux.

Elle était très pâle. Ses lèvres tremblaient.

— Mais ce que tu ne comprends pas, Russ, ajouta-t-elle, c'est que tu ne peux pas te servir de ma surdité pour me contrôler.

— Pardon ?

Il repoussa ses cheveux en arrière et lui pressa la main un peu plus fort. Il ne cherchait pas à la contrôler, enfin ! Contrôler les femmes, c'était la spécialité de Dean. Il ne voulait pas la perdre, c'est tout.

— Comment trouves-tu que j'essaie de te contrôler ?

— Tu estimes savoir ce qu'il y a de mieux pour moi. Toute ma vie, les gens ont fait cela. Et je les ai laissés faire parce que, à la vérité, je n'ai jamais vraiment su ce que je voulais ni où était ma place.

Du bout de ses doigts délicats, elle suivit le contour de son visage puis caressa son menton rugueux.

— Toi, poursuivit-elle, tu sais qui tu es, tu sais où est ta place. Mais moi, j'ai passé toute ma vie à essayer de décider si je devais m'aligner avec les sourds parlants et avec le monde des entendants, ou si ma surdité me définissait entièrement et si je devais m'immerger dans la culture du langage des signes. La plupart du temps, j'ai choisi de m'asseoir sur la barrière entre ces deux mondes, si bien que je n'appartiens ni à l'un, ni à l'autre. Je suis toujours une étrangère. Je ne trouve pas ma place.

— Tu as raison, reconnut-il, je ne comprends pas cela. Comment le pourrais-je ?

Il lui caressait le dos. Il ne comprenait qu'une chose : il aimait cette femme. Il aimait son âme généreuse, son doux sourire et tout ce qui faisait la femme qu'elle était.

— Mes parents n'ont jamais été d'accord sur la façon de m'élever, tu sais. Du coup, j'ai reçu un petit peu de tout. J'étais pour eux une constante source de disputes et d'inquiétude. Alors je me suis efforcée de faire ce que je pensais qui leur plairait, afin qu'ils ne me voient pas comme un problème. Pour moi, la surdité n'est pas un problème. Je ne voulais pas qu'elle en soit un pour eux, ni, maintenant, pour toi.

— Non, Laura, assura-t-il en la serrant plus fort. Je n'ai jamais pensé cela.

Il n'éprouvait pour elle que du respect et un amour si fort, si inattendu qu'il le poussait au désespoir.

— Quand je te regarde, cela ne me pose aucun problème, affirma-t-il. Je vois une jeune femme belle, incroyable, intelligente, qui me rend fou. Ce que je sais, c'est que si tu as ta place quelque part, c'est ici, maintenant, avec moi.

Il essuya ses larmes de ses lèvres. Elle frémit.

— Historiquement, il y a un gros pourcentage de sourds sur Martha's Vineyard. Une surdité héréditaire. Et ils sont parfaitement intégrés dans la société car tout le monde sur l'île, les sourds comme les entendants, parle la langue des signes. J'ai l'impression que c'est le paradis sur terre, conclut-elle dans un soupir.

La détresse de Laura lui faisait mal. Il n'avait jamais vu ce côté de sa personnalité, ce côté qui luttait pour communiquer. Il l'avait toujours vue confiante et heureuse.

— Si je fais quelque chose de mal, il faudra me le dire pour que je m'améliore, lui demanda-t-il. Je n'ai jamais été très bon en relations, Laura. En tout cas, je ne peux sans doute pas te donner le paradis sur terre, mais rien ne m'empêche d'essayer !

Elle le considéra un moment et lui posa la main sur la joue.

— Tu es un homme bien, dit-elle. Vraiment. Ce que je veux que tu fasses, c'est que tu me laisses faire mes propres choix, qu'ils soient bons ou mauvais.

— D'accord.

Il était prêt à tout pour qu'elle ne parte pas. Elle était ce qui lui était arrivé de mieux dans sa vie.

— Cette maison…

Elle le lâcha et s'éloigna de lui en s'essuyant les joues avant de reprendre :

— C'est vrai qu'elle m'appartient, mais ce n'est pas vraiment *ma* maison. Tu vois ce que je veux dire ?

Oui, il voyait parfaitement. Cette maison ne lui ressemblait pas. Elle n'y était pas plus à sa place que chez lui.

— Au fond, lapin, tu n'as pas encore trouvé ta place, c'est ça ? Ton emploi, ta mère, ta maison… tout ça, c'est en attendant ?

— Exactement.

Russ avait envie de la prendre dans ses bras. Mais il avait peur de mal faire. Il avait peur de la toucher et de la faire craquer. Il connaissait sa place, effectivement. Sa place était chez lui, au commissariat, dans les rues. En revanche, il ne connaissait pas sa place avec Laura. Il ne savait pas si elle voulait de lui ou non.

Par chance, elle prit la décision pour lui. D'un mouvement rapide, elle revint vers lui et jeta les bras autour de son cou.

Russ ferma les yeux. Il noua les bras autour d'elle et la serra fort contre lui. Il ne voulait plus la lâcher.

— Je suis désolé, murmura-t-il.

Désolé pour toutes les choses stupides qu'il avait déjà faites, et pour toutes celles qu'il ferait à l'avenir.

Laura frissonna. Il sentit ses mains courir dans son dos, sur sa taille. Elle ouvrit la braguette de son jean.

— Fais-moi l'amour, Russ. Je t'en prie.

Cela, il pouvait le faire.

19

— Je vais te faire l'amour, Laura, mais pas ici.

Russ désigna la fenêtre de la cuisine d'un mouvement du pouce. Il avait de nouveau sa tête de policier.

Laura n'avait aucune envie de remettre Trevor Dean sur le tapis. Ce moment était à eux, et à eux seuls. Elle avait envie de toucher Russ et qu'il la touche. Elle avait envie de se perdre dans le désir, d'être réconfortée. Elle avait besoin de cette impression de justesse et de paix qu'elle éprouvait lorsqu'elle était avec lui.

Sans rien dire, elle le prit par la main et commença de monter l'escalier. Sur le palier, il lui lâcha la main. Elle se retourna et le découvrit en train d'enlever sa chemise, le visage tendu. Il laissa tomber sa chemise et lui prit le visage entre ses mains, les doigts enfoncés dans ses cheveux, pour l'embrasser.

Elle adorait la façon dont Russ l'embrassait, sa façon de se concentrer sur sa bouche, la curiosité de sa langue, la possessivité de ses lèvres, cette impression qu'il lui donnait de vouloir l'absorber tout entière. Son baiser était chargé de désir, de passion, de besoin et d'urgence, mais il contenait aussi une compréhension, une intimité nouvelles.

Maintenant, après ce qu'ils s'étaient dit, après la façon dont ils se touchaient, ils ne pouvaient plus nier qu'ils avaient une relation.

Elle s'écarta et jeta son pull dans l'escalier avec sa chemise. Il ne sourit pas ni ne rit, mais se pencha en avant pour lui déposer un baiser sur le ventre. Puis il fit remonter sa langue le long de son buste jusqu'au-dessous de son sein. Il en coûta vraiment à Laura de monter jusqu'au second, de lui tourner le dos alors qu'elle savait qu'il la regardait.

Toutefois, il fallait qu'ils arrivent jusqu'à sa chambre. Elle aimerait mieux faire l'amour dans son lit que sur la moquette, et il leur fallait des préservatifs.

Il monta avec elle, une main sur ses fesses, ce qui la déséquilibrait mais surtout faisait courir des flammes dans tout son corps. Il avait de grandes mains maladroites avec les boutons et les baguettes des repas chinois qu'ils s'étaient fait livrer à plusieurs reprises ; mais quand elles la touchaient, elles étaient parfaites, habiles, possessives.

Ils s'arrêtèrent devant la porte de sa chambre. Russ se déchaussa et retira son jean. Puis il attendit. Laura se déshabilla à son tour en s'appuyant contre le mur. Elle sentait son cœur se gonfler, prêt à éclater.

Elle ôta ses chaussettes qu'elle laissa en boule sur son jean et reprit la main de Russ. Elle le conduisit jusqu'au lit. C'était la première fois qu'elle prenait l'initiative. Il se laissa guider et, à sa demande, s'assit au bord du lit.

Laura avait envie de cela. Elle avait envie de lui, envie de cette nuit où il verrait et sentirait tout ce qu'elle ressentait. Elle avait envie qu'il sache qu'elle était amoureuse de lui.

Elle s'agenouilla devant lui.

Russ ferma les yeux.

Elle lui ôta son caleçon et contempla son érection imposante. Il avait les cuisses musclées, et un intéressant petit grain de beauté à l'aine. Elle déposa un baiser dessus, frôlant au passage son sexe de sa joue.

Russ gardait les mains sur le lit. Elle fut heureuse qu'il ne l'attire pas en avant. Elle voulait faire cela par elle-même, lentement, caresse après caresse.

Elle le prit dans sa main et referma les lèvres sur lui. C'était si bon… Si l'intimité avait un goût, c'était celui-là.

Dans la pénombre de sa chambre éclairée seulement par le clair de lune qui filtrait à travers les volets, elle l'aima de sa bouche et de ses mains, encore et encore, jusqu'à ce qu'elle l'entende respirer avec difficulté. Les pointes de ses seins frottaient contre la couette, attisant son désir. C'est alors que Russ la souleva et l'amena contre lui pour poser sa bouche avide sur la sienne.

Il lui donna un préservatif et s'allongea sur le dos pour la laisser diriger. Elle eut un peu de mal à l'ouvrir, et elle s'interrompit pour ôter son soutien-gorge et sa petite culotte. Mais à aucun moment elle n'hésita. L'ombre lui cachait le visage et les yeux de Russ. Cependant, elle sentait son regard sur elle. Elle se souleva un peu pour lui enfiler le préservatif tout en le caressant. Il palpita de plaisir dans sa main.

Puis elle le prit en elle.

Les seins plaqués sur son torse, les mains de part et d'autre de sa tête, elle se mit à osciller sur lui. Il restait immobile. Il la laissait lui faire l'amour. Puis il se mit à lui caresser les fesses par petites touches légères. Il avait la bouche près de la sienne mais ils ne s'embrassaient pas. Ils respiraient ensemble.

Il souleva les hanches pour les unir plus étroitement, pour presser le centre du plaisir de Laura contre sa peau brûlante, et elle se laissa emporter par la vague en laissant échapper de petits gémissements dans lesquels elle mettait tout son cœur et toute son âme.

Russ la tint contre lui et l'immobilisa, puis pénétra plus loin en elle et l'ébranla quand il jouit à son tour en lui mordillant la lèvre.

Laura reposait sur lui, les yeux fermés, la joue sur son épaule. Elle entendait son cœur battre violemment dans sa poitrine. Elle sentait ses doigts qui se promenaient sur son dos.

Il se mit alors à former des lettres sur sa peau comme il l'avait déjà fait. Elle se cramponna à lui. Elle voulait ces mots, elle en avait besoin. Ils la touchaient profondément.

Je t'aime.

Ces mots lui disaient ce qu'elle avait besoin de savoir.

Russ sentit Laura se raidir sur lui. Sa respiration tremblait. Elle bougeait nerveusement les doigts le long de ses côtés. Son poids lui faisait une très agréable couverture et lui tenait chaud. Il avait fallu qu'il lui dise ce qu'il ressentait. Il fallait qu'elle sache que, quoi qu'il puisse arriver hors de cette chambre, il l'aimait. De tout son cœur, du mieux de ce qu'il avait à offrir.

Pour aussi longtemps qu'elle voudrait de lui.

Elle leva la tête de sa poitrine. Dans la pénombre, il ne distinguait que la peau claire de son menton et la touche de couleur de sa lèvre inférieure.

Lorsqu'elle lui répondit « Moi aussi, je t'aime » de cette façon de parler silencieuse, muette qu'elle avait parfois, il l'entendit avec une parfaite clarté. Rien ne lui avait jamais paru aussi beau.

Ce ne fut pas la lumière du jour filtrant à travers les volets qui réveilla Russ. Ce ne fut pas non plus Ferris installé sur sa poitrine.

Non, ce fut une voix de femme aiguë et perçante, qui n'était pas celle de Laura. Cependant, le cerveau embrumé de sommeil, il n'arrivait pas à comprendre pourquoi il entendait la voix d'une autre femme.

Il se força à ouvrir les yeux.

Il découvrit une femme d'âge moyen qui se tenait dans l'encadrement de la porte, son jean à la main. Elle s'étranglait de surprise.

Ce devait être Mme Wilkins, devina-t-il. La mère de Laura.

Elle n'aurait pu tomber plus mal.

Il se tourna pour regarder Laura. Elle dormait comme une bienheureuse sans avoir conscience de ce qui se passait, les cheveux en désordre, une marque d'oreiller sur la joue gauche. Hélas, on ne voyait pas que son visage. La couette qui avait glissé découvrait ses fesses nues. Lui trouvait cela adorable, mais ce ne devait pas être vraiment du goût de sa mère.

— Madame Wilkins ? s'enquit-il quand il fut évident que la pauvre femme ne savait que dire.

— Oui.

La mère de Laura porta la main à la gorge. Il découvrit un énorme caillou à son annulaire et des ongles manucurés.

— Et vous êtes… ? demanda-t-elle.

Elle ne paraissait pas en colère. Elle semblait plutôt sur le point de défaillir. Pourtant, elle se raccrochait courageusement à la politesse.

Russ avait bien conscience du côté gênant de la situation. Surtout de la sienne, d'ailleurs, car il était nu.

— Je m'appelle Russ Evans, madame. Je suis un ami de Laura.

Elle devait s'en douter, puisqu'ils étaient nus dans son lit. Il fut tenté de recouvrir Laura, mais il craignait d'attirer l'attention de Mme Wilkins, au cas peu probable où elle n'aurait pas remarqué les fesses de sa fille.

— Je pense que ceci est à vous ? dit-elle en soulevant son jean avant de se racler la gorge. Hmm… je vais vous laisser… Je ne savais pas que Laura avait de la visite. J'aurais dû la prévenir que je rentrais plus tôt que prévu.

Elle plia son jean et le posa sur le dossier d'un fauteuil recouvert de tissu fleuri. Puis elle sortit de la chambre sans se retourner et referma doucement la porte derrière elle.

— Seigneur… fit Russ dans un soupir en se frottant les yeux.

Il n'avait pas été surpris par la mère de sa petite amie depuis le lycée. Fallait-il réveiller Laura pour la prévenir ? Il décida de la laisser dormir tranquille, pour l'instant.

Il voulait parler à sa mère de la sécurité de la maison et de l'importance de ne laisser entrer aucun inconnu, même pour l'entretien.

Cinq minutes plus tard, il appelait Ferris qui sauta du canapé avec enthousiasme. Il lui ferait faire sa gymnastique plus tard. Mais le chat ne l'entendait pas de cette oreille. Il se mit à miauler et à lui donner des coups de patte sur la jambe. Ils avaient pris l'habitude d'un jeu quand Russ se levait. Il faisait pendre une ficelle de la poche arrière de son jean et courait dans les longs couloirs, Ferris bondissant pour essayer de l'attraper. C'était une sorte de jogging.

Peu à peu, ils commençaient à s'entendre, à se respecter mutuellement. Il aurait préféré ne pas jouer avec Ferris ce matin, de crainte que Laura se réveille avant qu'il ait pu parler à sa mère. Tant pis.

— Allez viens, mon gros, dit-il en se tapant sur la cuisse et en sifflant pour faire comprendre au chat qu'il était prêt.

Puis il déroula lentement la ficelle et l'agita de droite et de gauche, si bien qu'il la manquait à chaque fois.

— Il faut être un peu plus rapide que ça, le taquina-t-il en riant.

Il se mit à courir dans le couloir. Sur ses talons, Ferris sautait après la ficelle.

Il s'arrêta net et le regarda glisser et tenter de se rattraper à l'aide des griffes de ses pattes arrière. Ce n'était pas idéal, songea Russ avec une grimace en entendant le raclement sur le parquet. Il laissa le chat jouer avec la ficelle quelques instants, puis descendit l'escalier au petit trot. Ferris sautait régulièrement sur la rampe ; sans son gros ventre, il aurait été gracieux.

Au rez-de-chaussée, ils tournèrent à angle droit et faillirent percuter la mère de Laura.

— Mon Dieu ! Qu'est-ce que vous faites ? s'étonna-t-elle.

Russ pila net.

— Nous jouons, répondit-il.

Il laissa retomber sa main, et Ferris en profita pour bondir sur la ficelle.

— On aurait cru qu'un troupeau d'éléphants descendait l'escalier, fit Mme Wilkins avec un petit rire en jouant avec sa boucle d'oreille en diamant.

— Désolé.

Quelle classe, Evans, se morigéna-t-il intérieurement. On te confond avec un troupeau d'éléphants…

— Ce n'est pas grave, assura-t-elle. Je n'ai pas l'habitude qu'il y ait une telle *activité* dans la maison. Et je n'ai jamais vu Ferris se déplacer aussi vite, ajouta-t-elle en regardant le chat d'un air curieux. Que lui avez-vous fait ? Vous lui avez promis une double ration de thon ?

Il tira sur la ficelle, de façon à faire faire un saut de trente centimètres à l'animal.

— Non. Nous avons seulement décidé que notre relation serait différente de celle qu'il a avec Laura. Je refuse d'écouter ses pleurnicheries et il a découvert qu'il aimait bien jouer.

— Il a perdu du poids ? s'enquit Mme Wilkins, stupéfaite, en se penchant pour examiner le chat de plus près.

— Possible. Nous avons beaucoup couru.

— Bon, dit-elle en émettant un rire un peu nerveux mais amusé. Venez dans la cuisine. Voulez-vous du café ?

— C'est du noir ? s'inquiéta-t-il.

— Absolument. Il n'y a que cela pour bien commencer la journée.

Un point pour Mme Wilkins.

— Alors avec plaisir.

La mère de Laura portait un pantalon noir et un pull gris clair. C'était une femme séduisante aux cheveux encore blonds coupés au carré. Dans une trentaine d'années, Laura lui ressemblerait sans doute, songea-t-il.

— Écoutez, dit-il tandis qu'elle sortait deux tasses d'un placard, je suis désolé que vous nous ayez trouvés comme cela. Nous ne voulions pas être irrespectueux ; seulement, nous ne savions pas que vous rentriez.

— Je m'en suis rendu compte, répondit-elle avec un rire un peu étranglé. Comment m'avez-vous dit que vous vous appeliez ? Excusez-moi, j'étais un peu déstabilisée, je n'ai pas retenu votre nom.

— Russ. Inspecteur Russ Evans, de la police de Cleveland.

Elle servit le café, les lèvres pincées. Il n'avait aucune idée de ce qu'elle pensait.

Elle lui tendit une tasse et, soudain, lui sourit.

— Ravie de faire votre connaissance. Je m'appelle Beverly Wilkins, mais vous pouvez m'appeler Bev, puisque je vous ai vu nu.

Russ rit, mais il était un peu angoissé. Pourvu qu'il ne rougisse pas… D'ailleurs, elle ne l'avait pas vu complètement nu : le drap le couvrait. Non ? En tout cas, elle prenait cela plutôt bien. Ce n'était pas tous les jours que l'on trouvait sa fille au lit avec un homme.

— Ne soyez pas gêné, le pria-t-elle, même si Dieu sait que moi, je le suis. Laura est adulte. En réalité, je suis plus surprise que fâchée. J'ai toujours voulu qu'elle sorte un peu, qu'elle rencontre des garçons, mais cela n'avait pas l'air de vraiment l'intéresser. On dirait que je me trompais.

Russ avala la moitié de son café en cherchant l'inspiration. Que répondre ? Il s'appuya au comptoir.

Bev en fit autant, à l'autre bout de la cuisine.

— Je peux me permettre de vous demander comment vous avez rencontré Laura ? Cela doit faire un petit moment, pour que vous soyez aussi ami avec Ferris.

En prenant mille précautions pour ne pas l'inquiéter, il lui fit un rapide résumé de son enquête sur Dean et de la façon dont Laura y était mêlée.

Il ne parvint pas à la ménager suffisamment, car elle pâlit et crispa les doigts sur sa tasse jusqu'à avoir les jointures blanches.

— Ô mon Dieu... Laura est très confiante, vous savez.

— Ne vous en faites pas. Nous contrôlons la situation.

Ce n'était pas tout à fait vrai mais il faisait de son mieux. Et il ne laisserait personne faire de mal à Laura. Cela, il pouvait le promettre.

— Je ne le laisserai pas la toucher, dit-il. Vous avez ma parole.

Il ne lui raconta pas qu'il avait surpris Dean sous la fenêtre de la cuisine. Il ne voulait pas l'inquiéter plus qu'il ne l'avait déjà fait. Laura lui en parlerait si elle le souhaitait.

— C'est sérieux, entre ma fille et vous ? demanda Bev en inclinant la tête sur le côté.

Cette question le mettait mal à l'aise. Cependant, si la situation était inversée, il la poserait sans doute.

— Très, répondit-il donc.

Bev se retint de sauter de joie, de faire la roue dans la cuisine. Certes, elle n'en savait pas assez long sur cet homme pour juger s'il était celui qu'il fallait à Laura ou non. Mais le fait que sa fille sorte avec quelqu'un suffisait à la transporter.

Elle avait été encore plus contente d'apprendre qu'il était officier de police. Elle ne voyait pas Laura avec un homme d'affaires coincé. Il lui fallait un homme qui ait les pieds sur terre, un homme viril. De ce côté-là, elle n'avait pas de souci à se faire. Elle posa sa tasse de café en s'efforçant de chasser de son esprit l'image de son torse musclé. Cela ne se faisait pas de reluquer le petit ami de sa fille, elle le savait bien.

Il faut dire qu'il était beau garçon, songea-t-elle. Laura était bien la fille de sa mère ; elle avait très bon goût.

— Nous nous voyons depuis presque un mois, dit-il. Je... euh... en général, je ne reste pas la nuit entière.

Il rougissait ! nota Bev en cachant son sourire derrière sa tasse. C'était trop mignon.

— J'ai un frère de treize ans dont j'ai la garde, ajouta-t-il. Il faut que je sois chez moi pour lui.

Mignon, respectueux des lois et responsable, pardessus le marché. De mieux en mieux.

Elle n'aimait pas l'idée que Laura surfe sur Internet et corresponde avec des inconnus, mais par chance, il ne lui était rien arrivé de mal. Elle n'avait pas rencontré l'escroc, il ne lui avait rien volé. Mieux, cette histoire lui avait permis de faire la connaissance de ce bel inspecteur.

— Bien, dit-elle. Ma sœur est remise de son opération de la hanche, donc je vais rester à la maison. Il faudra simplement que nous fassions preuve de discrétion.

Il hocha la tête.

— Vous voudrez bien parler à Laura de sécurité, à la maison et en ligne ? Je sais bien qu'elle est adulte, mais je voudrais qu'elle n'oublie pas qu'il ne faut pas ouvrir aux inconnus ni donner de renseignements personnels sur Internet, qu'il faut qu'elle se serve du système d'alarme de la maison et fasse preuve de bon sens.

Bev se demanda s'il ne lui cachait pas quelque chose.

— Oh, répondit-elle, je veux bien le lui dire mais elle ne m'écoute pas. Elle me trouve cynique. Cela dit, elle n'est pas idiote. Elle ne se promènerait pas seule à minuit dans une ruelle sombre. À mon avis, elle fait confiance à l'envers, si je puis dire. Moi, je n'accorde ma confiance aux gens qu'une fois qu'ils s'en sont montrés dignes. Laura leur accorde la sienne jusqu'à ce qu'ils lui fournissent une raison de ne pas le faire.

Au fil des ans, sa fille lui avait donné des cheveux blancs – qu'elle se faisait teindre une fois par mois. Bev savait au fond que Laura était meilleure qu'elle. Quand elle regardait sa fille, elle était emplie de fierté devant la jeune femme généreuse et intelligente qu'elle était devenue. N'empêche qu'elle se faisait beaucoup de souci pour elle.

— C'est l'une des raisons pour lesquelles elle est si merveilleuse, remarqua-t-il en fixant sa tasse.

— Je le sais. Parfois, je me dis qu'elle est comme cela parce qu'elle voit ce que les gens disent mais ne l'entend pas. Elle n'a jamais eu à entendre la cruauté, la laideur de paroles chargées de haine.

— La cruauté se voit et se ressent autant qu'elle s'entend, fit-il valoir. Laura est ainsi parce que vous l'avez bien élevée, et parce que c'est une femme intrinsèquement bonne. L'une des meilleures qu'il m'ait été donné de rencontrer – et je rencontre beaucoup de gens.

Bev regarda son visage mince et buriné tendu par l'émotion. Et elle sut. Elle sut sans l'ombre d'un doute que Russ était amoureux de sa fille.

Ça alors, songea-t-elle. Elle devrait s'absenter plus souvent...

— Russ, c'est du café que je sens ? appela une voix féminine qu'ils reconnurent aussitôt. Tu aurais dû me réveiller.

Laura entra dans la cuisine d'un pas traînant, les yeux encore embrumés de sommeil. Elle portait un peignoir et pas grand-chose d'autre.

Elle hurla.

20

— Ô mon Dieu ! Maman !

Horrifiée, elle regarda sa mère qui sirotait son café calmement comme si de rien n'était. Comme si elle n'avait pas débarqué sans prévenir.

Et comme si elle ne buvait pas ce café avec l'homme avec qui Laura couchait. L'homme en question semblait d'ailleurs parfaitement à l'aise, appuyé au plan de travail, la chemise froissée, les cheveux en désordre. Laura se demanda qui était tombé sur qui le premier. Elle resserra l'encolure de son peignoir en sentant son cou et ses joues s'enflammer.

Hier soir, ils avaient semé des vêtements du rez-de-chaussée au second étage. Sa mère ne pouvait pas ne pas les avoir vus. Seigneur…

— Bonjour, Laura, lui dit-elle simplement. Désolée de t'avoir surprise. Tante Susan se remet si vite que je suis rentrée plus tôt que prévu.

Sa mère traversa la cuisine pour venir l'embrasser sur la joue. Laura lui rendit son baiser machinalement.

— C'est formidable, dit-elle. Je suis ravie que tante Susan aille bien.

N'empêche qu'elle aurait pu lui envoyer un SMS pour la prévenir de son retour.

— Tu as fait la connaissance de Russ ? demanda-t-elle.

Évidemment, songea-t-elle. Ils étaient en train de bavarder en buvant leur café.

— Oui, confirma sa mère. Et pour l'instant, ce que je vois me plaît bien. D'ailleurs, ajouta-t-elle en souriant, j'en ai vu pas mal.

Qu'est-ce que cela voulait dire ? Laura sentit la nausée la gagner.

— Ça va, ma chérie ? s'enquit Russ en s'approchant d'elle.

Non, bien sûr. Elle était morte de confusion et le fait qu'il l'appelle « ma chérie » devant sa mère n'arrangeait rien.

— Très bien, assura-t-elle. J'ai besoin de boire un café, c'est tout.

Et de m'habiller.

Il remplit sa tasse qu'il avait finie et la lui donna. Elle but une gorgée. Il lui pressa tendrement la main.

— Il faut que j'y aille, annonça-t-il. Je dois rentrer avant Sean.

— Bien sûr.

Elle hocha la tête, heureuse que ses larges épaules l'abritent du regard curieux de sa mère.

— Je passe te prendre à huit heures ?

Elle hésita, sans trop savoir pourquoi. À l'évidence, sa mère savait déjà qu'ils sortaient ensemble.

— D'accord.

— Ne parle pas aux gens que tu ne connais pas, lui répéta-t-il. Ne va nulle part seule.

— Et je n'accepterai pas de bonbons d'inconnus, promit-elle d'un ton taquin en levant les yeux au ciel. J'ai compris.

— Je ne plaisante pas, répliqua-t-il en lui secouant un peu la main. C'est très sérieux.

— Je sais.

N'empêche que s'il n'avait pas été si mignon, il l'aurait exaspérée.

Il acheva de l'empêcher de lui en vouloir en plongeant les yeux dans les siens d'un air sincère et en chuchotant :

— Je t'aime.

Le cœur de Laura fit un bond dans sa poitrine.

— Moi aussi, je t'aime.

Sur quoi il partit, et elle se retrouva en tête à tête avec sa mère.

Sa mère qui s'était sorti une tranche de melon, s'était installée à table et feuilletait un magazine de décoration.

— Eh bien, dit-elle en levant la tête pour que Laura puisse voir ses lèvres, je constate que tu ne t'es pas ennuyée, en mon absence.

La jeune femme s'assit en face d'elle et tordit ses cheveux en chignon.

— Tu es en colère contre moi ?

— En colère contre toi ? répéta sa mère, visiblement étonnée. Mais pourquoi ?

— Parce que…

Parce qu'elle couchait avec Russ, tiens.

— Laura Anne, tu es adulte. Je suis ravie que tu sortes avec quelqu'un.

Laura n'y comprenait rien.

— Je pensais que tu n'aimais pas cela. Tu cherchais toujours à me décourager quand je m'intéressais à un garçon.

— Je n'aimais pas que tu amènes à la maison les parasites que tu fréquentais au lycée. Ces chiens perdus que tu voulais aider et remettre dans le droit chemin. C'étaient des losers, purement et simplement. En revanche, le fait que tu sortes avec des hommes qui ont un emploi rémunéré et te traitent bien ne me pose aucun problème. Au contraire.

Dire qu'elle le découvrait maintenant. Après six ans de célibat. D'accord, cela n'aurait rien changé. Elle n'aurait pas plus eu le courage de sortir, de rencontrer des hommes par elle-même. Jusqu'à ce que l'ennui et la solitude finissent par la pousser à bavarder en ligne avec Russ. Russ qui n'était d'ailleurs pas Russ.

— Ah, fit-elle simplement.

— Je suis navrée si tu as cru que je ne voulais pas que tu aies de petit ami. Ce que je voulais, c'était que tu fasses le bon choix. Mais l'essentiel, pour moi, c'est que tu sois heureuse. Alors si Russ Evans te rend heureuse, eh bien, je le suis aussi. Tu sais, Laura, ajouta-t-elle en posant sa fourchette, j'ai commis beaucoup d'erreurs dans ton éducation.

— Non, pas du tout ! s'exclama Laura.

Le choc lui fit reposer sa tasse si brusquement que le café gicla sur la table.

— Si, assura sa mère. Tu vois, quand nous avons découvert que tu avais presque complètement perdu l'ouïe, j'ai eu très peur de ne pas être à la hauteur. Comme j'étais angoissée et perturbée, j'ai trouvé plus facile de me contenter d'écouter les conseils des médecins qui nous disaient quoi faire. Ils m'ont dit que pour que tu réussisses dans la vie, il fallait que nous t'apprenions à parler. C'était l'opinion la plus répandue, à l'époque. Et je me suis dit que ces gens étaient des experts et qu'ils savaient ce qu'il y avait de mieux à faire.

Laura hocha la tête. Elle comprenait cela.

— Ils nous ont dit qu'apprendre le langage des signes risquait de gêner ton apprentissage de l'anglais. Comme l'idée de ne pas pouvoir communiquer avec ma propre fille si tu n'apprenais pas à parler ne me disait rien, j'ai suivi ces conseils. Mais je n'ai jamais cessé d'avoir des doutes, de me poser des questions, d'essayer d'anticiper. Du coup, je t'ai fait commencer à apprendre la langue des signes à dix ans, tout en poursuivant tes cours de parole et en continuant de t'intégrer dans la vie scolaire normale. Je crois que nous n'avons fait que compliquer les choses. Et toute cette tension, toutes mes craintes ont fini par te gagner. Je t'ai rendue prudente et timide, alors que tu n'avais pas de raison de l'être.

Les regrets qui se lisaient sur le visage de sa mère lui firent de la peine.

— Maman, tu m'as très bien élevée. Tu m'as transmis des valeurs solides. Si je suis prudente, ce n'est pas ta faute. Et je suis heureuse, même si je suis un peu insatisfaite en ce moment. J'aspire à autre chose dans ma vie, mais je ne sais pas très bien à quoi. En tout cas, je sais que je finirai par l'obtenir, conclut-elle en pressant affectueusement la main de sa mère.

Bev posa son autre main sur celle de Laura.

— Moi aussi, je sais que tu l'obtiendras, affirma-t-elle. Je suis très fière de toi. Ton père l'était aussi, et il le serait encore.

Russ passait la prendre dans cinq minutes, mais cela faisait trois jours que Laura n'avait pas consulté ses e-mails. Outre de nombreux spams, elle avait un long message de Michelle qui lui parlait de son bébé et un de Catherine.

Elle cliqua sur ce dernier et faillit tomber de son fauteuil.

`J'ai couché avec Jerry,` disait son amie. `Et je n'avais rien bu.`

Elle n'en disait pas plus. Ce n'était pas nécessaire. Mon Dieu !

Elle ne comprenait pas ce qui poussait ces deux-là l'un vers l'autre. On ne pouvait imaginer deux êtres plus différents, opposés même. Ils se tapaient mutuellement sur les nerfs, mais ils semblaient avoir trouvé un terrain d'entente : le lit.

Elle avait hâte d'en parler à Russ, songea-t-elle, encore stupéfaite de cette nouvelle. Elle avait hâte qu'il lui en dise plus long sur Jerry, pour qu'elle sache à qui Cat avait affaire. C'est alors qu'elle avisa un message qu'elle n'avait pas remarqué. Il s'agissait d'un courriel qui n'avait pas abouti et qui lui revenait.

Un clic lui apprit que c'était son dernier e-mail à Dean. On lui indiquait que ce compte n'existait pas.

Ce compte existait encore il y a trois jours, s'étonna-t-elle en se mordillant l'ongle de l'index. Elle correspondait avec Dean depuis près de trois mois. Il s'agissait peut-être d'une erreur du serveur.

Elle renvoya le message, vérifia sa coiffure dans le miroir de sa coiffeuse et se mit du gloss sur les lèvres. Quand elle se retourna vers son écran, le courriel lui était déjà revenu.

Dean avait donc bien fermé son compte. Intéressant.

Il y a une semaine, Russ aurait sans doute haussé les épaules, pensant que l'affaire était en train de faire long feu. Elle savait que maintenant, en revanche, cela l'intéresserait beaucoup. Maintenant qu'il avait surpris Russ sous la fenêtre de la cuisine.

Elle frémit. Malgré ce qu'elle lui avait dit, cette idée lui faisait peur. La nuit dernière, blottie contre lui, elle s'était sentie parfaitement en sécurité. Désormais, seule avec sa mère, elle était moins rassurée.

Toutefois, si Dean avait fermé son compte e-mail, peut-être avait-il quitté la ville. Peut-être avait-il changé de terrain de chasse.

Si cela se trouvait, ce n'était même pas Dean que Russ avait vu dans le jardin. C'était sans doute le plus angoissant. Au moins, elle savait qui était Dean : un petit arnaqueur, pas un violeur ni un assassin.

Elle chassa résolument ses craintes et se pencha sur son clavier pour répondre à Catherine. Elle comptait ponctuer son message de beaucoup de points d'exclamation et d'émoticônes quand son ordinateur se déconnecta.

Zut ! Elle tenta de se reconnecter. En vain. Frustrée, elle lança son antivirus sans plus de résultat. Lundi, son fournisseur d'accès allait entendre parler d'elle !

Elle demanderait à Cat d'appeler pour elle. Elle savait mieux faire valoir ses droits que la mère de Laura, et puis elle savait comment fonctionnait un ordinateur, ce qui aidait.

Le voyant s'alluma sur son bureau. Russ était arrivé. Elle mit de côté sa contrariété ; elle s'occuperait de cela après le week-end.

Pour l'instant, elle avait un policier craquant à embrasser.

— Cinq.

— Cinq ? répéta Laura incrédule en regardant Catherine. Cinq ? En une journée ?

Deux ou trois, d'accord. Mais cinq ? Elle serait à ramasser à la petite cuiller, si Russ lui donnait cinq orgasmes en une nuit.

D'ailleurs, Catherine n'avait pas l'air enchantée.

Adossée au comptoir, elle mâchait vigoureusement une bouteille de cola.

— C'est dingue, non ? J'ai trouvé le partenaire sexuel idéal – et c'est un abruti. Qu'est-ce que j'ai fait de mal ? J'ai dû faire quelque chose de terrible pour avoir un si mauvais karma.

Laura aurait plutôt mis cela sur le compte des hormones que sur celui du karma. Elle regarda autour d'elle pour s'assurer que personne ne les écoutait. À deux heures de l'après-midi, le magasin était vide.

— Comment est-ce arrivé ? lui demanda-t-elle. La semaine dernière, tu en étais à le frapper avec un sac de sous-vêtements.

— Ce soir-là, il est passé chez moi. Il a sonné et j'ai commis l'erreur de lui ouvrir. Une minute plus tard, j'étais en train de prendre mon pied sur le canapé, raconta-t-elle en secouant la tête. Je ne comprends pas. C'est comme si je ne me connaissais pas moi-même. Je suis une vraie hypocrite !

Elle reprit rageusement un bonbon. Malgré le drame qu'elle en faisait, Laura commençait à trouver cette histoire plutôt amusante.

— Quel rapport y a-t-il entre coucher avec Jerry et être hypocrite ? s'enquit-elle.

— Les hommes comme lui sont bornés et sexistes. Je ne supporte pas ses vannes nases. Pourtant, je ne peux pas m'empêcher de le toucher.

John s'approcha. Catherine brandit une autre bouteille de cola dans sa direction.

— Tiens, lança-t-elle, si j'étais normale, si je n'étais pas une répugnante hypocrite excitée, je serais attirée par John. Mais ce n'est pas le cas.

— Pas même un tout petit peu ? demanda l'intéressé d'un air amusé.

— Non, répondit Cat en haussant les épaules. Désolée.

— Pas grave, dit-il en se penchant pour chercher quelque chose sous le comptoir. Tu ne m'attires pas non plus.

— Cela dit, poursuivit-elle, Jerry ne m'attire pas. Enfin, l'homme qu'il est ne m'attire pas. C'est seulement quand il me touche. Si ça se trouve, n'importe quel homme aurait le même effet sur moi en ce moment. Je suis peut-être à un pic de ma sexualité.

Laura n'y croyait pas vraiment.

Catherine poussa John du bout de sa Converse noire.

— Dis, John, tu veux bien me toucher pour qu'on voie ce qui se passe ?

Laura se mit à rire. Cat exagérait, quand même. Le pauvre John se releva vivement et recula d'un bon mètre en tendant les bras devant lui pour se protéger.

— Euh… je ne crois pas, Cat. Il faut que nous travaillions ensemble.

— Tu as raison, concéda-t-elle dans un soupir. De toute façon, ça ne m'aurait sans doute pas plu.

John fit une grimace franchement comique. Il semblait à la fois horrifié et mortellement blessé.

— Eh ! protesta-t-il. Je pourrais te faire aimer ça.

Cat leva les yeux au ciel.

— Oh ! Voilà que j'ai chatouillé ton ego. Les hommes sont si prévisibles…

— Jerry est peut-être plus sympa que tu ne le crois, avança Laura. C'est peut-être pour ça qu'il t'attire.

— Moi, je suis sympa, fit valoir John.

Laura se mit à rire. Cat sembla aussi s'amuser de cette remarque.

— On le sait, repartit-elle.

— Tiens, puisque vous êtes si sympas tous les deux, vous ne voulez pas me rendre un service ?

Laura voulait le leur demander tant qu'il n'y avait personne dans le magasin et qu'ils n'étaient pas trop occupés.

— L'un de vous voudrait bien appeler mon fournisseur d'accès pour voir pourquoi je n'arrive plus à me connecter ?

— Je suis si sympa que je vais faire encore mieux, répondit John en jouant avec le rouleau de papier cellophane qu'il avait sorti de sous le comptoir. Je vais venir t'arranger ça pour que tu ne te fasses pas piquer cent dollars par la hotline.

— Tu saurais rétablir ma connexion ? Je ne sais même pas exactement quel est le problème.

John haussa les épaules d'un air confiant.

— Il doit y avoir un faux contact à l'extérieur au niveau du câble, à cause du vent ou du gel. Ça a dû m'arriver au moins trois fois. Ta maison donne sur le lac, non ?

— Oui, confirma-t-elle.

Pourvu que ce soit aussi simple qu'il le disait. Mais ce n'était pas la première fois que cela lui arrivait.

— Eh bien, si ça ne te dérange vraiment pas... ajouta-t-elle.

Elle s'en voudrait que John perde deux heures à essayer de réparer son ordinateur pour rien. Elle pourrait peut-être lui offrir une pizza...

— Non, ça ne me dérange pas du tout, assura-t-il en souriant. Ça m'a l'air plus facile que de satisfaire Catherine sexuellement.

— Tu ne le sauras jamais, répliqua celle-ci en lui donnant une tape sur la poitrine.

21

Trevor examina la chambre de Laura avec intérêt.

La décoration luxueuse et discrète, la parfaite disposition des meubles, le léger désordre : tout lui confirmait ce qu'il croyait savoir de Laura. Elle était la douceur même.

Ce qui jouait en sa faveur.

Le moment était venu de passer à l'action.

Il ouvrit le tiroir du bureau et le fouilla. Il trouva un livre de poche, un appareil auditif, une pince à cheveux et un petit tube de crème pour les mains.

La chambre et la maison étaient plongées dans le silence. L'oreille tendue pour guetter les bruits qui pourraient venir d'en bas, il tira le clavier de l'ordinateur vers lui. Sa messagerie était déjà ouverte. Il n'eut donc aucun mal à lire ses e-mails. Il trouva la confirmation d'une commande passée sur un site de vente de livres. Son numéro de carte bancaire figurait sur le reçu.

— Merci, ma belle…

Il inscrivit le numéro sur son agenda électronique.

Il ne découvrit rien d'autre d'intéressant dans ses e-mails. Rien qui puisse l'aider à identifier le type qui lui avait couru après. Ce devait être le nouveau petit ami de Laura. Il se remit donc à fouiller dans son bureau. Il trouva un classeur dans le tiroir du bas. En l'ouvrant, il sut que c'était ce qu'il cherchait. Il contenait ses factures, tous ses papiers d'identité et l'acte de propriété de la maison.

Cinq minutes plus tard, il avait enregistré tout ce qu'il lui fallait. Numéro de sécurité sociale, numéros de comptes, numéro de permis de conduire. Il prit aussi une feuille d'impôts.

— Tu es vraiment une bonne fille, Laura, fit-il avec un sourire satisfait. Tout est si bien rangé, si bien classé... Je suis désolé d'avoir à te faire ça.

Il aurait voulu Laura d'une façon différente, mais il allait devoir se contenter de son argent. Au fond, c'était la solution la plus pragmatique.

S'il voulait s'envoyer en l'air en vitesse, il y avait toujours Jill pour l'instant. Et quand il serait dans les Caraïbes grâce aux dollars de Laura, il parviendrait bien à attirer une fille du coin dans son lit.

Avec Laura, il n'aurait pas eu envie de s'envoyer en l'air en vitesse, cela dit. Elle le fascinait. Sans raison particulière ni logique, il la voulait. À cause d'elle, il prenait des risques inutiles ; il fallait que cela cesse.

L'argent durerait plus longtemps que le bizarre intérêt qu'il portait à une sourde.

Il voulait quitter cette ville pourrie pendant qu'il était encore temps.

Entendant un bruit de pas dans l'escalier, il s'empressa de ranger le classeur et de repousser le tiroir. Il ferma sa messagerie et cliqua pour établir la connexion.

— John ? dit-elle en entrant dans sa chambre avec deux verres. Tu as soif ? Je t'ai apporté un Coca.

— Merci.

Il se leva et tapota sa poche pour s'assurer qu'il avait bien son agenda électronique.

— Alors, demanda-t-elle en lui tendant un verre, c'est sans espoir ? Eh ! Mais il est connecté ! s'écria-t-elle après avoir regardé son ordinateur. Comment as-tu fait ?

Il avait rebranché le fil qu'il était venu arracher dans son jardin l'autre soir.

— C'était bien ce que je pensais, mentit-il. Le décodeur derrière la maison était ouvert et le câble s'était débranché. Ce doit être le vent. Je l'ai rebranché et je me suis assuré que tout marchait avant de te donner de faux espoirs.

Par la même occasion, il s'était donné le temps de fouiller dans son ordinateur et son bureau.

— Génial !

Elle prit la souris et fit quelques clics pour s'assurer que cela fonctionnait vraiment.

Trevor regarda la courbe de ses hanches. C'était quand même dommage qu'il n'ait pas le temps de la mettre dans son lit.

— Merci mille fois, dit-elle en lui souriant. C'est vraiment gentil de t'être occupé de ça. Tu m'as évité bien des embêtements.

— Pas de problème.

Il but une gorgée et reposa son verre.

— Bon, il faut que j'y aille.

Il avait du travail. Il avait de l'argent à voler et un billet de car à acheter. Dommage qu'il ne puisse pas prendre l'avion. Mais les transports aériens étaient trop surveillés. Ce ne serait pas prudent.

— Eh bien, merci encore. Je te vois demain ?

— Non, je ne travaille pas demain. Je ne reviens pas au magasin avant jeudi.

— C'est mon jour de congé, alors à samedi.

— Super.

Il lui fit le sourire d'enfant de chœur qu'elle attendait.

— Je te raccompagne, John. Tu es vraiment trop gentil d'être venu me dépanner.

— Je t'assure que ça ne m'a pas dérangé du tout.

Laura appuya sur le bouton de l'interphone du collège de Sean et attendit en se rongeant les ongles. Elle ne comprenait pas pourquoi le collège avait appelé au magasin pour lui dire à elle que Sean avait des ennuis. Et elle comprenait encore moins qu'un garçon aussi adorable se soit battu. Elle ne connaissait pas grand-chose aux rébellions des adolescents. Pour sa part, elle ne s'était jamais vraiment révoltée et avait toujours évité les conflits avec les autres élèves.

Mais Sean luttait pour faire face à la mort de ses parents, et Russ et lui n'avaient pas encore fini de roder leur vie commune. Elle pensait que Russ devrait cesser de ne s'intéresser qu'aux résultats et rechercher les raisons de la mauvaise conduite de Sean. Car se battre à l'école, c'était bien une mauvaise conduite.

Pour savoir quand on lui aurait ouvert, elle n'avait pas d'autre solution que de laisser la main sur la poignée et de tirer la porte toutes les quelques secondes. Lorsqu'elle s'ouvrit, Laura pénétra dans un long couloir sinistre et se dirigea vers les bureaux.

Une secrétaire la fit entrer dans la salle d'attente devant le bureau du principal, où elle découvrit Sean affaissé sur un siège, l'air indifférent. Il avait du sang séché sur la lèvre et un œil au beurre noir.

— Sean !

Il lui dit bonjour en langue des signes, puis regarda derrière elle.

— Vous ne pouvez pas parler dans le dos de Laura, madame, dit-il. Elle est sourde.

Laura se retourna pour voir la secrétaire rougir de gêne.

— Oh, je vous prie de m'excuser, madame Evans. Je ne savais pas… Je disais seulement que j'allais avertir M. Henry que vous étiez là.

Après ce « madame Evans », elle ne lut plus rien sur ses lèvres. Elle regarda Sean, stupéfaite.

— Désolé, dit-il toujours en langue des signes.

— Tu peux, oui, répliqua-t-elle de la même manière.

Elle ne put s'empêcher de toucher doucement la peau bleuie et gonflée sous son œil.

— Ça fait mal ? s'inquiéta-t-elle.

— Non, répondit-il en faisant la grimace.

— Qu'est-ce qui s'est passé ? demanda-t-elle en s'asseyant à côté de lui.

Il avala difficilement sa salive et frappa du poing sur l'accoudoir de son fauteuil, mais ne dit rien. Elle haussa un sourcil insistant.

Il se redressa.

— Ces salauds, ils s'en prenaient à ce gamin, Darren, qui est trisomique. Ils étaient vraiment méchants, Laura. Je leur ai dit d'arrêter. Alors il y en a un qui m'a dit de foutre le camp et il a poussé Darren. Du coup, je l'ai poussé. J'en ai plaqué un au sol et j'ai cassé le nez d'un autre avant qu'ils me collent au mur, raconta-t-il en haussant les épaules. Trois contre un, c'est injuste.

Ce fut au tour de Laura d'avaler sa salive avec difficulté. Seigneur ! Que faire ? Son cœur lui criait que Sean avait bien agi, d'autant qu'elle savait ce que cela faisait d'être harcelé à cause de sa différence. Mais se battre était mal. Sean était censé travailler pour remonter ses notes, se faire des amis et s'adapter à sa nouvelle école ; se battre ne l'aiderait en rien.

Il ne fallait pas se servir de ses poings pour résoudre les conflits. Mais comment pourrait-elle affirmer qu'il avait eu tort de défendre un plus faible ?

Elle choisit de botter en touche pour l'instant.

— Pourquoi m'ont-ils appelée, moi, et pas ton frère ? Et pourquoi croient-ils que mon nom de famille est Evans ?

Sean eut la décence de rougir légèrement.

— Je savais que Russ péterait un plomb. J'aime autant qu'il le fasse à la maison. Alors je leur ai dit que Russ et toi, vous étiez mariés. Je savais que tu viendrais.

Sa lèvre ensanglantée s'arqua en un sourire. Il était satisfait d'avoir vu juste.

— Ah, fit-il en regardant vers la gauche, on peut y aller.

Il se leva. Laura s'efforça de ne pas être trop contente qu'il se soit tourné vers elle lorsqu'il avait eu des ennuis. Elle lui mit la main sur l'épaule et le fit avancer alors qu'il devait mesurer dix centimètres de plus qu'elle. Pour la première fois peut-être, elle comprenait la difficulté de la situation entre les deux frères. Leur différence d'âge n'était pas suffisante pour qu'ils aient établi une relation paternelle avant la mort de leurs parents ; cependant, Sean était trop jeune pour prendre les décisions qui le concernaient tout seul.

Il avait vraiment besoin d'être guidé, il avait besoin de règles, de limites, mais il ne respectait pas l'autorité de son frère.

Cependant, maintenant, elle comprenait toute la difficulté de la tâche de Russ, ses doutes, son découragement.

Le principal était un homme d'une quarantaine d'années net et soigné qui portait une cravate à fleurs. Il lui tendit la main en souriant.

— Merci d'être venue si vite, madame Evans. Je suis David Henry, le principal.

Elle trouvait que Mme Evans sonnait très bien. Néanmoins, elle faillit dire la vérité au directeur en lui serrant la main. Mais elle commit l'erreur de regarder Sean.

— Non, fit-il en langue des signes. S'il te plaît…

Elle commençait de regretter qu'il l'ait si bien apprise.

— D'accord, concéda-t-elle. Très bien.

Elle regrettait aussi de se laisser faire si facilement.

Le principal les observait attentivement. Elle se força à lui sourire.

— Je vous prie d'excuser Sean, monsieur, dit-elle. Si j'ai bien compris, il a pris la défense d'un élève handicapé que trois autres garçons attaquaient.

M. Henry ouvrit de grands yeux surpris. Il considéra longuement Sean, qui était affaissé sur sa chaise et tambourinait du bout des doigts sur son genou.

— Ce n'est pas ce qu'il m'a dit, répondit-il.

Malgré le frisson d'inquiétude qui la parcourut, elle tint bon. Sean lui avait dit ce qui s'était passé, elle le croyait.

— Que vous a-t-il dit ? s'enquit-elle.

— Rien, en fait. Il a refusé d'en parler.

Cette réponse lui redonna confiance. Sean ressemblait à Russ, sur ce point. Il n'aimait pas attirer l'attention sur ses bonnes actions.

— Eh bien, il m'a raconté que ces trois garçons s'en prenaient à un élève trisomique. Comment s'appelle-t-il déjà, Sean ?

Il lui épela le prénom, mais refusa toujours de regarder le principal.

— Ah, oui. Il s'appelle Darren, enchaîna-t-elle. Quand ces garçons l'ont poussé, Sean est intervenu. J'ai bien conscience qu'il est inacceptable de se battre à l'école pour quelque motif que ce soit, et je suis sûre que son frère estimera qu'il doit être puni. Mais il me semble qu'il faut prendre en considération le fait qu'il ne soit pas à l'origine de cette bagarre, et qu'il ait voulu défendre un autre élève.

M. Henry s'appuya au dossier de son siège et se mit à tapoter son bureau de son stylo.

— Il faudrait peut-être que je convoque Darren pour lui demander ce qu'il se rappelle. J'aimerais bien croire Sean, et j'ai conscience que les trois autres garçons impliqués ne sont pas des anges. Cependant, Sean n'est pas un élève modèle non plus. N'est-ce pas, Sean ?

Ce dernier se contenta de hausser les épaules.

— Absentéisme, jurons, mauvaises notes… énuméra-t-il. Il m'est difficile de lui accorder le bénéfice du doute.

— Eh bien, le faites pas. Je m'en fous, contra Sean en le regardant dans les yeux d'un air de défi.

— Sean ! s'exclama Laura en lui touchant le bras, horrifiée.

Mais il haussa seulement les épaules.

— Merci d'avoir essayé, Laura, mais il ne te croira jamais. Il m'avait déjà jugé avant que j'entre.

Laura avait beau penser que c'était sans doute vrai, pour être tout à fait honnête, elle comprenait aussi le point de vue du directeur. Sean n'avait rien d'un élève modèle. Certes, il avait fait des progrès mais il avait un an de mauvaises notes et de mauvaise conduite à rattraper.

— Écoutez, fit le principal, j'ai dit que je parlerais à Darren. Les autres ont déjà été exclus deux jours et je pensais en faire autant pour Sean. Mais si la version de Darren concorde avec la sienne, il n'aura que des heures de retenue.

— Je peux rentrer, maintenant ? demanda Sean.

— Dès que ton frère sera là, répliqua M. Henry.

À ces mots, Sean se redressa d'un coup.

— Pourquoi l'avez-vous appelé ?

Laura n'était pas ravie de cette nouvelle non plus. Il n'apprécierait sans doute pas qu'elle se fasse passer pour sa femme.

— Parce que son nom et celui de ta grand-mère sont les seuls qui figurent sur le formulaire des personnes à prévenir en cas d'urgence, et c'est le seul qui soit assez près pour venir te chercher ici. Désolé, ajouta-t-il à l'adresse de Laura, mais je ne peux pas vous laisser emmener Sean dans la mesure où M. Evans ne l'a pas autorisé explicitement.

— Je comprends parfaitement, assura-t-elle.

M. Henry et Sean regardèrent tous deux derrière elle. M. Henry afficha un sourire aimable, Sean se renfrogna encore et une lueur d'inquiétude passa dans son regard. Laura prit une profonde inspiration, se retourna et vit Russ entrer dans le bureau. Il avait l'air tendu et tenait encore ses clés de voiture à la main.

Mais il s'arrêta net quand il la vit.

— Qu'est-ce que tu fais là, Laura ?

Il se tourna vers M. Henry. Elle en fit autant et saisit la fin de sa phrase.

— ... pensait que nous ne pourrions pas vous joindre, alors il nous a demandé d'appeler votre femme.

Russ plissa les yeux et regarda tour à tour Sean et Laura. Lorsqu'il s'assit à sa droite, elle n'essaya même pas de lire sur ses lèvres. Elle n'était pas sûre de vouloir savoir ce qu'il disait.

Au lieu de cela, elle tapota le bras de Sean et lui adressa un sourire rassurant. En réponse, il esquissa lui aussi un demi-sourire et, avec les doigts, épela le mot « abruti » avant de tourner le pouce vers M. Henry.

— Arrête, le réprimanda-t-elle en langue des signes.

Elle se retourna vers M. Henry.

— Dès que j'aurai parlé à l'autre élève, disait-il, je vous contacterai pour vous faire part de ma décision.

Le principal se leva et Russ en fit autant. Ils se serrèrent la main, puis Russ effleura le bras de Laura.

— On y va.

— Oh, l'arrêta M. Henry. Pendant que vous êtes là, voulez-vous que nous ajoutions votre femme aux personnes autorisées à emmener Sean ?

— Non, répliqua-t-il en secouant la tête.

Sa réponse fut si brusque que le principal cligna des yeux.

Laura ne s'était pas attendue à ce qu'il dise autre chose, puisqu'elle n'était pas sa femme et ne le serait jamais. Pourtant, cette froide déclaration lui fit mal. Ils saluèrent rapidement M. Henry, puis sortirent du bureau et se dirigèrent vers le parking.

Sean marchait lentement en enfilant son blouson. Plus ils approchaient de la sortie, plus il traînait les pieds comme s'il savait ce qui l'attendait. Laura n'était pas loin de ressentir la même chose. Russ avait l'air très, très en colère.

— Monte dans la voiture, ordonna-t-il à son petit frère quand ils arrivèrent sur le parking.

— Pourquoi ?

— Parce que je te le dis !

Sean attrapa les clés qu'il lui lançait et s'éloigna en grommelant.

— Russ, calme-toi, lui conseilla Laura.

S'il continuait ainsi, il allait anéantir tous les progrès qu'ils avaient faits avec Sean ces dernières semaines.

— Je ne veux pas me calmer ! Et je veux que tu arrêtes de le dorloter.

Laura en resta bouche bée. Les mots lui manquaient pour se défendre.

— Je sais parfaitement pourquoi Sean t'a appelée. Il savait que tu croirais les salades qu'il te raconterait et qu'il s'en tirerait sans punition. Il savait qu'il pourrait te manipuler.

Une rage amère et froide s'empara d'elle.

— Je ne suis pas idiote, Russ. Je sais quand quelqu'un dit la vérité et quand il ment. Sean a besoin d'autre chose de toi que ta colère et tes punitions. Il a besoin de ta compréhension.

— Qu'est-ce qu'il y a à comprendre ? Que c'est un petit voyou égoïste qui est en train de ficher en l'air sa vie ?

— Non ! Il veut que tu comprennes qu'il déteste cette école, qu'il n'y a pas d'amis, qu'il veut retourner à Lakewood, expliqua-t-elle.

— Je comprends cela, mais je n'y peux rien. Il va bien falloir qu'il s'y habitue. Il faut qu'il essaie, fit valoir Russ en se massant le front.

Laura lui prit la main et sentit combien il était tendu. Elle s'interdit d'être blessée qu'il ne presse pas la sienne en retour.

— Il pourrait peut-être retourner à son ancienne école, si tu donnais mon adresse comme lieu de résidence.

Tant que Russ ne comprenait pas que Sean avait perdu non seulement ses parents, mais aussi sa maison et ses amis, les deux frères seraient dans une impasse.

— Ça pourrait aller pour l'instant. Ce serait seulement la galère parce qu'il faudrait que je le conduise tous les matins. Mais ce ne serait qu'une solution provisoire. Qu'arriverait-il si nous cessions de nous voir, Laura ? Il lui reste encore quatre ans et demi de collège et de lycée, alors il ferait mieux de s'habituer à sa nouvelle école.

Qu'il puisse dire avec une telle désinvolture, comme si c'était joué d'avance, que leur relation n'avait pas d'avenir et que cela ne semble pas vraiment l'affecter, la brisa.

Elle dut pousser un cri de détresse car il eut soudain l'air contrit.

— Je suis désolé. Ce n'est pas ce que je voulais dire.

— Si, contra-t-elle en lui lâchant la main et en écartant ses cheveux de ses yeux qui la brûlaient, je crois que c'est précisément ce que tu voulais dire. J'ai reçu le message cinq sur cinq : tu veux que je sorte de la vie de Sean. Je ne suis qu'une nouveauté, c'est ça ?

Ce fut comme si elle l'avait giflé.

— Tu sais que ce n'est pas vrai. Je t'aime.

— Mais pas assez pour croire que cela puisse durer. Pas assez pour croire que je puisse tenir à Sean.

— Je suis réaliste, c'est tout...

Russ laissa sa phrase en suspens. Il se frotta la joue. Il avait l'air frustré, têtu... et si mignon.

Laura savait qu'il fallait qu'elle s'en aille avant de dire quelque chose de vraiment pitoyable et mesquin.

— Fais quelque chose pour moi, Russ. Assieds-toi, parle avec ton frère et écoute-le vraiment. Tu risques d'être surpris de ce qu'il a à dire.

Sur quoi elle tourna les talons et s'éloigna, les larmes aux yeux. Elle espérait qu'il ne chercherait pas à la rattraper, et en même temps elle en mourait d'envie.

Il ne le fit pas.

22

— Bon sang ! maugréa Russ en regardant Laura s'éloigner.

Cela ne s'était pas passé du tout comme il le voulait.

Il n'avait jamais eu l'intention de passer la frustration que lui inspirait Sean sur Laura. Il savait qu'elle cherchait à l'aider, mais il se sentait tellement nul de ne pas être capable de s'occuper d'un gamin de treize ans…

Quand il avait compris que Sean s'était d'abord tourné vers Laura, cela lui avait fait mal. Sean et Laura partageaient un certain nombre de choses : leur petite complicité, les devoirs, les cours de langue des signes. Du coup, Russ se sentait mis à l'écart. Lui n'avait droit qu'aux insolences de Sean et à son mauvais caractère.

Lorsqu'elle avait suggéré qu'il se serve de son adresse pour lui permettre de retourner à son ancienne école, il avait été consterné. Prétendre qu'il avait les moyens d'habiter Edgewater était risible, mais surtout, cela lui avait fait toucher du doigt ce que ce serait d'être marié avec Laura.

Il serait comme un homme entretenu, vivant aux crochets de sa femme.

Elle pouvait donner à Sean tout ce qu'il voulait d'un claquement de doigts ; Russ ne le pouvait pas. Il ne pouvait pas lui offrir les amis et l'école qu'il voulait. Il ne pouvait pas lui rendre ses parents. Il ne pouvait même pas lui donner l'amour et l'affection qui étaient nés si spontanément entre Sean et Laura.

Chaque fois qu'il essayait de montrer à son frère qu'il tenait à lui, celui-ci le rembarrait.

Il ouvrit la portière de sa voiture et se rendit compte que Sean avait déjà mis le contact. Il lui jeta un regard accusateur.

— Tu as fait pleurer Laura.

— Non, contra Russ.

Il ne le croyait pas, en tout cas. Elle était en colère, mais elle ne pleurait pas.

— Écoute, tu peux m'engueuler, tu peux me punir, tu peux faire ce que tu veux. Mais ne t'en prends pas à Laura. C'est moi qui l'ai appelée. C'est ma faute.

— Ma relation avec Laura ne te regarde pas.

Russ recula pour sortir de sa place de parking. Si seulement il pouvait revenir en arrière, si seulement il pouvait recommencer cette journée... Cela ne se passait pas très bien au travail. Ils étaient sur une demi-douzaine d'affaires et aucune n'avançait. Et voilà qu'il avait réussi à faire souffrir Laura.

Sean ne dit pas un mot pendant les cinq minutes que dura le trajet jusqu'à chez eux. Sans un regard à Russ, il se rendit directement dans la cuisine et ouvrit le réfrigérateur.

Russ trouvait son silence exaspérant. Ne devrait-il pas au moins faire semblant d'être désolé ?

— Alors, demanda-t-il, qu'est-ce qui s'est vraiment passé à l'école ?

— M. Henry te l'a dit.

— Il n'avait pas l'air convaincu que ce soit la vérité.

— Alors qu'est-ce que ça peut faire ? Si je te dis ce qui s'est passé, tu me croiras ? répliqua-t-il en se redressant, un pot de crème au chocolat à la main. Ce n'est pas comme si tu m'écoutais, tu me parlais ni rien.

Qu'est-ce que cela signifiait ?

— Bien sûr que si.
— Non ! Tu ne me laisses pas parler de Laura, tu ne m'écoutes pas quand je te dis que je déteste l'école, et le pire de tout, c'est que tu fais comme si papa et maman n'avaient jamais existé.
Hou là. Temps mort.
— Ce n'est pas vrai.
— Si, c'est vrai. Quand avons-nous parlé d'eux pour la dernière fois ? Chaque fois que j'essaie, tu me dis que nous devons avancer, qu'il ne faut pas rester figé dans le passé. Eh bien, va te faire foutre ! Maman me manque.
La voix de Sean se brisa. Il laissa retomber son menton contre sa poitrine.
Sans même réfléchir, Russ vint à lui.
— Je suis désolé, Sean. Je suis désolé, répéta-t-il en prenant son petit frère dans ses bras. Je sais qu'elle te manque. Moi aussi, elle me manque, si tu savais... Je sais que ça craint pour toi de te retrouver coincé avec moi, mais je voulais seulement faire comme si tout allait bien, comme si *nous* allions bien.
Sean sanglotait en silence. Russ aurait tant voulu pouvoir le soulager d'un peu de sa peine...
Je ne sais pas très bien communiquer, reconnut-il.
— Sans blague.
Sean s'écarta de lui en s'essuyant les yeux. Russ avait beau savoir qu'il avait mérité ce sarcasme, il lui fit mal.
— Ne sois pas si dur, lui dit-il. Je ne sais pas ce que je dois faire. J'avance à tâtons. Je ne me suis même pas rendu compte que je ne parlais pas de papa et maman. Je crois que c'était ma façon de supporter leur perte.
— Eh bien, c'est nul.
Sean renifla, puis il ôta le couvercle de son pot de crème et le lécha.
— C'est nul que tu aies vendu la maison sans m'en parler, ajouta-t-il. Pourquoi as-tu fait ça, Russ ?

Parce qu'il n'avait pas voulu assumer la maison ni les émotions qu'elle soulevait.

— Sur le moment, ça m'a paru la meilleure chose à faire. Je ne pouvais pas la garder. Elle était trop lourde pratiquement et financièrement. Et puis je me suis dit que tu avais besoin d'un nouveau départ.

— Tu aurais dû me demander mon avis. Je ne suis plus un petit garçon, et la maison était à moitié à moi.

Pour la première fois, Russ vit la situation du point de vue de Sean. Non seulement il avait perdu ses parents, mais il avait perdu tout ce qui faisait sa vie depuis sa naissance : sa maison, son quartier, son école, ses copains. Non seulement Russ avait été incapable de faire face à son chagrin, mais il lui avait pris la seule chose qui aurait pu l'aider : la stabilité.

— Tu as peut-être raison, concéda-t-il.

— Tiens, c'est une première. Tu penses que je pourrais avoir raison ?

— Je continuerai à faire des erreurs, Sean…

— Tu m'étonnes, repartit son frère avec un rire un peu tremblant.

— Mais nous devons nous en sortir ensemble, d'accord ? Et je ne peux pas t'aider ni m'améliorer, si je ne sais pas ce qui ne va pas.

Russ attendit. Il espérait de tout son cœur que Sean lui ferait confiance, que cette conversation allait leur permettre de repartir du bon pied, de construire une meilleure relation.

— M. Henry… commença Sean. C'est vrai, ce qu'il a dit. J'ai défendu un gamin que des abrutis harcelaient.

Russ sut que là, il devait lui faire confiance.

— D'accord, dit-il en hochant la tête.

— Et pendant que tu en es à vouloir faire des progrès en communication, tu devrais aller t'excuser auprès de Laura. Je veux même bien retourner dans le monde des couches pour que tu puisses y aller, proposa Sean en plongeant sa cuiller dans la crème au chocolat comme si cette dure journée n'avait en rien entamé son appétit. Et puis, tu devrais peut-être prendre des fleurs ou je ne sais pas quoi en route.

— Merci du tuyau, fit-il avec ironie.

Sean sourit.

— En voilà un autre. Tu devrais te marier avec elle.

— Ah, oui ? Et pourquoi ça ?

— Parce qu'elle est intelligente, gentille et vachement belle. Et parce que c'est la seule qui voudra bien te supporter.

Russ se mit à rire. Il n'était pas loin de croire que Sean était dans le vrai.

— Tu sais, quand j'avais seize ans et que maman m'a dit qu'elle était enceinte, j'ai été gêné. Tu imagines ? Comment dire aux gens que ma mère avait un polichinelle dans le tiroir ? Et puis elle m'a dit que cela faisait quinze ans que papa et elle essayaient d'avoir un autre enfant, parce qu'ils m'aimaient.

— Dur à croire, commenta Sean avec un sourire en coin en léchant sa cuiller.

Russ s'adossa au réfrigérateur et s'efforça d'adopter un ton léger.

— Alors ensuite, poursuivit-il, j'ai été heureux pour elle parce qu'elle était si heureuse. Et tu es né. Quand je suis venu voir maman à la clinique, elle pleurait de joie et je me suis dit : « Normal, je n'ai jamais vu un gosse aussi moche. »

Sean s'étrangla de rire.

— Attends, tu étais rouge-violet et recouvert d'un truc blanc comme le glaçage d'un beignet.

— Aïe.

— Tu avais les yeux pleins d'eau et une drôle de bosse sur la tête. Mais maman pleurait parce qu'elle était heureuse. Parce qu'elle avait eu exactement ce qu'elle voulait : un autre fils.

Russ regarda son petit frère qui était déjà à moitié adulte.

— Et puis au bout d'un moment, tu es devenu moins moche, précisa-t-il.

— Dommage que je ne puisse pas en dire autant de toi, repartit Sean en lui frappant sur le bras.

Alors Russ sut qu'ils allaient y arriver. Ils allaient sortir de cette crise.

Il se rendit dans le salon.

— Où tu vas ? s'étonna Sean.

— Je monte au grenier fouiller dans les cartons. J'ai envie de regarder les albums de photos de maman. Tu viens avec moi ?

— Ouais.

Jerry roula sur le dos et chercha à reprendre son souffle. Il devait être trop vieux pour cela. Catherine le tuait.

Déjà, elle faisait remonter ses doigts le long de sa cuisse, en direction de son sexe qui n'avait même plus la force de faire un petit sursaut. Il lui prit la main avant qu'elle ne s'expose à une déception.

— Pas encore, lui dit-il. Donne-moi cinq minutes.

Elle était insatiable. Il adorait cela. Avec Pam, le sexe avait toujours été politique. Elle s'en servait pour le contrôler, et il fallait toujours que ce soit comme *elle* voulait.

Alors que Catherine avait envie de lui, point. Ils se voyaient et trente secondes plus tard, ils se déshabillaient. Il n'y comprenait rien, mais il n'allait certainement pas s'en plaindre.

Cat lui mordilla l'épaule.

— Trois, dit-elle. C'est tout ce que tu auras.

— Pff... d'accord.

Il fit semblant de soupirer et lui donna une tape sur les fesses.

Elle avait un corps magnifique, malgré les trucs bizarres qu'elle lui avait fait subir. Il ne comprenait pas qu'elle se soit fait faire tous ces tatouages et ces piercings. Cela dit, il était forcé de reconnaître que suivre le contour de ses cinq tatouages du bout de la langue ne manquait jamais de l'exciter.

Et puis, quand elle était entièrement nue, quand elle dévoilait son corps longiligne, les tatouages ne couvraient pas tant que cela sa peau claire. Ces derniers jours, elle avait enlevé la chaîne qui lui barrait le visage, ce qui lui avait fait plaisir, mais elle s'était complètement teint les cheveux en noir. Et il savait que ce n'était pas sa couleur naturelle.

Il se mit à caresser paresseusement la toison blonde de son sexe.

— Tu ne devrais pas la teindre aussi en noir ? suggéra-t-il. Ce serait assorti.

Elle lui mordit l'épaule.

— Jerry, c'est tellement mieux quand tu ne parles pas.

— Quoi ? Mais je ne plaisante pas. C'est une question légitime et très sérieuse.

Selon lui, ce contraste était plutôt bizarre.

— Chut, fit-elle, un doigt sur les lèvres. Chut…

Jerry s'agaça légèrement.

— Quoi ? protesta-t-il. Je n'ai pas le droit de parler ? Je ne suis qu'un objet sexuel, pour toi ?

En parlant de cela, il sentait déjà son désir se réveiller…

Cat avait les seins sur son torse et une jambe en travers des siennes, si bien qu'il sentait un peu de la chaude moiteur entre ses cuisses. La lampe déposait une douce clarté sur sa peau. Elle avait mis un disque de blues très sexy.

Comment résister à ces attaques ?

— Et alors ? Les hommes traitent les femmes comme des objets sexuels depuis des millénaires.

Bon sang ! Il avait déclenché une de ces tirades féministes dont elle avait le secret.

— Alors qu'est-ce que tu veux, Cat ? Que je sois ton esclave sexuel ?

Il la taquinait, mais il n'était pas sûr d'être si loin que cela de la vérité. Il ne s'en plaignait pas vraiment – enfin tout de même, il avait des sentiments !

— Non, répondit-elle. Peut-être de temps en temps, mais pour rire.

Elle le regardait en plissant les yeux, comme elle le faisait toujours lorsqu'elle n'avait pas ses lunettes.

— Ce que je veux, ajouta-t-elle, c'est que tu me traites comme une égale. Que tu me parles comme tu parlerais à un homme.

Elle ne l'écoutait pas, ou quoi ?

— C'est ce que je fais, protesta-t-il.

— Ah bon ?

Elle s'écarta un peu de lui, l'air étonné.

Jerry tendit le bras pour lui caresser le sein. Il voulait l'avoir de nouveau contre lui.

— Mais oui. Mon éducation m'a poussé à ne pas traiter les femmes comme les hommes, à prendre plus de précautions avec elles. J'ai appris à faire attention à tout ce que je disais et faisais, et à espérer que cela ne se retournerait pas contre moi. À m'attendre que les femmes soient toujours en colère après moi.

Elle l'écoutait avec attention, maintenant. Elle s'était rapprochée de lui pour blottir son téton dans sa main.

— Mais toi, enchaîna-t-il, je te dis les choses comme elles sont. Je te dis ce que je pense. Et contrairement à d'habitude, je ne bride pas non plus mon désir. J'ai toujours cru que le sexe à l'état brut faisait peur aux femmes.

— Pas à moi, dit-elle avec enthousiasme en commençant de le caresser.

— J'ai remarqué...

— Donc, tu es vraiment honnête avec moi ? Tu me traites absolument comme une égale ?

Il n'y avait jamais vraiment pensé de cette façon, mais, oui, c'était le cas.

— Oui, confirma-t-il. Je t'assure. Par exemple, je peux te dire que tu as une drôle de dégaine et je sais que ça ne te mettra pas dans tous tes états. Je n'oserais jamais dire ce genre de chose à une autre femme.

Il ne plaisantait pas complètement. La plupart du temps, Catherine avait l'air vraiment bizarre avec ces trucs qu'elle s'accrochait au visage. Il ne comprenait pas pourquoi elle éprouvait le besoin de se défigurer avec tous ces piercings, alors qu'elle était plutôt jolie.

Elle serra son sexe dans sa main, un peu plus fort que nécessaire pour l'exciter.

— Eh, attention, mon vieux. N'exagère pas.

Elle se mit à rire et desserra les doigts. Si elle voulait qu'il lui dise la vérité, qu'il soit toujours franc, il fallait qu'elle soit capable de l'écouter sans se mettre en colère.

— Tu n'aimes pas mes piercings ? s'enquit-elle.

— Pas ceux sur ton visage. Je les trouve gênants. Pas tant ceux de ton sourcil et de ton nez, mais sur ta lèvre, ce n'est pas terrible, je trouve. J'ai l'impression que tu es plutôt jolie sous tout ça, mais c'est dur à dire.

Catherine ne savait toujours pas trop ce qu'elle lui trouvait mais en tout cas, il la faisait rire. Il n'avait rien des artistes lunatiques avec lesquels elle sortait d'habitude. Elle n'avait jamais à essayer d'anticiper ses réactions.

Elle n'était pas près d'enlever les anneaux qu'elle avait à la lèvre pour lui faire plaisir. Mais elle avait envie de le taquiner un peu. Il n'y avait pas de réelle motivation derrière ses tatouages et ses piercings. C'était plutôt que, une fois qu'elle avait commencé, elle n'avait pas pu s'arrêter. Au début, elle avait fait cela pour s'amuser, pour se distinguer des autres. Mais ces derniers temps, elle commençait de se trouver un peu vieille pour cela. À vingt-quatre ans, c'était cool et branché. Maintenant qu'elle allait vers la trentaine, elle n'en était plus aussi sûre.

Cependant, elle portait ces piercings depuis si longtemps qu'elle ne savait même plus à quoi elle ressemblait sans.

— Je te propose quelque chose... pour chaque anneau que j'enlèverai de mon visage, j'en remettrai un ailleurs.

— Tu peux les enlever ? s'étonna-t-il. Tu ne vas pas te retrouver avec des trous partout ?

Il passa le doigt sur les trois anneaux qu'elle avait à la lèvre.

— Les trous se refermeront au bout d'un moment, et on ne pourra plus deviner que j'ai eu des anneaux.

— Et il te reste un endroit pour en mettre ? Tu en as déjà partout.

— Non, corrigea-t-elle, pas partout.

Elle lui lécha l'oreille et lui murmura une suggestion pour un nouveau piercing.

Il laissa échapper un grondement d'excitation.

— Mince, alors. C'est possible d'en mettre un là ?

— Oh, oui...

Elle trouvait cela excitant rien que d'y penser. Elle imaginait la langue de Jerry jouant avec un anneau doré sur ce point précis de sa féminité.

— Tu sais, Catherine, tu commences à vraiment me plaire, dit-il en la retournant sur le dos.

Elle émit un petit gémissement proche du soupir.

— Tu n'es pas si mal, toi non plus, reconnut-elle.

23

Jill aurait dû s'en douter. Au fond, peut-être l'avait-elle toujours su.

Les hommes comme Pete Trevor ne tombaient pas amoureux de filles comme elle. De filles ordinaires qui avaient peut-être certains traits intéressants, mais qui ne faisaient pas d'effet particulier. Les filles qui n'avaient pas l'avantage de l'argent, de la beauté ou d'une grande intelligence devaient se débrouiller comme elles pouvaient dans la vie.

C'étaient souvent des filles généreuses et méritantes, mais elles n'attiraient pas l'attention des gens beaux.

Pete faisait partie de cette catégorie, et Jill n'avait jamais vraiment cru l'avoir conquis.

Elle ne s'était pas trompée.

Elle ne savait pas trop ce qui l'avait poussée à commencer à le suivre. Peut-être sa façon d'entrer et sortir. Ou le secret dont il entourait son ordinateur. Ou le fait qu'il n'ait apporté ni meubles, ni linge, ni rien quand il avait emménagé avec elle. Pete proposait toujours de bonnes excuses à tout cela. Toutefois, à un moment donné, elle s'était dit que c'était peut-être trop beau pour être vrai.

Dans la réalité, Pete Trevor ne pouvait pas être amoureux d'elle.

Alors elle s'était mise à le suivre.

Elle se gara sur un parking, regarda la valise sur le siège du passager et ravala ses larmes.

Lorsqu'elle avait découvert que Pete n'était pas consultant en informatique comme il le lui avait dit, mais travaillait dans un magasin de bonbons, elle avait été troublée. Sa première pensée avait été qu'il avait perdu son emploi. Il devait être gêné de lui avouer quel emploi il avait accepté pour joindre les deux bouts.

Plus tard, elle avait réussi à entrer dans sa messagerie, une nuit, pendant qu'il dormait, et elle avait trouvé quelques e-mails suppliants d'une femme qui s'appelait Laura et qui voulait le voir. Ces messages laissaient entendre qu'ils avaient une relation. Une relation qui s'achevait manifestement, puisqu'elle lui demandait si elle avait fait quelque chose qui l'avait blessé, si quelque chose n'allait pas, quand ils pourraient se voir…

Jill aurait pu croire qu'il s'agissait d'une ex. Sauf qu'il gardait ses courriels. Et puis il y avait dans sa façon de le supplier, de mendier, presque, quelque chose qui lui faisait penser à sa propre attitude au point qu'elle en avait eu honte, qu'elle en avait été mortifiée. Et qu'elle avait éprouvé le besoin de continuer à le suivre. Cette fois, elle avait découvert qu'il passait beaucoup de soirées à se glisser dans le jardin d'une belle maison d'Edgewater. Des recherches au cadastre lui avaient appris que cette maison appartenait à une femme du nom de Laura Wilkins.

Son côté faible avait voulu attendre qu'il rentre du travail pour l'affronter, lui dire tout ce qu'elle savait sur lui. Mais son côté fort, celui qu'elle avait presque oublié, savait que ce serait un désastre. Si elle laissait Pete revenir chez elle et qu'ils parlaient, il lui faudrait moins d'une heure pour démonter ses arguments et lui faire croire tout ce qu'il disait.

Non, c'était mieux ainsi. Elle voulait recouvrer sa dignité. Elle ouvrit la portière et sortit, tirant la valise derrière elle.

Trevor s'amusait énormément. Laura lui avait offert un déjeuner pour le remercier d'avoir réparé son ordinateur. Ils mangeaient des sandwichs dans la pièce du fond et bavardaient. Lui s'efforçait de ne pas éclater de rire. Il lui avait volé près de trois cent mille dollars et elle l'invitait à déjeuner !

C'était trop drôle.

En sortant du magasin de bonbons tout à l'heure – par chance, il n'y remettrait jamais les pieds – il prendrait le car de Chicago et de là, il descendrait dans le Sud. Il ne verrait plus jamais un flocon de neige ni un marshmallow.

Il avait tout laissé chez Jill, sauf son ordinateur. Il se fichait pas mal de ses vêtements ; elle n'avait qu'à les garder. Il s'en achèterait de nouveaux avec les cinq cents dollars qu'il avait piqués sur sa carte de crédit ce matin.

— Alors ça va, avec ton nouveau petit ami ? lui demanda-t-il.

Il était toujours curieux, même si cela n'avait plus d'importance.

Cette petite hypocrite de Laura eut le culot de rougir.

— À vrai dire, nous nous sommes disputés hier. J'espérais qu'il passerait chez moi hier soir, mais il ne l'a pas fait.

La pauvre… Un instant, Trevor eut envie de rester la réconforter, mais il savait qu'il était temps de partir. Ce n'était qu'une question de jours, de semaines au plus, pour qu'elle découvre qu'il avait ouvert une ligne de crédit en se servant de sa maison comme garantie et qu'il avait retiré toute la somme.

— Il a peut-être besoin d'un peu de temps pour se calmer, suggéra-t-il. Comment s'appelle-t-il, déjà ?

Trevor but une gorgée de son thé glacé à la framboise et jeta un coup d'œil dans le magasin. Ils avaient laissé la porte ouverte, parce que Catherine était seule pour s'occuper de la clientèle du samedi.

Un instant, il crut entendre une voix familière. Il avait dû rêver.

— Russ, répondit Laura. Russ Evans. Enfin, au point où nous en sommes, ça n'a pas grande importance.

Trevor se retourna brusquement et la regarda. Russ Evans. Le nom qu'il avait emprunté ? Le flic ? Comment était-ce possible ?

Alors qu'il était encore bouche bée de cette nouvelle, Cat passa la tête dans l'entrebâillement de la porte.

— John, lui demanda-t-elle, tu peux venir ? Il y a une femme qui fait une scène. Elle affirme que son petit ami travaille ici. Je lui ai dit qu'il n'y avait que toi, mais il n'y a rien à faire pour la calmer.

Trevor se leva, mais il n'eut pas le temps de dire quoi que ce soit. Jill avait suivi Catherine jusqu'à la porte.

— Te voilà ! s'écria-t-elle. Je savais que tu étais là !

Aïe. Il était coincé. Il ravala un juron et évalua Jill d'un coup d'œil. Ses cheveux s'échappaient de sa queue-de-cheval. Elle avait le visage marbré et les yeux rouges. Elle avait oublié un bouton en fermant son chemisier.

Tout en essayant de comprendre comment elle l'avait trouvé et ce qu'elle faisait là, il réfléchit au moyen d'éviter un désastre.

— Jill, ma chérie, dit-il avec un regard inquiet, qu'est-ce qu'il y a ? Qu'est-ce qui t'a mise dans cet état ?

La sale ingrate lui lança sa valise, qui heurta le bras de Laura avant qu'il la rattrape au vol.

— Allons, Jill, tu as fait mal à Laura. Calme-toi.

Il posa la valise sur sa chaise et prit sur lui pour ne pas s'énerver. Il avait choisi Jill, il l'avait comblée d'attentions, lui avait témoigné de l'affection, lui avait donné du plaisir au lit sans jamais se plaindre de sa radinerie. Et maintenant, elle venait semer la pagaille.

— Laura ? répéta Jill, furieuse, en se tournant vers l'intéressée qui se rapprochait de la porte en se frottant le bras. Tu l'as appelée Laura ?

Trevor plissa les yeux. Comment pouvait-elle connaître le nom de Laura ? En temps normal, il aimait bien la jalousie des femmes mais là, le moment était mal choisi.

— Traînée ! jeta Jill en crachant sur Laura avant de se mettre à pleurer.

Elle le frappa quand il voulut la prendre dans ses bras.

— Ne me touche pas, salaud, menteur !

Il se moquait pas mal de ses injures ; en revanche, il était pressé de la voir partir. Plus elle resterait, plus il risquait d'être démasqué. Il garda le ton apaisant de celui qui ne comprenait rien à ce qui se passait.

— Tu veux bien que nous parlions de tout cela à la maison ? suggéra-t-il. Tu viens me faire une scène sur mon lieu de travail, or j'ai besoin de cet emploi, Jill. J'ai besoin de ce salaire.

— Tu ne reviens pas chez moi, contra-t-elle. Je te fiche à la porte. Rends-moi ma clé.

— Ma chérie, tu n'as pas vraiment envie de faire ça. Je ne sais pas ce qu'il y a, mais je suis sûr que ça va s'arranger…

Il n'avait jamais vu Jill dans cet état. Et elle ne savait pas encore qu'il avait tiré du liquide sur sa carte de crédit !

Laura s'apprêtait à sortir de la pièce et refermer la porte derrière elle. Cela convenait bien à Trevor, qui avait peur que Jill lâche quelque chose qu'il ne voulait pas que Laura apprenne.

Sauf que Jill, qui avait repéré sa manœuvre, se précipita vers la porte.

— Ne te donne pas la peine de partir, Laura : c'est moi qui m'en vais. Comme cela, tu l'auras pour toi toute seule.

— John ? fit Laura en le regardant avec surprise.

Merde ! Trevor haussa les épaules comme s'il n'avait aucune idée de ce qui se passait.

— John ? répéta Jill en revenant vers lui. Pourquoi elle t'appelle John ? Tu t'appelles Pete Trevor – ou ça aussi, c'est un mensonge ?

Il était inutile de discuter avec Jill. Elle n'avait plus rien à lui apporter. Il sortit son trousseau de clés de sa poche et détacha celle de son appartement pour la lui rendre. Toutefois, il céda à l'envie de jouer son personnage jusqu'au bout.

— Appelle-moi sur mon portable si tu changes d'avis, Jill.

Dès demain, il ne serait plus en service. Mais quelle importance ?

— Je pensais que tu tenais suffisamment à moi pour avoir au moins une conversation rationnelle, mais je vois que je me suis trompé. Alors maintenant, pars avant que je me fasse virer.

Il lui caressa la main en lui donnant sa clé. Il eut la satisfaction de la sentir hésiter un instant. Puis elle dégagea sa main et sortit en courant, non sans claquer la porte derrière elle.

Bon débarras, songea-t-il. Quelle folle.

Trevor se passa les mains dans les cheveux et émit un rire gêné.

— Désolé, Laura, dit-il.

Laura fit un signe de tête à John. Elle était consternée d'avoir été mêlée à cette scène.

— Reviens finir ton sandwich, la pria-t-il. Je n'ai aucune idée de ce qui a mis Jill dans cet état. En principe, c'est une très gentille fille.

Il ôta la valise de sa chaise pour se rasseoir.

— J'ai dû faire quelque chose qui ne lui a pas plu, conclut-il d'un air gêné.

Laura ne passait pas la meilleure journée qui soit. Elle avait la tête comme prise dans un étau. Elle avait très peu dormi cette nuit. Elle avait attendu des heures que Russ sonne à la porte afin qu'ils puissent parler. Quand il avait été trop tard pour espérer qu'il vienne, elle avait été anéantie.

Elle n'aurait pas dû s'en aller comme cela. Il était en pleine crise avec son frère, et elle avait ajouté à son fardeau en se disputant avec lui. Elle aurait dû laisser tomber et attendre qu'il ait eu le temps de se calmer pour lui proposer d'utiliser son adresse pour la domiciliation de Sean.

Mais elle n'avait pas attendu et depuis, Russ n'avait pas donné signe de vie. Elle aurait voulu rester blottie dans son lit à pleurer. Au lieu de quoi, elle s'était forcée à faire la conversation à John. John qui avait une petite amie très en colère.

Laura tira une rondelle de tomate de son sandwich et la mangea.

— Je ne savais pas que tu avais une petite amie, observa-t-elle.

— Apparemment, c'est fini.

Elle ne connaissait pas très bien John, mais elle travaillait tout de même avec lui deux ou trois fois par semaine depuis un mois. Dans la mesure où il semblait vivre avec cette fille, elle s'étonnait qu'il ne l'ait jamais évoquée.

Bien sûr, cela ne la regardait pas. Et cela n'avait aucune importance. Elle le regarda avaler sa soupe de légumes et éprouva une sorte de malaise.

— Comment se fait-il que ta copine ait eu l'air de savoir qui j'étais ? On aurait dit que tu la trompais avec moi.

John haussa les épaules.

— Elle est très jalouse, expliqua-t-il. C'est une gentille fille mais elle n'a aucune confiance en elle, je ne sais pas pourquoi. Elle m'a déjà suivi ; alors elle m'a peut-être vu chez toi.

— Oh, John... tu aurais dû me le dire ! Je ne t'aurais pas fait venir si j'avais su que cela devait t'attirer des ennuis.

— Ne t'en fais pas, répondit-il en s'appuyant au dossier de sa chaise. Jill se radoucira. De toute façon, je dois quand même pouvoir aider une amie sans qu'elle fasse un scandale.

C'était vrai, n'empêche que Laura s'en voulait toujours d'être la cause de leur rupture.

— On dirait que nous n'avons pas plus de chance l'un que l'autre sur le plan sentimental, ces jours-ci, remarqua-t-elle.

— Alors tu tiens à lui ? À Russ ?

Elle fit oui de la tête en guise de réponse.

John alluma une cigarette, puis il se mit à la dévisager.

— Tu l'aimes, pas vrai ? Ça se voit.

Laura se sentit piquer un fard. Elle était de plus en plus mal à l'aise. Elle trouvait sa question bien personnelle, et même un peu inquisitrice venant d'un simple collègue. D'autant que quelque chose la gênait dans la façon dont John la regardait. On aurait dit qu'il savait quelque chose. Qu'il n'était pas aussi désinvolte, aussi joyeux, aussi gentil qu'elle l'avait cru.

Elle ne dit rien. Elle se contenta de regarder la fumée s'élever autour de son fin visage et de ses cheveux blonds coupés court au-dessus des yeux bleu azur. Il avait un regard bizarre qui changeait tout le temps.

Les paroles de Jill lui revinrent en tête. Elle n'avait pas tout compris parce qu'elle articulait mal et était en colère, mais elle se souvenait qu'elle avait dit quelque chose au sujet de son nom.

— *John ? Pourquoi elle t'appelle John ?*

Sur le moment, Laura était si gênée qu'elle n'y avait pas prêté attention. Mais voyons… qu'avait dit Jill ?

— *Tu t'appelles Pete…*

Pete comment, déjà ? Ah oui, elle se rappelait. Pete Trevor. Trevor Dean.

Ô mon Dieu !

Avant de pouvoir se retenir, elle poussa un petit cri. Et elle sut qu'il savait.

— Tu crois que tu as découvert quelque chose, Laura ?

— Tu es Trevor Dean, fit-elle, stupéfaite.

Non ! se reprit-elle, il ne fallait pas qu'elle lui parle. Il fallait qu'elle fiche le camp d'ici et appelle Russ.

Mais elle se trahit en regardant la porte fermée.

Dean s'en rendit compte et déplaça sa chaise de façon à lui barrer le passage.

Elle était prise au piège.

24

Heureusement pour Russ, ce fut Catherine qui répondit au téléphone au magasin. Il allait pouvoir lui demander des nouvelles de Laura sans paraître idiot.

— Salut, Cat, c'est Russ. Laura travaille, aujourd'hui ?

Il était déjà passé chez elle. Il avait poireauté une demi-heure devant la porte, jusqu'à ce que le voisin vienne lui demander ce qu'il fichait là. Il avait été forcé d'admettre qu'il attendait le retour de Laura.

Après l'avoir examiné attentivement et avoir étudié sa plaque à travers ses lunettes à double foyer, le retraité lui avait dit qu'elle était sans doute au travail ; elle travaillait presque tous les samedis.

Russ savait cela, bien entendu. S'il n'avait pas été dans cet état de panique, il aurait pensé tout seul à se rendre au magasin. Mais il était affolé. Il avait l'horrible impression qu'elle avait rompu avec lui, la veille.

Il avait vécu tant d'années à éviter les relations sérieuses et à répéter qu'il n'était pas prêt, qu'il n'était pas sûr d'avoir bien compris que Laura le plaquait, hier, sur le parking du collège. Il ne savait pas ce qu'il en était.

Sean, du haut de ses treize ans et de son inexpérience en la matière, avait la certitude qu'il s'était fait larguer. Voilà pourquoi Russ faisait le tour de la ville comme un imbécile en quête de Laura, pour s'assurer que tout allait bien. Pourvu que ce soit un simple petit accident de parcours, se répétait-il inlassablement. Pourvu qu'il n'ait pas été envoyé dans le décor...

— Oui, elle est là, répondit Cat. Elle est derrière. Elle déjeune avec John.

— Qui c'est, John ?

Cela ne faisait pas vingt-quatre heures, et elle en était déjà à faire ami-ami avec ce John dans la salle du fond ?

— Du calme, l'arrêta Cat en riant. C'est seulement notre collègue. Il est là depuis un mois et il a une copine. Elle est complètement cinglée, d'ailleurs. Elle vient de faire une de ces scènes...

La jalousie de Russ retomba. Il tourna à gauche en direction du magasin. Il avait pensé demander à Catherine à quelle heure Laura finissait mais, tout compte fait, il avait plutôt envie de la voir sur-le-champ. Il s'écoulerait peut-être des heures avant qu'elle sorte du travail. Il ne supporterait pas d'attendre.

— Quel genre de scène ? s'enquit-il.

— Sa copine lui a jeté une valise à la figure. Elle l'a viré de chez elle. Elle avait l'air de croire qu'il la trompait avec Laura. C'était n'importe quoi.

La jalousie le reprit, plus violente et plus douloureuse encore. Elle lui brûlait les yeux et lui nouait l'estomac.

— Tu te souviens à qui tu parles ? rappela-t-il à Cat. Il ne t'est pas venu à l'esprit que cela ne me plairait pas d'apprendre que quelqu'un soupçonne Laura et un autre type d'avoir une liaison ?

— Oh, arrête, répliqua Cat, moqueuse. On parle de Laura. Il n'y a pas plus honnête ; elle est incapable de tromper. Je pense que la fille s'est mis cette idée dans la tête parce que John est allé chez Laura l'autre jour réparer son ordinateur.

Russ s'arrêta à un feu rouge en fronçant les sourcils.

— Son ordinateur ? répéta-t-il.

D'instinct, il voulut tâter son holster. Comme c'était son jour de congé, il ne le portait pas.

— À quoi ressemble ce John ? Quel âge a-t-il ?

— Une trentaine d'années. Il est blond aux yeux bleus, propre sur lui, mignon, gentil. Mais c'était bizarre... nous ne savions même pas qu'il avait une copine, et voilà que cette hystérique débarque en l'appelant Pete ou je ne sais quoi.

Russ regarda le carrefour. Il était à cinq minutes. Il cala son téléphone sous son oreille et serra les deux mains sur le volant.

— Et la fille, elle ressemblait à quoi ?

En attendant la réponse de Cat, il se sentit envahi par la colère. Il avait mal au cœur.

— Elle était plutôt ordinaire, à vrai dire. Pâle, les cheveux châtains ternes, un peu grosse. Elle était en survêtement, je crois. Pourquoi ? Quelque chose ne va pas, Russ ?

— Appelle Jerry. Dis-lui de venir tout de suite avec son arme et des menottes. Je suis là dans cinq minutes. Quatre, rectifia-t-il quand le feu passa au vert.

— Son arme ? Bon sang, Russ ! Qu'est-ce qui se passe ? Qu'est-ce qu'il faut que je fasse ?

— Ferme le magasin pour ne pas laisser entrer de clients. Et à part ça, essaie de te conduire comme si de rien n'était.

— Ô mon Dieu...

Russ raccrocha afin de pouvoir se servir de ses deux mains pour conduire. Comme si cela devait lui permettre d'arriver plus vite.

— Bavardons un peu, Laura. Il y a des choses que j'aimerais savoir, et j'ai quelques heures à tuer avant de quitter la ville.

Il tira sur sa cigarette.

— Tu quittes la ville ?

Laura était à la fois terrifiée et soulagée. Elle savait qu'elle devrait trouver un moyen de le coincer, de lui soutirer des informations qui pourraient permettre à la police de le retrouver. Mais elle avait l'impression d'avoir du fromage blanc dans le cerveau. Elle ne parvenait qu'à se dire que cet homme mentait tout le temps, à tout le monde. Et qu'il s'y prenait drôlement bien.

Mais il n'avait pas l'air violent. Russ lui avait dit qu'il n'avait jamais fait de mal à personne physiquement. Toutefois, personne n'avait encore découvert son identité. Cela ne devait pas lui faire plaisir.

Il se mit à rire. Oui, à rire.

— N'aie pas l'air si heureuse de me voir partir, lança-t-il. Je pensais que tu t'étais un peu attachée à moi, Laura. Mais avant que je file par la porte de derrière, dis-moi une chose. Comment as-tu su que Russ Evans était Trevor Dean en ligne ?

Elle avala sa salive avec difficulté et crispa la main sur la jambe de son pantalon kaki. Elle ne savait pas trop ce qu'elle devait lui dire, mais il fallait qu'elle dise quelque chose. La vérité. C'était sans doute le mieux.

— Je ne l'ai pas su immédiatement. Mais le soir où nous devions nous retrouver dans ce café, la police t'attendait.

— Ah oui ? J'ai bien fait de te poser un lapin, alors.

— Pourquoi n'es-tu pas venu, d'ailleurs ?

Cela ne lui avait jamais paru logique.

Il fit tomber sa cendre dans l'emballage de son sandwich et croisa les jambes.

— Hmm. Je ne devrais pas révéler tous mes secrets mais je t'aime bien, Laura. Alors disons que mon plan n'était pas que tu rencontres Russ Evans. Je ne me suis servi de son nom que pour te connaître un peu, en apprendre suffisamment sur toi pour voir si tu m'intéressais. J'ai décidé que oui, tu m'intéressais. Alors je me suis fait embaucher ici pour... disons... approfondir cet intérêt que je te portais.

Laura avait la nausée. Dire que tout ce temps il avait travaillé avec elle, il l'avait observée. Il avait vu en elle une proie facile. Même quand Russ lui avait parlé de Trevor Dean, elle avait été à mille lieues de soupçonner John, ou même de vraiment croire qu'un escroc la prendrait pour cible.

Il agita sa cigarette vers elle en faisant semblant de la réprimander.

— Laura Wilkins, tu m'as causé un tas de problèmes. Tu m'as fait enfreindre les règles, tu m'as fait avancer trop près du bord. Cela me met en colère contre toi.

Elle faisait son possible pour rester calme, mais il dut lire la peur sur son visage.

— Oh, ne t'inquiète pas. Je ne vais pas te faire de mal. Ce n'est pas mon style. Mais tu vas m'accompagner dehors par la porte de derrière, et tu n'appelleras pas les flics ni ton petit ami.

Il plongea sa cigarette dans son thé glacé presque vide et froissa le papier de son sandwich. Puis il jeta le tout dans la poubelle, propre et méticuleux comme il l'était toujours.

— Si tu décides d'appeler les flics, cela n'aura aucune importance. Je serai déjà loin. Mais je te punirai en te prenant ce que tu as, Laura. Ton argent, ton héritage, ta maison, tes cartes de crédit : tout. Tu n'auras plus rien, et il te faudra au moins dix ans de conduite irréprochable pour obtenir un prêt de cinquante dollars.

Elle ne parvenait pas à réfléchir. Elle avait les mains moites. Il pensait ce qu'il disait. Elle le voyait, maintenant qu'il ne faisait plus semblant. Il avait le regard cruel, égoïste, vide. Elle se fichait de l'argent. En revanche, la maison était le seul lien qui leur restât, à sa mère et à elle, avec son père.

— Je ne préviendrai pas les flics, John. Trevor. Je ne sais pas comment tu veux que je t'appelle.

— C'est bien ce que je pensais.

Il ramassa sa valise et la secoua un peu.

— J'avais renoncé à ces vêtements, remarqua-t-il. C'est bien gentil à Jill de me les avoir rapportés.

Elle le regarda, horrifiée.

— Tu es vraiment ignoble, laissa-t-elle échapper.

— Allons, n'exagère pas. Je ne suis pas un assassin ni un violeur ni un pédophile. Je ne suis qu'un voleur ; ce n'est pas bien grave. Et puis si tu y penses, sans moi, tu n'aurais jamais rencontré ton bel étalon dont tu ne peux pas entendre le nom sans avoir ces yeux langoureux... C'est vraiment pitoyable. Enfin bref, reprit-il en sortant ses clés de sa poche et en décrochant son manteau de la patère à côté du réfrigérateur. Tu me dois bien un petit quelque chose – je me suis permis de me servir, d'ailleurs. Tu n'as qu'à voir cela comme des frais d'agence matrimoniale.

Laura sursauta si fort qu'elle se cogna les genoux contre la table. Elle ne s'était même pas rendu compte qu'elle reculait instinctivement sa chaise pour s'éloigner de lui.

— Tu veux bien me rendre un dernier petit service ? Demande à Cat d'envoyer ma dernière paie à Jill. Elle pourra peut-être s'acheter un peu de chic.

Quelque chose dans la façon grossière et méprisante dont il dit cela, dont il parla de la femme avec laquelle il avait vécu, la mit hors d'elle.

— Espèce de fumier !

Il haussa les sourcils d'un air surpris.

— Oh, oh, Laura... Je n'attendais pas cela de toi.

Elle se leva. Elle ne voulait pas en savoir davantage. Il n'avait qu'à sortir par-derrière. De son côté, elle allait filer à la banque geler ses comptes et son capital. Cela ne le ferait pas arrêter et elle avait sans doute déjà perdu de l'argent, mais elle s'en fichait pas mal. Tout ce qu'elle voulait, c'était s'éloigner le plus possible de son venin froid et calculateur.

Sauf que la porte s'ouvrit et que Russ passa la tête dans l'entrebâillement.

— Bon sang, tu es vraiment pénible, Laura, fit Dean dans un soupir.

Elle passait à côté de lui, décidée à sortir. D'un mouvement si rapide qu'elle ne put ni l'anticiper, ni réagir, il l'attrapa, lui passa un bras autour du cou et la fit se plier en deux, la tête vers le sol. Elle poussa un cri de surprise. Ses cheveux qui tombèrent devant son visage l'aveuglèrent. La gorge serrée, elle avait du mal à respirer. La panique la prit.

Elle voyait bouger des pieds. Les boots de Russ, et peut-être celles de Cat. Elle sentit la morsure d'une lame contre son côté, à travers son pull, qui la forçait à rester immobile.

— Laisse-le partir, Russ, dit-elle.

Il n'y eut pas de mots, pas de réponse puisqu'elle ne les voyait pas. Rien que des mouvements, la peur et la soudaine certitude que Dean n'hésiterait pas à l'éventrer. Elle ne pouvait pas rester là, penchée en avant, prise au piège du silence. Elle était furieuse que Dean l'ait suivie, qu'il l'ait regardée, qu'il l'ait volée. Et comme si cela ne suffisait pas, maintenant, il avait le culot de la faire se sentir désarmée, de l'effrayer comme une petite brute de cour de récréation.

Sans réfléchir, sans se laisser le temps de se raviser, elle se remémora les gestes que Russ lui avait appris. Elle prit une douloureuse inspiration, le bras de Dean toujours serré autour de son cou, puis elle lui écrasa le pied en même temps qu'elle saisissait à tâtons la braguette de son pantalon si bien repassé. Elle serra de toutes ses forces, de toute son énergie. Elle le sentit se contracter, sentit le couteau lui entamer la peau, et puis il laissa retomber sa main.

Une dernière pression, une dernière torsion de ses testicules lui permirent d'achever de se libérer. Elle le lâcha et avança en trébuchant pour tenter de s'éloigner, quand un coup de poing à la taille la fit chanceler. Des larmes de douleur l'aveuglèrent. Cat la rattrapa et la soutint jusqu'à la porte.

Soudain, Laura se souvint du couteau. Elle eut peur pour Russ. Elle se retourna pour crier, pour frapper Dean, pour protéger Russ par tous les moyens. Devant ce qu'elle vit, elle se plaqua la main sur la bouche.

Russ avait déjà jeté Dean à terre et le frappait. Avec une violence et une fureur qui lui donnèrent la nausée. Il abattait son poing sur lui tandis que Jerry se tenait à côté d'eux et regardait.

Laura ne put supporter ce spectacle. Épouvantée, elle se détourna. Son cœur se soulevait ; la douleur lui tenaillait le côté.

Russ sentit Jerry lui taper sur l'épaule.

— Quoi ? gronda-t-il.

— Il est temps que tu arrêtes, si tu ne veux pas être renvoyé de la police.

Jerry posa le pied sur le ventre de Dean et sortit les menottes.

Russ n'avait pas envie de cesser de frapper cette ordure ; cependant, il savait que Jerry avait raison. Il était déjà allé trop loin. Il aurait du mal à se justifier en disant que Dean avait résisté à l'arrestation ou à plaider la légitime défense. Mais lorsqu'il avait vu le fumier attraper Laura, il avait perdu la tête.

Il n'avait jamais connu une peur aussi forte, aussi profonde, aussi paralysante. Il était resté immobile, incapable de réagir, jusqu'à ce que Laura fasse les gestes d'autodéfense qu'il lui avait appris. Là, il avait été tiré de sa torpeur. Il se jetait sur Dean quand ce salaud avait balancé un coup de poing dans le dos de Laura. Pire, il avait osé la traiter de garce sourde et débile !

Alors Russ avait totalement perdu la tête. Ce n'était pas uniquement parce qu'il s'agissait de Laura. L'idée qu'un homme puisse lever la main sur une femme lui était insupportable. Mais l'entendre en plus insulter la femme qu'il aimait l'avait mis dans une rage dont il ne se serait pas cru capable.

Toutefois, Jerry avait raison. Il fallait qu'il arrête. Il prit une profonde inspiration et regarda avec satisfaction les deux yeux au beurre noir de Dean.

Il le laissa à Jerry et se tourna vers Laura qui avait fermé les yeux. Il lui toucha doucement le bras.

— Laura ? Ça va, ma chérie ?

Elle secoua la tête, mais ouvrit les yeux.

— Je n'ai pas pu regarder, avoua-t-elle.

— Chut… Ça va aller.

Il la prit dans ses bras et la pressa contre lui. Il déposa des baisers sur sa tête en la serrant si fort qu'elle ne pouvait plus bouger. Sa peur commença de se dissiper, mais le laissa tremblant de la tête aux pieds.

— Mon Dieu ! Ne me fais plus jamais peur comme cela…

Il savait qu'elle ne voyait pas ses lèvres, mais cela n'avait pas d'importance. Il lui caressait le dos, les cheveux. Il ferma un instant les yeux.

Quand il les rouvrit, Jerry qui avait lu ses droits à Dean le remettait debout.

— Vous n'avez rien contre moi, jeta ce dernier.

— La ferme, contra Russ. Personne ne te demande ton avis. Tu as besoin d'aide, Anders ?

— Non, répondit Jerry en poussant Dean pour le faire avancer.

L'escroc s'arrêta sur le pas de la porte. Russ fit se détourner Laura pour qu'elle ne voie pas les amabilités qu'il pourrait être tenté de lancer en partant.

— À plus, Cat, dit-il. De toi à moi, j'aurais pu te faire aimer ça.

Catherine fit une grimace de dégoût.

— Tu te prends pour un autre, on dirait.

— Monstre, marmonna-t-il en la toisant de la tête aux pieds.

— Eh ! intervint Jerry en donnant une secousse aux menottes. Personne d'autre que moi n'a le droit de traiter de monstre la femme que je vais épouser.

Russ devait avoir mal compris. Il regarda Jerry, ébahi.

— Tu veux l'épouser ? Qu'est-ce que tu racontes ?

Cat croisa les bras sur la poitrine et haussa les sourcils d'un air interrogateur.

Jerry fit la moue.

— Comme nous venons de vivre des choses un peu dramatiques, je me suis dit qu'il fallait finir sur une note plus gaie…

Russ s'apprêtait à traiter Anders d'imbécile quand Catherine se mit à rire. Laura leva les yeux et tenta de se dégager de son étreinte, mais il ne la lâcha pas.

— Tu es vraiment complètement détraqué, commenta Cat qui s'approcha néanmoins de Jerry. C'est sérieux ?

— Plutôt, oui, répondit-il en souriant. Qu'est-ce que tu en dis ?

Elle se mit à jouer avec l'un des anneaux qu'elle portait à la lèvre.

— Je dirais que… oui, pourquoi pas. Dans un petit moment.

— Vous voulez bien parler de ça plus tard ? se plaignit Dean qui avait l'air de s'ennuyer. Je saigne, moi.

Russ fut tenté de le frapper à nouveau, mais Jerry fut plus rapide.

— Très bien, allons-y, grogna-t-il. Je t'appelle, Cat.

Russ aurait dû suivre Jerry pour s'assurer qu'il faisait monter Dean dans la voiture sans problème et l'accompagner au commissariat. Mais il ne voulait pas quitter Laura. Elle était très calme, immobile, le visage comme un masque de cire, les mains glacées. Il lui frotta le dos et l'embrassa de nouveau dans les cheveux. Fallait-il qu'il reste avec elle, ou qu'il la laisse avec Cat et accompagne Jerry ?

— Vous vous rendez compte ? fit Catherine. J'ai bien l'impression qu'on vient de me demander en mariage tout en procédant à une arrestation… Il a dit qu'il m'appelait, conclut-elle en secouant la tête. Dis-moi pourquoi il me plaît, Russ. Comment se fait-il que je croie même être amoureuse de lui ?

— C'est un type bien.

L'un des meilleurs qui soient. Russ allait développer quand, en caressant le côté de Laura, il sentit une tache humide sur son pull.

Il le souleva et découvrit sa peau blessée par la lame du couteau. Le sang coulait lentement dans la ceinture de son pantalon.

— Mon Dieu ! Cat, appelle les secours.

Il prit le bas de son tee-shirt et l'appliqua sur la plaie pour arrêter le saignement.

— Pourquoi n'as-tu rien dit, lapin ?

Elle se cramponna à son blouson et vacilla légèrement. Elle avait les yeux troubles, le souffle court.

— Je suis sûre que ce n'est pas grave. J'ai juste un peu mal partout et ça me brûle… la taille.

Russ aussi avait mal. Ça le brûlait de l'intérieur. Il donnerait tout, il ferait tout pour qu'elle ne souffre plus. Il sut que s'il lui arrivait quoi que ce soit, il ne le supporterait pas.

25

Russ maudit tous les nids-de-poule en ramenant Laura de l'hôpital. Il n'y avait pas moyen d'y échapper en février à Cleveland. Le salage des routes faisait de grands trous dans l'asphalte, et les équipes de réparation n'interviendraient pas avant avril. Il roulait lentement, mais il ne voulait pas non plus arriver chez elle à minuit. Les grimaces de douleur qu'elle faisait à chaque soubresaut lui déchiraient le cœur.

Aux urgences, le médecin avait assuré que la blessure était superficielle et ne nécessitait qu'une petite suture. Le coup de poing que Dean lui avait assené dans le dos lui avait contusionné les muscles et le rein, mais elle s'en remettrait vite. Elle serait raide et endolorie quelques jours et il n'y paraîtrait plus

La mère de Laura qui les avait rejoints à l'hôpital s'était révélée d'un grand secours. Elle était restée beaucoup plus calme que Russ ne l'aurait imaginé. Bien plus calme que lui, en tout cas.

Il se gara dans l'allée, soulagé d'être enfin arrivé.

Laura s'adossa à la vitre et lui fit face.

— Pourquoi sommes-nous chez toi ? s'étonna-t-elle.

— Pas d'escaliers. Ta mère est d'accord. Elle t'apporte des affaires tout à l'heure.

Elle aurait voulu protester, lui dire qu'il aurait au moins pu lui demander son avis, mais elle était trop fatiguée. Et mortifiée. Elle avait reçu une égratignure et un coup de poing, et tout le monde la traitait comme une grande blessée – ou comme une enfant de cinq ans. C'était gênant et cela la mettait un peu en colère.

Russ l'aimait, elle le savait. Mais il ne la traitait pas comme une égale. Elle avait été furieuse quand il avait tenté de convaincre le personnel de l'hôpital d'enfreindre les règles pour qu'il puisse rester avec elle, et il s'était servi de sa surdité comme excuse. Elle ne pouvait pas le laisser faire cela.

Mais elle n'avait pas la force de discuter pour l'instant. Pas même de choses aussi logiques et essentielles pour son avenir. Elle n'avait qu'une envie : fermer les yeux et se laisser emporter par les calmants qu'on lui avait administrés à l'hôpital.

— Tu n'as pas besoin de t'occuper de moi, tu sais. Ça va. J'ai envie d'aller me coucher, c'est tout, parvint-elle à dire.

Il la regarda, les dents serrées.

— Même si tu crois te sentir bien, laisse-moi faire cela, Laura. S'il te plaît. J'ai besoin de m'assurer que ça va.

Elle avait envie de dire des choses à Russ. Elle voulait lui parler de Dean, d'eux, du besoin d'indépendance qu'elle ressentait – mais les mots lui manquaient. Elle était trop fatiguée. Elle ne voulait pas le faire maladroitement. Elle ne voulait pas qu'il croie qu'elle rejetait son amour. Elle comprenait pourquoi il agissait ainsi. Elle comprenait ce besoin de faire quelque chose lorsqu'on se sentait impuissant. Si c'était Russ qui était blessé, elle voudrait le soigner, s'occuper de lui, que ce soit grave ou non.

— Viens. Allons à la maison.

Russ la dominait de sa hauteur, les deux bras étroitement noués autour d'elle. Ils avançaient ainsi vers la porte d'entrée. Elle se prit les jambes dans les siennes et trébucha. Une partie d'elle avait envie de se tourner vers lui et de s'abandonner entre ses bras, de le laisser s'occuper de tout. D'un autre côté, elle voulait se redresser, avancer seule.

Elle ne savait pas de quoi elle avait le plus envie. Pourrait-elle fusionner les deux options ? Trouver un juste milieu ?

Lorsqu'elle buta de nouveau, Russ la souleva de terre et la porta. Il l'emmena directement au bout du couloir, dans sa chambre, sans lui laisser le temps d'ôter ses chaussures mouillées par la neige et son manteau.

— Assieds-toi, lui ordonna-t-il en la poussant doucement vers le lit.

La chambre était très masculine, nota-t-elle, avec son lit défait aux draps bleu marine froissés et ses fenêtres sans rideau garnies de stores gris. Elle n'avait jamais passé la nuit chez lui. Ils n'avaient jamais fait l'amour ici. Le lit était plus mou que le matelas ferme qu'elle avait chez elle, avec un creux dans le milieu. Outre le grand lit, la pièce relativement petite était encombrée d'une commode et d'une chaise recouverte de vêtements.

L'abat-jour de la lampe de chevet était de travers et il n'y avait rien sur les murs. Mais tout était propre.

Russ lui ôta son manteau.

— Allonge-toi, ma chérie.

Elle faillit lui dire qu'elle pouvait se déshabiller seule, mais se rendit compte qu'elle n'en avait pas la force.

Quand elle se pencha en arrière, elle rencontra le matelas plus tôt qu'elle ne s'y attendait. La tête lui tourna un peu.

— Pourquoi m'as-tu amenée ici, en réalité, Russ ?

Sa maison à elle était suffisamment grande. Elle aurait pu s'installer provisoirement dans une des chambres du bas.

Il la regardait en lui frottant les bras et les cuisses.

— J'avais envie de te voir ici, avoua-t-il. Chez moi.

— Mais je suis souvent venue chez toi.

Elle se passa la langue sur les lèvres et tenta d'oublier les élancements qu'elle sentait dans ses muscles et la brûlure persistante à son côté.

— Pas comme cela, expliqua-t-il en lui écartant les mains. Pas dans ma chambre. Pas dans mon lit. Pas entre ces murs. Pas comme si tu y étais chez toi. Je ne parvenais pas à t'imaginer ainsi, alors il a fallu que je t'y voie.

Il se baissa et lui ôta ses boots. Russ était un homme simple, avec des envies et des besoins simples. Et c'était Laura qu'il voulait. Il voulait croire qu'elle avait sa place ici, dans son monde.

— Où est Sean ?

— Figure-toi qu'il a décidé d'aller passer la journée chez nos grands-parents. Ça m'a fait plaisir qu'il demande à le faire.

— Russ, il faut que nous parlions... d'hier. De ce qui s'est passé.

— Pas maintenant.

Il n'avait pas envie de parler. Il ne voulait que la sentir contre lui. La prendre dans ses bras, fermer les yeux et la tenir aussi longtemps qu'elle le laisserait faire. Il avait besoin de se rassurer, de sentir qu'elle allait bien.

Il défit le bouton du pantalon de Laura, puis sa fermeture Éclair.

— Qu'est-ce que tu fais ?

— Je t'aide à te changer.

Il avait l'intention de s'en tenir à son devoir d'infirmier.

Il tint environ deux secondes.

Ses intentions honorables s'évaporèrent quand il fit glisser son pantalon sur ses hanches et que son mont de Vénus, dissimulé par une petite culotte en satin, se souleva très légèrement vers lui. Il ne put résister à l'envie de le caresser du bout du pouce pour sentir sa chaleur, sa douceur, sa souplesse.

Il écarta la main et serra le poing. Puis il se détourna et sortit un polo à manches longues de sa commode. Il était très doux et même un peu grand pour lui. Il pourrait servir de pyjama à Laura.

— Il faut t'enlever ton pull, annonça-t-il. Il est maculé de sang.

Laura se rassit et se mit en devoir de l'ôter. Russ lui prit les mains pour l'arrêter.

— Contente-toi de tendre les bras. Je vais tirer sur ton chandail pour ne pas arracher ton pansement.

Ses points de suture étaient protégés par une compresse de cinq centimètres sur cinq qu'il ne voulait pas déplacer.

Il tâta la tache de sang séché sur son pull après le lui avoir retiré, et la colère et la peur le reprirent. Il serra les poings et avala sa salive avec difficulté. En se retournant, il découvrit que Laura avait dégrafé son soutien-gorge et faisait descendre les bretelles le long de ses bras.

— Bonne idée, lui dit-il.

Il l'aimait si fort qu'il souffrait rien qu'à regarder son corps et à voir ce que Dean lui avait fait, rien qu'à voir combien elle avait l'air fragile et vulnérable avec sa peau diaphane et son pansement.

— Tu seras plus à l'aise sans ton soutien-gorge.

Elle lui adressa un petit sourire ensommeillé en se recouchant. Russ écarta les pieds, prit appui sur ses bras de part et d'autre d'elle pour ne pas la toucher, et se pencha sur elle pour l'embrasser. Il l'embrassa de toute son âme, de tout son cœur, de toute sa peur. Elle se laissait embrasser plus qu'elle ne lui rendait son baiser. Il se détacha d'elle. Il souffrait d'un mal qu'il ne comprenait pas.

Jerry lui avait dit que, un jour, une femme lui ferait mordre la poussière. Il avait raison. Laura l'avait mis à terre, K.-O. Il espérait bien que cela durerait longtemps.

Il promena la langue dans son cou en se délectant de son parfum. Il n'avait pas eu l'intention de la toucher ; il savait qu'elle était épuisée. Mais il ne pouvait pas se retenir. Elle était si belle, si généreuse, elle avait si bon cœur... Il arracha ses lèvres à sa peau fraîche et se releva en lui frôlant le sein du bout des doigts.

— J'ai vraiment très sommeil, Russ.

Il se mit à lui caresser le corps des deux mains. Il voulait la palper comme pour s'assurer qu'elle était bien vivante, qu'elle était à lui.

— Ne t'en fais pas. Endors-toi, Laura. Je te borde.

Il voulait qu'elle se détende, qu'elle s'endorme avec une impression de confort et non de douleur et de trouble. Mais il avait aussi envie de la goûter, de la caresser, de la faire sienne dans sa chambre. Il suivit de l'index la ligne de ses sourcils et de ses tempes, puis de ses joues et de ses lèvres, avant de lui déposer un baiser sur le bout du nez.

— Gros bêta... fit-elle dans un drôle de petit sourire en laissant sa tête retomber sur le côté.

On l'avait traité de bien des noms, songea-t-il, mais pas de gros bêta. Pas récemment, en tout cas. Cela devait remonter à un bulletin de notes en primaire. D'ailleurs, il ne se sentait pas du tout bêta.

Il ouvrit le lit et aida Laura à se glisser sous la couette en la soutenant, d'abord au niveau du dos, puis des fesses. Le satin de sa petite culotte était doux, sa peau tiède. Il la regarda respirer tranquillement, régulièrement, les yeux fermés, et il décida de ne pas lui enfiler le polo.

Il lui ôta son slip en s'arrêtant sur le bleu marbré du côté gauche. Il déposa des baisers tout autour. Elle avait la peau douce. Il sentait son délicieux parfum naturel sous la forte odeur d'antiseptique.

— C'est bon... murmura-t-elle.

Il la recouvrit jusqu'aux épaules de la légère couette. Puis il ôta sa chemise et la lança sur la chaise en face du lit. Malgré les protestations de ses muscles endoloris, il s'assit, s'adossa et regarda Laura.

Elle dormait déjà, les cheveux sur sa joue rosie, d'un sommeil paisible.

Il la contempla encore. Il la contemplerait aussi longtemps qu'elle le lui permettrait.

26

Laura se réveilla. Elle avait des courbatures, mais elle avait recouvré sa lucidité et la douleur de la veille avait disparu.

Elle sut qu'elle n'était pas dans son lit à l'instant où elle ouvrit les yeux. La chambre était plus sombre que la sienne, le plafond plus bas et les meubles prenaient beaucoup de place. Et puis, Russ la regardait.

Il était assis au pied du lit dans un vieux fauteuil, penché en avant, les coudes sur les genoux. Il la fixait de ses yeux sombres et sérieux, les cheveux en bataille. Ses cernes indiquaient qu'il n'avait pas dormi. Il semblait tendu et fatigué, mais aussi protecteur et attentionné. Malgré leur dispute au sujet de Sean, il avait été là pour elle ; il était toujours là pour elle. Solide et stable.

Il n'était vêtu que de son jean.

Elle, pour sa part, était entièrement nue. Elle se souvint que Russ l'avait aidée à se coucher. Elle se souvint de ses mains et de sa bouche sur ses épaules, sur son visage tandis qu'elle s'assoupissait.

— Bonjour, dit-elle en réprimant un bâillement.

Elle tenta d'évaluer l'heure, mais renonça vite. Soit il était tôt et le ciel de janvier était encore gris, soit les stores étaient complètement fermés. La chambre était plongée dans la pénombre. Malgré l'obscurité, malgré la douleur de son corps contusionné, elle avait hâte de commencer la journée.

Maintenant, elle voyait clairement ce qu'elle avait à faire. Ce qu'elle aurait dû faire il y a des années. Ce qu'un peu de courage et beaucoup de travail lui permettraient d'atteindre. Ce qu'il fallait qu'elle dise à cet homme qui se tenait devant elle et qui lui avait déjà tant donné.

— C'est le matin, annonça-t-il en se massant le front. Oh, Laura, je n'aurais jamais dû le laisser te faire du mal. J'aurais dû l'arrêter il y a des semaines. Je n'aurais pas dû entrer comme cela dans la réserve.

Il n'était pas venu à l'idée de Laura d'en vouloir à Russ de quoi que ce soit ; elle ne souhaitait pas non plus qu'il s'en veuille. Elle s'assit. La douleur à son côté lui arracha une grimace. La couette glissa. Elle la rattrapa instinctivement et la tint contre elle, tandis qu'elle s'adossait à la tête de lit. Elle n'avait pas vraiment de raison d'être aussi pudique en face de Russ. Toutefois, elle n'aimait pas se montrer entièrement nue devant lui quand ils ne faisaient pas l'amour. Cela la mettait mal à l'aise. Elle se sentait exposée.

— Russ… tu n'as rien à te reprocher. S'il te plaît. Tu n'aurais pas pu empêcher cela. Nous ne savions pas que John était Dean. Je vais bien, tu l'as arrêté, c'est tout ce qui compte.

Cependant, une chose la tracassait depuis la veille au soir. Une chose qui s'était insinuée dans son esprit malgré la douleur et la perturbait. Elle avait besoin de savoir, maintenant.

— Qu'est-ce que Dean a dit en me poussant ? demanda-t-elle. Je ne sais pas pourquoi, j'ai eu l'impression qu'il disait quelque chose sur moi. Qu'est-ce que c'était ?

Les yeux rivés sur elle, il tambourinait du pouce sur son genou.

— Non, finit-il par répondre.

Encore ensommeillée, elle fut surprise par la dureté de son ton.

— Comment cela, non ?

Laura le fixa jusqu'à ce qu'il se détourne en soupirant. C'était la racine du problème entre eux. Il ne la croyait pas de taille à supporter la vérité. Il avait l'impression qu'elle avait besoin d'être protégée et dorlotée. Or pour la première fois de sa vie, elle voulait vraiment prendre son indépendance, se prouver à elle-même qu'elle pouvait faire ce qu'elle souhaitait. Elle voulait que Russ la soutienne dans cette décision. Elle en avait besoin.

— Tu n'as pas le droit de refuser de me répondre quand je te pose la question, s'indigna-t-elle.

— Non, persista-t-il, le visage figé par l'entêtement. Je ne répéterai pas ces saletés.

Laura prit une profonde inspiration et chercha ses yeux qui fuyaient sans arrêt. Elle resserra le drap autour d'elle. Elle savait que ce qu'elle s'apprêtait à dire allait leur faire mal à tous les deux, mais il fallait qu'elle soit claire. Elle aimait Russ. Elle avait désespérément envie d'aller de l'avant et d'être avec lui. Cependant, il fallait qu'ils établissent clairement certains paramètres de leur relation.

— Russ. Il faut que tu me le dises. Je peux l'encaisser. Si tu ne me fais pas confiance sur ce point, nous allons avoir un sérieux problème. Et je ne sais pas si nous pourrons le résoudre.

— Laura…

Il plongea ses yeux bruns dans les siens une longue minute. Il laissa échapper un juron.

— Tu n'as pas envie d'entendre cela.

— Si.

Russ soupira.

— Il t'a traitée de garce sourde et débile.

— Oh !

Elle laissa échapper un rire douloureux. La force, la cruauté, la méchanceté de ces paroles lui prouvèrent qu'elle s'était complètement trompée sur une chose : il y avait parfois des raisons légitimes de protéger ceux que l'on aimait.

— Tu avais raison. J'aurais préféré ne pas le savoir.

Mortifiée, elle sentit les larmes lui monter aux yeux. Elle avait affirmé qu'elle pouvait tout entendre, et il suffisait d'une insulte puérile et même pas originale pour la faire pleurer.

Russ se leva et s'approcha d'elle.

— Je suis désolé…

Elle cligna des yeux pour retenir ses larmes.

— De quoi ? Ce n'est pas toi qui l'as dit.

— De commettre des erreurs, de ne pas comprendre ce que tu veux.

Il lui prit le menton et passa le pouce sur ses lèvres.

— Je suis désolé de t'écraser de mon attention. Ce n'est pas ce que je souhaite faire. Je veux seulement que tu sois en sécurité et heureuse. Je veux prendre soin de toi parce que je t'aime. Et je veux que tu prennes soin de moi. Pour toujours.

Elle lui baisa le pouce, les lèvres tremblantes. Ses pensées s'éparpillaient, confuses. Il avait l'air si triste, si fatigué… Russ Evans, l'inspecteur de police viril et dur, lui ouvrait son cœur, lui confiait ses sentiments.

— Quand j'ai vu Dean te frapper hier, j'ai cru te perdre avant même de t'avoir eue à moi. Depuis, cette pensée me hante. Je veux être avec toi, Laura. Je veux que cette douleur et cette peur qui me nouent l'estomac s'en aillent. Je n'ai jamais admiré ni respecté une femme comme je t'admire et te respecte… et j'ai besoin de savoir que nous nous coucherons ensemble tous les soirs. Épouse-moi, Laura.

Hou là. Elle ne s'était pas attendue à cela. Elle ne s'était jamais autorisée à croire que Russ voudrait se marier. Sa vue se brouilla, et elle se rendit compte qu'elle pleurait. Les larmes qu'elle avait ravalées à plusieurs reprises roulaient sur ses joues. Russ voulait l'épouser, et elle se sentait prête à éclater tant son cœur se gonflait d'amour et d'émotions, d'espoir, de sa détermination à vivre enfin sa vie.

Manifestement, ses pleurs affolaient Russ. Il se mit à lui essuyer les joues, les yeux agrandis par l'angoisse. Mais elle ne parvenait pas à parler pour le rassurer. Elle ne parvenait pas à lui expliquer qu'elle n'aurait jamais cru être un jour aussi heureuse. Jamais elle n'aurait cru vivre une chose aussi merveilleuse.

— Je suis désolé… dit-il. Bon sang, qu'est-ce qu'il y a ?

Elle secoua la tête, le drap toujours serré contre elle.

— Tu crois que ça peut marcher, Russ ? Que ça peut vraiment marcher ? Je veux retourner à l'université…

— Laura, dit-il en lui prenant les deux mains pour les serrer dans les siennes. Voilà ce que je pense, ma chérie. Il faut que nous nous fassions confiance mutuellement. Il faut que j'accepte le fait que tu aies plus d'argent que je n'en gagnerai dans toute ma vie. Il faut que je te voie comme la femme intelligente que tu es, capable de faire ce que bon lui semble.

Les doigts noués aux siens, elle avala difficilement sa salive. Elle avait passé toute sa vie à se cacher, à avoir peur de faire une erreur. Elle était passée à côté de tant de choses. Vivre signifiait prendre des risques, et elle voulait vivre.

— Je te fais confiance, Russ. Entièrement. C'est ce que je veux. Je te veux, toi.

Ouf ! songea-t-il avec un soupir de soulagement, l'estomac encore noué par l'inquiétude.

— Moi aussi, c'est ce que je veux, affirma-t-il.

— Tu en es absolument sûr ? demanda-t-elle en reniflant.

Autant que deux et deux faisaient quatre.

— Absolument. C'est toi qui n'as pas l'air bien sûre.

Ils se regardèrent. Et, sans crier gare, Laura le frappa sur l'épaule et le biceps.

Stupéfait, il la regarda, bouche bée.

Elle eut un sourire un peu de travers.

— Tu n'as pas dit que si jamais nous recommencions à nous poser ce genre de questions, il faudrait que je te tape ? plaisanta-t-elle.

Il rit de voir qu'elle lui souriait. Il la prit dans ses bras et lui caressa le dos.

— Je ne pensais pas que je me marierais un jour, avoua-t-elle d'une voix douce.

— Quelle coïncidence : moi non plus. Et franchement, c'est la première et la dernière fois, pour moi.

Il ne supporterait pas cette tension une seconde fois.

— Bon, alors c'est oui ? demanda-t-il.

Elle hocha affirmativement la tête en reniflant de nouveau. Elle était si belle… Il n'en revenait pas de sa chance.

— Maintenant, décida-t-il, c'est le moment où on s'embrasse. Parce que je n'en peux plus. J'ai besoin de te serrer contre moi.

Il n'attendit pas sa réponse. Il prit possession de sa bouche en un long baiser de dévotion.

Laura était à lui, et elle était exquise.

— Je veux que tu sois ma femme, dit-il ensuite. Je veux fonder une famille avec toi et avec Sean. Je veux acheter une nouvelle maison que nous choisirons tous les trois ensemble. Et je veux même que cette grosse boule de poils de Ferris vienne habiter chez nous.

— Ça me semble parfait.

Elle lui rendit son baiser, et il la tint serrée tout contre lui pour respirer le parfum de ses cheveux. Il finit tout de même par s'écarter.

— Comment te sens-tu aujourd'hui, lapin ? Tu veux les calmants que le médecin t'a donnés ?

Depuis près de six semaines, elle croyait qu'il l'appelait « ma belle », mais ce n'était pas le cas ! Il l'appelait lapin, elle en était sûre maintenant. Cela l'écarta momentanément de son idée initiale, qui était de lui enlever son jean.

— Pourquoi m'appelles-tu sans arrêt lapin ? demanda-t-elle.

— C'est le signe ? s'enquit-il en formant le signe « lapin ». C'est peut-être comme cela que je devrais t'appeler en langue des signes...

Laura frémit. C'était hors de question.

— Mais pourquoi ? Qu'est-ce qui a pu te donner l'idée de m'appeler lapin ?

— C'est ce à quoi tu m'as fait penser la première fois que je t'ai vue. À un adorable petit lapin duveteux.

Lui avait l'air de trouver cela adorable, mais elle était affreusement gênée.

— Ce n'est pas très flatteur, Russ !

— Bien sûr que si ! protesta-t-il. J'ai été attiré par toi dès que je t'ai vue. Dès la première seconde. Et cela signifie que, à mes yeux, tu es quelqu'un de bien.

Il tira sur le drap pour dénuder ses seins et son ventre, avant d'ajouter :

— Si ça ne te plaît pas, j'arrêterai. Cela n'a aucune importance. Mais on peut laisser tomber cette histoire de surnom ? Je voudrais examiner tes points et sceller nos fiançailles d'un autre baiser.

Comme il lui caressait déjà l'intérieur des cuisses, elle devina qu'il avait autre chose en tête qu'un simple baiser, ce qui lui convenait à merveille. Et maintenant que ses doigts se promenaient délicieusement entre ses cuisses, elle songea qu'il pourrait bien l'appeler kangourou s'il en avait envie ; cela lui était égal. Elle savait qu'il l'aimait, qu'il la respectait. Elle savait que Russ était un homme loyal et honnête qui resterait toujours à ses côtés.

— Je n'ai pas besoin de calmant aujourd'hui, assura-t-elle. Je me sens très bien.

— Je pourrais te faire te sentir encore mieux, si tu en as envie… suggéra-t-il.

Il la regarda comme pour lui demander la permission.

Elle fit oui de la tête et poussa un petit cri de plaisir quand, aussitôt, il lui écarta un peu les jambes.

Russ s'étendit sur le côté et s'attarda sur les boucles de la jonction de ses cuisses pour admirer la courbe de ses hanches, la fermeté de ses jambes. Du bout des pouces, il l'entrouvrit et retint son souffle en découvrant qu'elle était déjà dilatée et moite. Elle était si belle, décontractée, légèrement penchée vers lui.

Du bout de la langue, il la goûta. Elle laissa échapper un petit gémissement de plaisir qui le ravit et l'aiguillonna. En l'ouvrant toujours de ses doigts, il se mit en devoir de la lécher et de la dévorer, de la caresser profondément.

De plus en plus humide, elle respirait fort, vite, et bougeait les mains sur le lit. Russ étouffa un gémissement et lutta contre l'envie de lui empoigner les jambes pour les lever. Il continua de la caresser, de l'embrasser, réprimant les exigences de son propre corps.

Il ne voulait pas aggraver sa blessure, mais il voulait lui faire du bien. Il voulait la caresser, lui montrer combien il était reconnaissant qu'elle soit entrée dans sa vie.

Elle céda au plaisir avec un soupir tremblant. Son corps palpitait sous la langue de Russ. Il releva la tête, mais continua de la caresser jusqu'à ce que son souffle s'apaise.

À contrecœur, il finit par retirer sa main et s'allongea de nouveau. Elle entrouvrit les yeux. Elle semblait satisfaite et somnolente, mais aussi excitée.

Elle tendit les bras et l'attira vers elle. Puis elle lui donna un baiser à couper le souffle, les doigts enfouis dans ses cheveux.

— Nous allons être très heureux, Laura, dit-il en lui caressant les lèvres.

Aussi heureux que des enfants avec dix dollars à dépenser dans un magasin de bonbons.

— Je le sais, Russ. Parce que je le suis déjà.

Épilogue

Laura lissa le devant de sa toge de ses doigts glacés par le trac. Elle regardait tour à tour l'interprète en langue des signes et l'estrade pour suivre ce qui se passait. Cela faisait presque deux ans qu'elle travaillait d'arrache-pied pour en arriver à ce moment, alors elle ne voulait pas en manquer une miette.

Le sol de béton du gymnase fit remonter des vibrations dans ses jambes quand des centaines d'étudiants se levèrent pour aller chercher leur diplôme. Elle avait travaillé, attendu, rêvé de ce sommet. Maintenant qu'il était à sa portée, la nervosité la gagnait. Elle avait peur de rater le moment où l'interprète lui ferait signe de se lever, où ce serait son tour.

Elle remuait sur son siège. Elle tournait la tête en tous sens et scruta de nouveau les gradins. Elle n'avait pas réussi à repérer Russ dans la très nombreuse assistance, d'autant que l'éclairage se concentrait sur les étudiants. Elle savait cependant qu'il était là, comme toujours, qu'il la soutenait, qu'il l'aimait. Tout comme il la soutenait et l'aimait à chaque instant de sa vie.

Son voisin lui tapota la jambe. Il était sourd lui aussi, et ils avaient bavardé pendant la répétition de la cérémonie, la veille. Plus jeune qu'elle, il avait passé un diplôme de génie civil.

— Ça va être à nous, annonça-t-il en langage des signes en lui souriant.

Laura prit une profonde inspiration pour se calmer.

— Merci, répondit-elle.

Ça y était. Elle était professeur. Dûment diplômée, et prête à commencer à enseigner dès la fin de l'été. Malgré le trac, c'était fantastique.

Elle avait réussi. Avec mention. Elle se leva et adressa un sourire radieux à l'interprète.

— Je ne trouve pas Laura, dit Russ en la cherchant du regard parmi les étudiants.

Pourquoi ne la voyait-il pas ? Elle lui avait dit qu'elle serait assise au quatrième rang, du côté de l'interprète.

Mais un gros pilier lui cachait une partie du gymnase. Il ne voulait pas rater le moment où on lui remettrait son diplôme. Elle avait travaillé comme une damnée pour en arriver là. Elle avait même suivi des cours l'été et mis les bouchées doubles pour passer son diplôme en un an et demi à peine. Alors il ne voulait pas rater son triomphe.

— Nous les entendrons l'appeler, le rassura sa belle-mère. Détendez-vous, enfin !

— Oh, zut ! Le bébé a attrapé l'appareil photo.

Sean, qui à seize ans mesurait déjà plus d'un mètre quatre-vingts, faisait sauter la fille de Jerry et Catherine sur ses genoux. Il tendit à Russ l'appareil numérique dont le cordon était plein de bave.

Russ essuya sa main et l'appareil sur son pantalon noir, et sourit à son petit frère. Sean savait particulièrement bien s'y prendre avec Kayla, qui avait maintenant sept mois. Bien sûr, il avait encore parfois des accès de révolte adolescente, mais dans l'ensemble il allait très bien. En ce moment, il tenait Kayla en l'air et lui soufflait sur le ventre.

Le bébé poussa un cri de joie perçant et Jerry secoua la tête.

— Elle va te cracher dans les cheveux, Sean, le mit-il en garde. Je t'aurai prévenu.

— Non, elle ne me ferait jamais un truc pareil. Pas vrai, l'affreuse ?

Kayla émit un petit gloussement approbateur.

Cat leva les yeux au ciel et repoussa une mèche de ses cheveux rouges.

— Vous avez le don de nous donner des surnoms très flatteurs, commenta-t-elle. Laura, lapin, moi, monstre et Kayla, l'affreuse. On ne risque pas d'avoir les chevilles qui enflent, avec vous.

Russ rit et se pencha un peu vers la gauche, dans l'espoir de voir de l'autre côté du pilier.

— Nous ne donnons de surnoms qu'à ceux – et celles – à qui nous tenons.

Jerry se mit à chercher à tâtons par terre, entre les jambes de Cat.

— Où est le sac à langer ? demanda-t-il.

Il en sortit une petite boîte qui contenait des céréales.

— Elle n'a pas l'air d'avoir faim, fit valoir Cat en cherchant d'éventuels signes de mécontentement sur le visage de sa fille.

— Ce n'est pas pour le bébé, c'est pour moi, expliqua Jerry en se fourrant une poignée de céréales dans la bouche. Je meurs de faim. Ça n'en finit pas, ce truc.

Cat l'embrassa sur la joue en souriant.

— Je me demande si c'est elle ou toi, le bébé...

Russ allait lancer une plaisanterie, quand il vit Laura monter sur l'estrade dans son costume universitaire noir.

— La voilà ! annonça-t-il en donnant un coup de coude à Sean.

Dieu, qu'il était fier d'elle... Être marié avec Laura était la plus incroyable des expériences. C'était au-delà de ce qu'il avait pu imaginer. Chaque jour était comme un cadeau. Ils étaient très, très heureux dans leur nouvelle maison avec Sean. C'était merveilleux de la voir relever des défis, réaliser ses rêves.

Oui, sa femme était tout pour lui.

— Laura Wilkins, licenciée ès lettres et sciences.

Il ne fallait pas faire de bruit pour que l'on puisse entendre le nom de l'étudiant suivant, mais Russ ne put retenir un cri de joie. Il se leva pour applaudir tandis que l'on remettait son diplôme à Laura. Bev en fit autant ainsi que Sean, Cat et Jerry. Ils agitèrent les mains en silence pour applaudir à la façon des sourds.

C'est alors que Laura se retourna et le vit. Elle le regarda dans les yeux et lui fit un grand sourire.

Son diplôme serré dans une main, elle lui dit en langage des signes :

— Je t'aime.

Il sourit et lui répondit de la même façon :

— Moi aussi, je t'aime.

— C'est à moi qu'elle parlait, affirma Sean avec un petit sourire narquois.

Russ regarda la jeune femme descendre de l'estrade, sûre d'elle.

— À vrai dire, je crois que c'est à nous tous qu'elle s'adressait, Sean.

AVENTURES & PASSIONS

3 décembre

Jade Lee
Déshonneur et liberté
Inédit

Du jour au lendemain, lady Helaine Talbott se retrouve déshonorée et ruinée. Décidée à faire face aux caprices du destin, elle change de nom et ouvre un atelier de couture. Séduit par la jeune fille, lord Redhill, le frère d'une de ses meilleures clientes, lui propose de devenir sa maîtresse. Jusqu'au jour où il découvre sa véritable identité…

✦

Lisa Kleypas
Nulle autre que vous
Inédit

Indigné par la vie dissolue de son fils, le comte de Rochester l'a déshérité. Pour amadouer son père mourant, Andrew décide de lui faire croire qu'il s'est amendé. Comment ? En courtisant une femme convenable. Sitôt la fortune de son père empochée, il mettra fin à cette mascarade. Le problème, c'est qu'il ne connaît pas de femme respectable, excepté peut-être Caroline Hargreaves.

✦

Julia Quinn, Eloisa James, Connie Brockway
Trois mariages et cinq prétendants
Inédit

Hugh Dunne, comte de Briarly, a besoin d'une épouse. Alors, sa sœur lui dresse la liste des plus belles célibataires de la saison. Comme Hugh refuse de se déplacer, elle les invite toutes à une partie de campagne. Laquelle d'entre elles fera chavirer le cœur de Hugh ? La magnifique Gwendolyne ? La réservée Katherine ? Ou bien une toute autre jeune femme?

Johanna Lindsey
Apparence trompeuse

Depuis qu'il a quitté New York pour l'Ouest, Damien va de surprise en surprise. C'est dans un salon que siège le tribunal, et le juge ne vaut guère mieux que les brigands. Pour du tapage nocturne, Damien écope d'une amende de cent dollars ! Et parce qu'il voyage avec Casey, le juge les forces à se marier, les accusant de vivre dans le péché. En quelques secondes, ils sont mariés !

✦

Eloisa James
Les soeurs Essex - 2 - Embrasse-moi, Annabelle

De son enfance désargentée, Annabelle Essex n'a que des mauvais souvenirs, et elle est prête à épouser n'importe quel aristocrate pourvu qu'il soit riche. Quand elle croise le comte d'Ardmore, elle est conquise. Il est très séduisant cet Highlander et, il embrasse divinement. Cependant, il n'a pas le sou. Aussi, elle lui refuse sa main. Mais le destin joue parfois des tours pendables.

✦

Kris Kennedy
Le guerrier irlandais

Irlande, 1295. Retenue prisonnière par le terrible lord Rardove, Senna de Valery remarque, un jour, la présence d'un mystérieux captif, Finian O'Melaghlin, noble irlandais. Pourquoi ne s'évaderaient-ils pas ensemble ? Poursuivis par lord Rardove et ses hommes, les deux fugitifs se lancent dans un périple à travers la lande sauvage, bravant le danger et la fièvre de la passion qui les dévore.

BEST FRIEND

3 décembre

Peggy Webb
Un amour de dauphin
Inédit

Paul, ex-chirurgien cardiaque réputé, n'a rien pu faire pour sauver son fils. Aujourd'hui, Il nourrit les dauphins dans un centre de recherches océaniques et noie son chagrin dans l'alcool. Il n'est plus qu'une épave lorsque Susan, une jeune veuve, fait son apparition au centre, avec son petit garçon muet et paralysé. Elle est persuadée que les dauphins pourront aider Jeffy à retrouver la parole.
Paul n'y croit pas une seconde.
Il constate pourtant l'effet bénéfique de ces séances sur Jeffy grâce à Fergie, un magnifique dauphin qui se prend d'affection pour l'enfant. Il ne peut rester indifférent à cette évidence. Pas plus qu'il ne peut rester indifférent au charme de la maman…

✦

Shirley Jump
Une histoire de cœur
Inédit

Après avoir appris l'animal thérapie avec son adorable bichon frisé, Miss Sadie, Olivia quitte tout sur un coup de tête pour se rendre en Floride. Sa mère, qu'elle ne connaissait pas, lui a légué sa maison. Pour Olivia qui a collectionné les échecs, quoi de mieux que de refaire sa vie au bord de l'océan ? Las. Elle tombe sur une ruine occupée par un seul habitant, un golden retriever étique et blessé qui s'enfuit à son approche. Elle le suit dans le jardin mitoyen et se heurte à 1m 90 de muscles : son voisin Luke. Très désagréable.
On le serait à moins. Luke à moitié aveugle après un accident, en veut à la terre entière.

Passion intense

3 décembre

Shannon McKenna

Les frères McCloud - 6 - L'ultime passion

Inédit

Les opérations secrètes, voilà la spécialité du mystérieux, sombre et séduisant Val Janos. Mais alors qu'il est sur le point de quitter le monde du crime, son patron prend par vengeance en otage son père adoptif pour retrouver sa liberté et sauver le vieil homme qui a recueilli Val alors qu'il était orphelin dans les rues de Budapest, Val doitalors rendre un dernier service à son boss : capturer la belle et insaisissable Tamara...

✦

Bella Andre

Les Sullivan - 4 - Toi, et toi seule

Inédit

Bibliothécaire à San Francisco, Sophie Sullivan n'a jamais pu oublier Jake McCann, son amour d'enfance. Seulement voilà, malgré les années qui ont passé, lui ne voit en elle que la gentille petite Sophie. Autant dire que la femme qu'elle est devenue se rebelle. Il la prend pour une fillette ? Soit ! Sophie s'apprête à lui dévoiler les trésors de volupté qu'il semble ignorer...

CRÉPUSCULE

3 décembre

Thea Harrison

La chronique des Anciens - 5 - La chute du seigneur

Inédit

Dragos, le seigneur des wyrs, a récemment perdu deux de ses sept Sentinelles, qu'il lui faut impérativement remplacer car sa sécurité est mise en danger. Afin de former une nouvelle ligue, et alors que sa compagne Pia s'apprête à rencontrer le peuple des Elfes pour pacifier les relations entre leurs communautés, Dragos lance les Jeux de Sentinelle...

Et toujours la reine du roman sentimental :

Barbara Cartland

« Les romans de Barbara Cartland nous transportent dans un monde passé, mais si proche de nous en ce qui concerne les sentiments. L'amour y est un protagoniste à part entière : un amour parfois contrarié, qui souvent arrive de façon imprévue.
Grâce à son style, Barbara Cartland nous apprend que les rêves peuvent toujours se réaliser et qu'il ne faut jamais désespérer. »

Angela Fracchiolla, lectrice, Italie

Le 3 décembre
Livrez-moi votre cœur

8077

Composition
FACOMPO

Achevé d'imprimer en Italie
par GRAFICA VENETA
Le 6 octobre 2014

Dépôt légal : octobre 2014
EAN 9782290089125
L21EPSN001228N001

ÉDITIONS J'AI LU
87, quai Panhard-et-Levassor, 75013 Paris

Diffusion France et étranger : Flammarion